KB241553

김지우 소설집

나는 날개를 달아줄 수 없다

창비

차 례

디데이 전날 ✳ 007

나는 날개를 달아줄 수 없다 ✳ 035

그 사흘의 남자 ✳ 071

댄싱 퀸 ✳ 103

물고기들의 집 ✳ 135

해피 버스데이 투 유 ✳ 165

눈길 ✳ 193

해설 | 황광수 ✳ 216

작가의 말 ✳ 228

디데이 전날

영감의 디데이를 하루 앞둔 오늘 아침 우리는 부쩍 짜증이 났다. 황영감 솜씨가 도시 예전 같질 않았기 때문이다. 오늘 영감 하는 걸로 봐선 차려준 밥상도 못 받아먹을 판이다. 운전자가 보행자를 발견하고 급브레이크를 밟는 순간 오른쪽 다리를 바퀴 앞에다 슬쩍 밀어넣고 절묘하게 나동그라지던 예전 솜씨는 온데간데 없었다. 번번이 기막힌 찬스를 놓치고 한발 앞서 뛰어들거나 어물쩡거리다 뒤미처 밀어넣는 식이었다. 그러곤 아이고 내레 죽네, 내레 죽가서, 엄살소리만 되게 요란했다. 한낱 바람잡이에 불과한 나조차도 지극히 불안하고 초조한 마당에 영감과 한 꿰미에 엮여 밤낮없이 돌아가는 칠범씨야 애가 탈 노릇일 것이다. 연습부터 이렇듯 파장이 나는 판에 막상 실전에 부닥쳐 잘해내리라는 보장이 있겠는가를 생각하면 아찔하기까지 했다. 교통사고를 위장한 자해공갈이라는 게 눈을 부릅뜨고 긴장을 해도 순간적으로 실수를 하게 마련이다. 하물며 자칫 제 꾀에 제가 넘어가는 어수룩한 꼴이라도 보이는 날이면 뉘 오랏줄에 줄줄이 묶여갈지도 모르는 판이다. 더구나 이미 한 건 벌여둔 일조차 협상이 뜻대로 안되고 차일피일 미뤄지고 있지 않은가. 말이 쉬워 꾀병환자 노릇이지 이 더운 여름날에 사대육신 멀쩡한 사내들이 더는 못할 짓이었다. 이래저래 우리는 지치고 맥이 풀려버렸다. 우리가 뱀 허물 벗듯 아무렇게나 풀어놓은 붕대들이 밝은 햇살 아래 걸렛조각처럼 널브러져 있어 궁상기마저 더했다. 그참에도 칠범씨만이 여태 미련을 못 버리고 제 성질껏 영감을 다그치며 막판 연습에 매달리고 있다. 그래봤자 하나마나한 허탕짓거리일 것, 저만치 서서 굿이나 보겠다는 시늉으로 나와 경범씨는 그들로부터 멀찌감치 비켜선다.

"자, 보행자 신호 들어왔고, 우회전 차가 저만치서 달려온다, 서울은행을 지나고 파리바게뜨를 지나서 공일일 대리점 앞으로 바짝 붙어온다, 저 죽을 줄 모르고 달려온다, 영감 뛰어들 채비 하고, 이 미터, 일 미터, 횡단보도 정지선, 끼익! 운전자 급정거했다, 영감 뛰어들고! 오른쪽 다리 갖다대고! 아따, 참말로 미치고 팔딱 뛰겠네."

아니나다를까 이번에도 영감은 길바닥에 덜퍼덕 누워버렸다. 여지없이 칠범씨의 타박이 또 속사포로 날아갔다.

"요번엔 어째 또 그 모양이다요? 뭣 땜시 고러고 또 벌러덩 나자빠져버리냔 말요? 참말로 혼자 보긴 아깝고만. 고러고 네활개치고 뻗어 있응께 뭣 같은 줄 아요? 꼭 깨골딱 하고 숨넘어가는 깨구락지 같소. 영감이 생각해도 우습소? 어째 그요? 이 장사 한두 번 해보요?"

"하, 기것 참, 내레 와 이러디? 전 같잖고서리."

"그래갖고 퍽이나 잘도 죽겠소. 요번 참엔 죽겠네 말겠네 소리는 일절 하들 말란 말이요. 그냥 죽은 듯이 뉘만 있으라 해도 어째 미운 시살배기마냥 징그럽게 말도 안 듣고 그요?"

"아이구나, 내레 또 깜빡했구나야. 와 이러디 덩말?"

"노망 들랑갑소. 내동 잘하던 짓도 못하고. 어쩌끄나, 인자 가고 싶은 디도 다 갔소."

"말이래두 기러디 말라우."

칠범씨의 야죽거림에 안 그래도 오그랑방탱이 같은 영감 얼굴이 대번에 실쭉해졌다.

"글면 잘해야제. 거기가 그렇게 쉽게 가지는 데다요 어디?"

칠범씨가 내처 놀리고 들자 영감은 표정마저 뚱해졌다. 곁에서 그냥 보자니 장난 반 웃음엣소리 반으로 붙인 불이 자칫 노한 바람을 탈 기세였다.

"칠범씨가 웃자고 하는 소리지, 그 연세에 노망이라니요."

내가 칠범씨를 역성들며 영감을 말리고 나서자 영감이 뚝뚝하게,

"내레 고거이 서운한 거이 아니구 저가 뭔데 간다 못 간다 하난 말이디."

하고 속엣말을 툭 내뱉었다. 칠범씨가 무안했던지,

"영감 성미하고는. 그러니까 내가 노망났다 하제. 사람 말귀도 못 알아먹고."

하는 것을 경범씨가 눈을 끔벅해 눈치를 주더니, 합죽이가 됩시다 합! 하고는 해죽이 웃었다. 어이가 없는지 칠범씨가 너털웃음을 웃었다.

"허허 참, 우리가 애기요?"

"그러고저러고 잠깐 쉬었다나 합시다."

"그럽시다. 안 그래도 하도 떠들어댔더니 목구멍이 컬컬한 참이요."

우리는 한적한 그늘을 찾아 신축건물 공사장 뒤편에 아무렇게나 퍼져앉았다. 바람 한줄기 일지 않았다. 아침부터 맹렬한 기세로 더위가 몰려들고 있었다. 우리는 담배조차 기신기신 꺼내 내 불은 내가 붙여 물고 네 불은 네가 붙여물었다. 그러고는 노숙을 하던 습성대로 각자 요령껏 알아서 눕거나 기대거나 했다. 말을 하는 것도 주고받는 것도 귀찮아 우리는 각자 담배만 퍼걱퍼걱 피워댔다. 어느덧 거리는 출근하는 차량들로 붐벼나고 있다.

부스스한 침묵을 먼저 깬 건 영감이었다. 바지춤을 움켜쥐고 내레 밭에다가서리 거름 좀 주구 오가서, 하고는 영감 키보다 훨씬 더 후리후리한 옥수수밭 사이로 스며들어갔다. 칠범씨가 한동안 차량 움직임을 묵묵히 지켜보더니 혼잣소리인 양 야살을 떨었다.

"저놈들 중에 한 놈인디, 나만치로 드럽게 재수없는 놈 한 놈."

"칠범씬 저러고 안 살았소? 저러고 아침 일찍 나가서 벌어먹고 말이요."

"묵은 얘긴 하들 맙시다. 고러고 살아봤자요. 당신들도 살아봤잖소. 세상은 말이요, 바로 저런 놈이 잘사는 데란 말이요."

우리는 일제히 윗몸을 일으켜 칠범씨가 가리키는 '저런 놈'을 바라보았다. 주행신호를 받고 서서히 움직이는 차량들 틈새로 중형승용차 한 대가 갑작스레 두 개 차선에 걸쳐 끼여들기를 시도하는 통에 나머지 두 개 차선 차량들이 옴짝달싹 못하고 쭉 밀려 서 있었다. 여기저기서 급하게 울려대는 경적소리가 사뭇 요란해도 아랑곳없이 '저런 놈'은 기필코 후진과 직진을 반복하더니 이윽고 제 갈길로 부리나케 달려가버렸다.

"저런 죽일 놈이 있나."

누가 먼저랄 것 없이 주먹질하듯 단박에 터져나온 소리가 그랬다.

"내일 아침에 꼭 저런 차나 한 대 걸려야 할 텐데."

하는 경범씨 말에 칠범씨가,

"넷이서 아주 작살을 내주게? 아따, 그럴라면 형씨 둘이서 망을 아주 단단히 봐줘야 쓰겠소."

하고 은근히 부채질하자 경범씨가 대번에 혼쾌히 맞장구를 치고 나섰다.

"그럽시다. 까짓 망보는 게 어렵겠수?"

모처럼 의기투합해서 기탄없이 웃고 떠드는 틈새를 타 경범씨가 조심스레 우려를 표명했다.

"이나저나 영감님 사정 봐주려다 까딱하면 줄초상날까 겁나는데요. 우리 일 엮어둔 것도 있는데."

"줄초상이야 나겠소마는 영감이 어쩨 예전만 못한 건 사실이오. 아직 하루 더 남았응께 두고 봅시다."

하는 칠범씨 얼굴빛이 썩 좋아 보이진 않았다. 영감 일이라면 무조건 영감 역성부터 들고 보는 칠범씨인지라 말을 꺼낸 사람도, 미적미적 대답을 하는 사람도, 중간에서 그 둘을 지켜보는 나도, 서로간에 내색은 하지 않았지만 찜찜한 기분을 떨쳐버릴 수 없었다. 경범씨가 무슨 말인가를 덧붙이려다 칠범씨가 하루만 더 지켜봅시다, 하고 얘기 가닥을 추스르자 그냥 마는 것 같았다. 현재 상황으로선 역시 그 수밖에 없다는 게 우리 모두의 판단이기도 했다.

소변을 보러 갔던 영감은 빈터에 가꿔진 남의 채마밭 구경에 정신을 팔고 있었다. 생판 남의 밭일지라도 푸성귀들마다 실하게 살이 차고 성긋벙긋 넘실대는 게 오지고 좋아 뵈는 모양이었다. 영감 좋아하는 꼴을 가만히 놔두고 볼 칠범씨가 아니었다.

"영감, 담배도 안 태우고 뭐 하요? 삐쳤소?"

"삐치기는 야 내레 와 삐치기? 좋아 봬서리 그러디 않간?"

"넘의 것 좋아봤자 배나 아프지, 졸 게 뭣이 있다요?"

"내레 고향이 평안남도 평양시 선교리 98번지 보통강 근처 남새밭 아니가서?"

"그요? 그래서 시방 고향 생각하요?"

정말로 고향 생각이라도 하고 있었는지 영감은 대답이 없었다. 예감이 이상했는지 칠범씨가 공사장 철제빔에 엇비스듬히 기대고 있던 상체를 일으켰다.

"그런가만?"

"………"

"아따, 쪼까 쳐다보쇼 영감. 그런가만?"

칠범씨의 보챔을 받고서야 영감이 마지못한 듯 시큰둥하게 대답했다.

"기러면 머 하가서?"

"머 하가서는 무슨. 두말 않고 두만강 건너가버리면 그만이지. 안 그요?"

별다른 생각도 없이 몽총히 앉아 있다 불쑥 칠범씨가 뒷짐지우듯 동의를 구해오자 당혹스러웠다. 평소에도 칠범씨 말이 그 괄괄한 성격만큼이나 익살스럽고 능청맞은 데가 있어 농인가 싶으면 참이고, 참인가 싶으면 농인 때가 많아 말가닥을 추스르기가 쉽지 않은 까닭이었다.

"기러기가 어디 말처럼 쉽간?"

부질없는 소리라는 듯 영감이 해망쩍게 웃었다.

"어려울 건 또 뭐다요? 돈만 있으면 되지. 돈 갖고 안되는 일 있으면 씨팔, 한번 나와보라고 하쇼. 지금 세상은 돈 있으면 귀신도 부리는 세상이요."

"그 말은 맞소."

경범씨도 나도 그 말엔 즉각 동의를 했다.

"보쇼, 다들 맞다지 않소? 근게로 요참에 잘해야 쓰겠소 안? 제발 깨구락지처럼 나자빠지지 좀 말고."

"걱정 말라우. 내레 지금은 요래뵈두 막상 시작하믄 잘할 거이야."

"퍽도 속도 편하요. 시방 걱정 안하게 생겼소?"

"기보다두 이참에 내레 얼마나 받을 수 있가서?"

"아따, 고거는 나중 일이고. 염불보다 잿밥이라더니 영감이 꼭 그 짝이요. 우리 어쩔까요? 한번 더 연습을 해볼까요 말까요?"

순간 경범씨와 나는 즉답을 못하고 망설였다. 필요성은 느끼나 그리 적절하거나 내키지는 않는 제안이었다. 이젠 출근차량들로 거리가 번잡해진 데다 오가는 사람들의 이목 또한 조심스러웠다. 영감 깜냥에 우리 둘의 눈치가 석연치 않았는지 영감이 먼저 탈탈 털고 나섰다.

"걱정 말래두 기러는구만. 내레 실전 가믄 안 기렇대두."

"시방 영감 하는 걸로 봐선 딱 잡혀갈 깜이니까 안 그요?"

"잡혀갈 테면 아예 말아야지."

이거야말로 순전히 찬조출연이지 여기서 몇푼이나 얻어먹는다고 잡혀갈 짓을 해? 하고 경범씨가 계속 고시랑거리자 칠범씨가 의리 좋다는 게 뭐요? 하며 제법 어기차게 경범씨를 나무랐다. 나는 경범씨와 내내 같은 생각이었지만 섣불리 의중을 드러내지는 않았다. 대신 조심스레 병실로의 귀가를 재촉했다.

"우선 병실부터 들어가봐야 할 것 같은데요. 요새 보상과 직원 눈치가 심상치 않은 것 같습디다."

"그 인사는 생긴 것도 꼭 쥐새끼처럼 생겨갖고 뭣 땜에 우리를 못 잡아먹어서 그러고 야단이디야."

"한들 어쩌겠어요. 우리가 알아서 조심하는 수밖에. 풀어놨던 붕대들도 다시 감고 채비합시다."

서둘러 채비를 마친 우리는 다시 팔병신, 허리병신이 되어 두달 전에 오십만원씩에 사들인 헌털뱅이차 두 대에 분승하여 분주한 아침 거리를 벗어났다.

텅 빈 병실을 허수아비처럼 지키고 앉았다 우리를 맞은 건 뜻밖에도 병원 사무장이었다. 아침부터 누구한테 된통 당하기라도 했는지 그는 잔뜩 부아가 치밀어 있었다. 톡 불거지고 빼쪽해진 눈에다 입은 벌렸다 하면 따발총을 쏠 듯한 기세였다. 느낌이 심상치 않았다. 아무래도 보상과 직원이 급습을 한 게 아닌가 싶어졌다. 우리는 서로 눈짓을 주고받으며 부랴부랴 외출복을 벗고 환자복으로 갈아입었다. 그 틈에도 칠범씨가 사무장을 두고 넉살좋게 엉너리를 쳤다.

"그런디 사무장님이 뭐 땜시 요러고 아침부터 경복궁 궁지기가 되셨다요?"

"몰라서 물어요? 내가 왜 궁지기 노릇을 해야 하는지. 왜들 그렇게 병실은 비우는 겁니까? 한바탕 개지랄을 하고 갔다구요. 순 나이롱환자들 아니냐고."

우리는 서로 황망히 눈을 마주쳤다. 역시 보험회사 직원이 기습을 한 것이었다.

"어떤 놈이 그래요? 우리가 나이롱환자라고? 나이롱환자가 이 무더운 여름날 허리수술 받고 팔에 깁스한답디까?"

경범씨가 석고붕대로 휘갑친 팔뚝을 되알지게 밀고 나오자 칠범씨가 꾀바르게 거들고 나섰다.

"아침운동 쪼깨 하고 왔더니 그새 무슨 사단이 벌어진겨? 아침 기분 드럽고만. 아, 우리사 아프니까 아프다고 했고, 입원하래니까 입원했고, 수술하래니까 했을 뿐인디, 뭔 잡소리여?"

사무장이,

"우리야 알죠. 그러니까 병실을 비우더라도 한낮에 잠깐씩만 비우란 말이요. 그것도 까치새끼들처럼 우르르 몰려다니지 말고 한 사람씩 돌아가며."

하다가 예순줄을 넘겨 일흔줄에 명부 둔 노인까지 있는 마당에 까치새끼들이란 표현이 본인 귀에도 거슬렸는지 말매듭을 못 짓고 겸연쩍게 웃었다.

"아침운동을 하고 왔단게 그요. 운동을 부지런히 해줘야 쉽게 낫는다고 원장선생이 안 그럽디요? 아주 까놓고 말하면 답답시럽기도 하고. 사무장님도 한번 생각해보쇼. 벌써 두달쨴디, 일도 못하고, 뭔 재미가 있겠소?"

"그래도 조심하시는 게 낫지. 걔네들이 나이롱환자를 한두 번 겪어봤겠어요? 걔네들은 척하면 삼천리라니까. 통박 굴리는 데는 선수라구. 내가 입원하던 날 안 그럽디까? 합의가 될 때까지 시도때도 없이 들이닥칠 거라고. 나중에 우리 병원까지 덤터기 쓰는 일은 없도록 해주셔야지. 생각해서 원장님이 수술까지 해주셨는데. 그만 식사들 하고 쉬세요."

사무장이 병실 문을 닫아주고 나가려 하자 칠범씨가, 식사 얘기가 나와서 하는 얘긴디, 병원밥이 가다밥보다야 백배는 낫지마는, 그야 넘의 살이 섞였을 때 얘기고, 넘의 살이 안 섞이고 풀밭에서 뒹굴라니까 영 맹탕입디다. 이래저래 형편이 어렵다본께 여자고기 맛도 못 보고 사는디, 사모님께 허구한 날 멸치대가리만 진상 말고, 자축인묘진사오미 어쩌고 하는 십이지 고깃살 중에, 다는 말고 몇개씩만 돌려가며 보시 쪼까 하라고 하쇼, 하고 너스레를 떨어 사무장 뒤통수를 여지없이 쳐버렸다. 사무장이 자신은 아는 바가 없다는 듯 고기반찬이 그리 없어요? 말을 한번 해야겠네, 하더니 머쓱하게 웃고 나가버렸다. 자해 교통사고 칠범인 칠범씨가 이 병원에 단골로 드나들며 알게 된 사실이지만 병원밥을 납품하는 사모님이라는 이가 사무장 안사람이었다.

칠범씨의 본래 이름은 강형만으로 전라도 어디에서 개인택시 운전을 했다고 한다. 그 개인택시 면허라는 게 무사고 운전, 장기근무 연수로 주어지는 게 원칙이었으나 그보다 한단계 높은 우선순위가 따로 있었다. 구청이나 시청 교통과 소속 직원들 중에 퇴직을 하고 나오는 이들이 바로 그들이었다. 없는 놈 억짓돈 만들어 밀어넣고 계 탈 순서 기다리듯 이제나저제나 하고 목매고 살던 칠범씨는, 그러나 번번이 그들에게 밀려나곤 했는데 급작스레 전쟁 터지듯 난데없이 IMF가 터지자 그 순서는 한정없이 밀려나버렸다. 할 수 없이 칠범씨는 시골 노모를 졸라 농사짓고 살던 상답논 열 마지기를 팔고 사채를 얻어 웃돈을 주고 개인택시 면허를 샀다. 그런데 그만 비좁아터진 골목길에서 후진으로 차를 돌려나오려다 세발자전거를 타고 놀던 어린애를 덜커덕 치어버렸고 아이는 현장에서 즉사해버렸다. 칠범씨에게 IMF는 그렇게 지랄맞게 왔고 빚만 잔뜩 짊어진 채 고향을 등질 수밖에 없었다. 그 뒤로 그는 서울 부산 등지를 떠돌다 마침내는 동전 한닢 없는 노숙자가 되었고 서울역 지하보도에서 노숙을 하다 경범씨와 나에 앞서 영감을 만나게 되었다.

얼금뱅이마냥 얼굴이 얽어 있는 영감은 전쟁통에 미군기의 평양 시내 폭격으로 아버지를 잃고 형제들과는 뿔뿔이 흩어져 단독으로 월남한 이산가족이었다. 북에는 폭격에서 기적적으로 살아남은 어머니와 당시 원산 쪽으로 출가했던 누님 두 분과 인민군으로 소집되어갔던 형님 한 분이 살아 있을지도 모른다고 했다. 영감이 남쪽으로 내려와 했던 고생은 너무도 극심해서 노숙을 하는 동안 우리는 우리의 처지에 앞서 영감의 지난날에 더욱더 가슴 저려했다. 영감은 언젠가 통일만 되면 북으로 돌아갈 생각으로 남쪽에다는 땅 한 뙈기 안 사고 고집스럽게 현금만 보유했던 모양이다. 그런데 한밤중에 느닷없이 영감이 살던 비닐하우스에 원인 모를 불이 나고 삽시간에 비닐하우스 스무 동을 다 태워버렸다. 한순간에 알거지가 되어버린 것이다. IMF에 앞서 떠돌이 노숙자가 된 영감은 그 뒤로 달려오는 차에 기술적으로 몸을 부딪고 돈을 갈취하는 이들과 연결되어 푼돈 몇푼에 몸을 내던지는 늙수그레한 자해공갈단원으로 모진 목숨을 이어왔다. 오다가다 만난 여자와 어찌어찌 해서 살림도 차리고 아들도 하나 두었나본데 아무리 술에 취했어도 아들 얘기만 나오면 일절 입을 다물었다. 추측컨대, 아들이 번듯하게 성장하지는 못한 듯싶다.

경범씨와 나는 그들을 우연히 만났다. 서울역 부근 남영동에서 숙

명여대 쪽으로 꺾어지는 지하차도 건널목 앞에서였다. 그날 나는 비가 내리고 날도 일찍 저물었던 탓에 일찌감치 노숙장소인 서울역으로 돌아가는 길이었다. 날이 궂어서 오가는 행인도 드물고 평소보다 차들도 헐렁헐렁해 거리가 한산했다. 느닷없이 천지간이 진동하는 듯한 끼익! 소리가 나더니 영감 하나가 급하게 우회전하는 차에 부딪혀 풀썩 쓰러졌다. 순간 억! 소리가 영감보다도 내 입에서 먼저 튀어나왔다. 실로 순식간의 일이었다. 영감은 신음소리도 못 내고 빗길에 나부라졌다. 아무래도 다리 하나가 차바퀴 밑에 깔린 듯했다. 급브레이크를 밟았던 운전자가 황망히 뛰어나오고 맞은편 도로에서 사내 하나가 벽력같은 소리를 내지르며 마구 엇질러 건너왔다. 고급승용차인 에쿠스에서 내린 운전자는 뜻밖에도 스포츠형 머리에 작업복 차림인 청년이었다. 청년은 영감을 얼른 둘러업지도 차에 싣고 병원으로 달려가지도 못하고 반 넋이 나가 역시 반 넋이 나간 듯한 사내 곁에서 부질없이 "할아버지 괜찮아요? 할아버지 괜찮아요?" 소리만 연발했다. 그때까지도 영감은 축 늘어진 채 신음소리조차 없어 얼핏 죽은 게 아닌가 싶었다. 운전자야 워낙 놀라고 경황이 없어 그렇다 쳐도 영감의 동행으로 여겨지는 사내마저 영감을 재빨리 병원으로 데려갈 생각을 안 했다. 그 숨넘어가는 판에 한가롭게, 그러나 몹시 거칠고 조급하게 운전자만 다그쳐대고 있었다. 둘 다 지각이 없어도 원 저렇게도 없을까 싶어 화가 다 치밀어올랐다. 멀뚱하게 서서 구경만 할 게 아니라 나라도 나서서 일의 순서를 바로잡아줘야겠다 싶을 때 멋모르고 지나던 행인 중의 하나가 버럭 소리를 질렀다. 그가 경범씨였다.

"저러다 사람 잡겠네. 누가 빨리 택시 좀 잡아와요."

그런 찰나 시체처럼 나부라져 있던 영감이 밭은 숨을 토해내며 살며시 눈을 떴다. 순간 구경꾼들이 죽지는 않았다고 뜻모를 박수를 쳤다. 청년은 울고 있었다. 푸슬푸슬 울고 있었다. 영감이 청년을 찬찬히 올려다보았다. 그때 난데없이 청년의 작업복 안에서 휴대전화가 발광을 했다. 청년이 휴대전화를 귀에 채 갖다대기도 전에 핏발서린 소리가 터져나왔다.

"너 이 새끼, 차 빨리 안 가져와? 오분 이내로 안 가져오면 너 오늘 뒈질 줄 알어. 알았어 새꺄?"

그리고 휴대전화는 일방적으로 끊어져버렸다. 청년이 빗물에 흥건히 젖은 팔뚝으로 눈가를 훔쳤다. 비에 찰싹 달라붙은 면 티셔츠 상의 뒤판에 새겨진 글자. 한영 카쎈터. 그제야 우리는 사태를 짐작할 수 있었다. 안타깝게도 청년은 수리를 맡겼던 손님의 차를 갖다주는 중에 사고가 난 것이었다. 구경꾼들이 쯧쯧 혀를 찼다. 내가 청년이라도 뛰다 죽을 노릇이었다. 그런데 별안간 영감이 누구의 부축도 없이 불쑥 상체를 일으켰다.

"야야 청년이레, 내레 일없어야. 기러구 섰디 말구 날래 가보라마. 날래."

눈이 휘둥그레질 일이었다. 청년이,

"그래도 어떻게……"

하고 우물쭈물 망설이고만 서 있자 영감이 영감 바로 앞에 서 있던 경범씨와 나, 우리 둘을 가리키며,

"내레 나중에 딴소리 안하가서. 저분덜이레 네레 증인이 돼주믄 되갔디?"

해서 졸지에 그날 현장 증인으로 그들을 만난 것이었다. 그리고 영감을 쫓아 그날로 남산 힐튼호텔 아래 한 평짜리 쪽방에 새로운 둥지를

틀었다.

경범씨와 내가 그들의 정체를 온전히 안 것은 그 뒤로도 열흘인가 더 지나서였다. 서울역 지하보도에서 노숙을 하던 나와 경범씨가 영감네 쪽방으로 옮겨간 지 얼마 안되어 둘다 된통 앓아눕는 불상사가 일어나고 말았다. 기존의 여인숙을 반 평 내지 한 평으로 다닥다닥 쪼개고 쪼개어 얇은 베니어합판에 값싼 비닐벽지를 붙여 만든 쪽방은 햇볕 한줌 스며들지 않고 바람 한줄기 깃들이지 않아 늘 침침하고 큼큼한 냄새에 찌들어 있었으며 바닥은 눅눅하고 습기가 찼다. 우리는 밤이면 잠을 자는 게 아니라 관 속에 들어가 송장처럼 갇혀 있다 아침이면 관 뚜껑을 열고 허겁지겁 기어나왔다. 무심코 불어오는 바람 한줄기와 밝은 햇살 한줌에 새삼 새로움을 느꼈을 때 경범씨와 나는 지독한 몸살을 앓기 시작했다. 여름날처럼 푸근한 사월에 때아닌 독감이었다. 그 무렵 영감과 칠범씨는 어디론가 멀리 일을 나가고 우리는 그 관 속 같은 쪽방에서마저 밀려날 처지에 놓였다. 무단결근으로 인해 그동안 다니던 공공근로 일자리마저 떨궈진 탓에 돈이 바닥나버린 까닭이었다. 일수를 찍어주듯 그날그날 쪽방비를 내야 겨우 하룻밤의 잠자리를 제공받는 게 우리가 가진 신용의 전부였다. 경범씨와 나는 쪽방을 나와 다시 서울역 지하보도로 옮겨갔다. 그러던 어느날 영감과 칠범씨가 우리를 찾아왔다. 그새 우리는 반쪽이 되어 있었다. 그날 우리는 몸보신을 위해 그들을 따라 남대문시장으로 순댓국과 돼지껍데기볶음을 먹으러 갔다. 그리고 그들로부터 처음엔 무척 낯설고 황당했지만 점차로 입맛이 당기는 제안을 하나 받았다. 우리는 기꺼이 그리고 황감히 그들의 제안을 받아들였다. 그들은 자신이 가진 단 하나뿐인 목숨을 담보로 목숨보다 귀한 돈을 사는 자해공갈단이었다.

환자복을 입고 팔병신, 다리병신, 허리병신이 되어 뼈다귀해장국집으로 아침을 먹으러 간 우리는 하마터면 혼겁을 할 뻔했다. 지랄맞게도 하필이면 보험회사 직원이 게 있을 게 뭐란 말인가. 환자복을 입은 병신들 넷이 쭈르르 들어서는 통에 그가 먼저 우리를 발견하고 피식 웃었다. 설사 우리가 먼저 그를 발견했다 할지라도 병신들 넷이 냅다 뛰어 도망칠 순 없지 않겠는가. 우리도 피식이 웃으며 팔병신은 팔병신마냥, 다리병신은 다리병신마냥, 허리병신은 허리병신마냥, 겨우 고개나 까딱해서 아는 체를 했다. 경범씨가 들릴락말락한 소리로 재수 한번 더럽게 없구만, 푸념을 해서 우리끼리 통하는 눈빛으로 소리 없는 웃음을 나누었다. 우리는 병신들답게 일부러 세월아 네월아 하고 신발을 벗었다. 그리고 병신들답게 가끔 번차례로 신음소리도 한 번씩 내질렀다. 그런데 정작 문제는 신발을 벗은 뒤가 더 위태롭다는 것이었다. 우리는 이제껏 남들 앞에서 병신으로 밥을 먹어본 적이 없어 어떻게 먹어야 병신답게 먹는 건지를 전혀 알지 못했다. 팔병신이야 그냥 자리잡고 앉아 다른 한 팔로 먹으면 될 것 같고 다리병신도 비스듬히 뻗장다리를 하고 앉아 먹으면 될 것 같지만, 허리병신들은 어찌해야 한단 말인가. 방바닥에 내려앉을 땐, 또 밥을 먹을 땐? 허리병신은 나와 칠범씨 둘이었다.

"아따, 허리를 다쳐논께 옹색스러 죽겠고만. 요로고 맨바닥에 앉아 먹어야 하는 딘 줄 알았으면 안 왔을 텐디 무단시 따라왔고만. 기왕지사 따라왔응께 한술 뜨긴 떠야 할 텐디 어떻게 앉아야 쓸까."

하고 칠범씨가 죽는 소리를 쳤다. 작자는 우리들이 하는 양만 지켜보고 있는 것 같았다.

작자를 옆구리에 끼고 앉은 게 찜찜하고 어색하긴 했으나 어쨌든 우리는 무사히 자리를 잡고 앉았다. 작자가 약삭빠르게 말을 붙여왔다.

"병원 밥이 입맛에 안 맞으시지요?"

순간 칠범씨가 눈을 끔뻑했다. 우리는 칠범씨가 던지는 무언의 말을 금세 알아차렸다. '보험사 직원과는 될 수 있는 한 말을 하지 마라. 무조건 잘 모른다고만 해라. 그리고 볼 때마다 아프다고만 해라. 창구는 나 하나로 단일화하자.' 칠범씨 눈치마따나 창구는 칠범씨 하나로 단일화하고 우리는 일절 모르쇠로 곁에서 적당히 아구구 소리나 연출해주면 될 성싶었다.

"형씨라면 허구한 날 백반만 먹겠소? 가끔 갈비탕도 먹고 하지. 그런데 아침에는 뭔 일로 댕겨갔다요? 우리 운동 나간 새에 댕겨간 모양이던디?"

"병세가 좀 어떤가 살펴도 드리고 안부도 여쭐 겸 그랬지요. 그래 요새들 어떠세요? 두달 넘어 곧 석달 차 들어서는데요."

"아이고, 말도 마쇼. 아직도 그냥 죽겠어요. 이러다 평생 병신 되는 거나 아닌지 모르겠어요. 남자는 뭐니뭐니 해도 허리가 젤 아니겠어요? 허리병신 돼불면 인생 끝장 봐버린 거 아니겠어요? 안 그요?"

칠범씨 말엔 그저 웃기나 하고 작자는 이번엔 다리병신인 영감에게로 화살을 돌렸다.

"어르신, 아직도 걷기가 많이 불편하세요? 웬만하시면 퇴원하셔서 통원치료를 받으시지요."

"내레 아직두 다리가 얼마나 아픈데 기러누?"

"그러세요? 그럼 어르신도 석달 다 꼬박 채워 나가시겠다? 박사장님은 허리 좀 어떠세요? 박사장님도 석달 다 채워야 합의를 해주실

건가요? 최사장님도 그러신가요?"

경범씨와 나는 가타부타 대꾸를 안했다.

"우리도 병원생활이 지긋지긋한디 후딱 낫기만 함사 제발 있으락
해도 안 있죠. 근디 저러고 다들 아프다는디, 글먼 치료를 받지 말고
나가란 소리다요? 보험법으로도 삼개월은 보장이 되어 있는디 고러
고 섭섭하게 말씀하시면 안되지라."

"그러면 일단 합의부터 보시고 치료를 받으시면 어떻겠어요?"

"고러고는 안되지라. 합의를 봐줬다 하면 그때버텀 환자는 나가리
되고 보험사 맘대로만 할라고 할 틴디, 누가 고러고 밑지는 장사를 할
라고 하겠소? 고러고 말도 안되는 말씀을 하실라거든 우리끼리 편한
밥 쪼까 먹게 그만 가보쇼."

칠범씨는 아예 작자를 내쫓아버렸다.

"지랄한다고 쫓아댕겨? 우리가 석달을 다 채우겠다는디 지가 어쩌
겠다고? 아니할 말로 지 돈 먹겠다는 것도 아니고, 즈그 회삿돈 좀 먹
겠다는디, 먹겠다고 작정하고 나선 놈을 지가 무슨 수로 막겠다고?
봐하니 애새끼 한둘은 넉넉히 두었겠고만, 눈치껏 붙어먹을 중도 알
아야지. 저 작자 마누라도 호강하고 살기는 애저녁에 글렀고만."

칠범씨 말부시질에 슬몃 웃어주긴 했으나 나는 작자가 씨익 웃고
나간 게 왠지 꺼림칙했다.

"저 작자, 혹시 뭔가를 눈치챈 건 아닐까요? 유난히 들랑거리고 캐
고 든다 싶은데."

"지가 그래봤자지. 아, 사고가 합법적인 디서, 합법적으로 났는디,
지가 암만 캐본들 뭣이 나오간디? 우리만 입 딱 다물고 있으면 귀신
도 모를 거요."

그러나 칠범씨의 장담과 달리 나는 왠지 모를 불안감과 두려움에 밥맛을 잃고 숟가락을 놓아야 했다.

　남대문시장 순댓국밥집에서 그날로 사인일조를 이룬 우리는 칠범씨의 진두지휘 아래 곧바로 교통상해사고를 위장한 도합 이억짜리 보험사기 작업에 착수했다. 사업이 성공했을 때 우리는 각자 오천만원씩을 나눠갖는다는 조건이었다. 오천만원이면, 칠범씨는 빚의 절반을 갚고 어떡해서라도 다시 택시를 몰아볼 수 있는, 경범씨는 코스닥에 등록이 되기도 전에 부도가 나버린 사업체를 다시 어찌어찌 살려서 경제사범으로 부정수표단속법에 쫓기는 신세에서 해방될 수도 있는, 금융기관에서 명퇴를 당한 뒤 명퇴금과 집을 저당잡혀 경험 없이 벌인 사업에서 실패하고 아내와 딸마저 식당 종업원으로 외가로 뿔뿔이 흩어지게 한 내가 어쩌면 그들을 다시 불러모을 수 있는, 그리고 굳게 입을 다문 채 용처를 밝히지 않는 영감조차도 간절히 소망해 마지않는, 너무도 절박하고 가슴 저리는 액수였다.

　우리는 즉각 면허가 없는 영감과 면허가 취소된 칠범씨 대신 나와 경범씨 명의로 노후된 중고차 두 대를 헐값에 사들였다. 그리고 자동차 딜러를 통해 소개받은 보험모집인을 통해 자동차보험과 상해보험과 손해보험에 가입을 했는데 보험사기극을 은폐하기 위해 과거 직업이 확실했던 경범씨와 나를 집중적으로 피보험자로 정하는 위장술을 썼다. 그리고 한달에 팔십만원씩이나 납입해야 하는 보험납입금을 마련하기 위해 두달 동안 아홉 건에 이르는 자잘한 교통사고를 저질렀으며 단 한 건도 실패하지 않았다. 아홉 건의 고의사고를 통해 경험과 기술을 축적하고 용기와 자신감을 얻은 우리는 갈수록 의기충천해졌다.

최초 보험납입일로부터 두달이 지난 6월 6일.

마침내 우리는 계획대로 거사를 실행에 옮기기로 했다. 이날은 평일에 비해 보험금이 두 배로 뛰는 법정 공휴일이었다. 우리는 한적한 주택가 삼거리 일방통행 도로 길목을 배회하며 역주행하는 차를 노렸다. 경범씨가 운전대를 잡고 칠범씨와 영감이 조수석과 뒷좌석에 나눠 앉았다. 나는 길 건너편에서 역주행하는 차를 발견하는 즉시 신호를 넣는 바람잡이 역을 맡았다. 사고가 남과 동시에 재빨리 달려와 콩케팥케 정신이 없는 틈을 타 슬쩍 뒷좌석에 올라타 본디부터 한 일행이었던 것처럼 상대 운전자를 감쪽같이 속이는 민첩성까지 요구되는 역할이었다. 한낮을 비켜난 시간, 드디어 나는 자가용 한 대가 저만치서 역주행으로 달려오는 것을 발견했다. 가슴이 펄떡펄떡 뛰었다. 별안간에 이마에 땀이 나기 시작했다. 그깟 땀쯤에 아랑곳할 상황이 아니었다. 나는 신이라도 들린 것처럼 중얼중얼 주문을 넣었다. 가까이! 조금만 더 가까이! 그리고 역주행 차량이 일방통행 표지판을 발견하고 아차! 싶은 상황, 그러나 후진으로는 도저히 빠져나갈 수 없는 상황, 오히려 가속을 붙여 재빨리 빠져나가야 하는 상황에서 번쩍, 팔을 치켜올렸다. 동시에 이제나저제나 내 수신호가 떨어지기만을 학수고대하고 있던 우리편 차에 급시동이 걸렸다. 좌회전 깜빡이를 넣고 급가속으로 좌회전을 하자마자 숨가쁘게 달려오는 역주행 차에 그대로 운전석 옆구리가 작살나버렸다. 우리편의 일방적인 승리였다. 우리는 사전 각본대로 팔병신, 다리병신, 허리병신이 되었다. 사고에 비해 워낙 부상이 경미해 애초에는 잠깐 입원해서 반짝 쉬었다 나가는 2주 정도밖에 진단이 안 떨어졌으나 정형외과 사무장의 눈치빠른

협조에 의해 우리는 째고 꿰매고 섬유붕대로 휘감치는 공사를 거쳐 소기의 목적을 무사히 달성한 것이었다. 그러나 그것은 우리의 복잡다단한 계획의 시발점에 불과했다. 우리는 이억원의 보험금을 위해 무려 여섯 개의 보험사와 힘든 싸움을 벌여야 할 것이었다.

점심을 먹고 한숨씩 낮잠을 자고 난 우리는 해가 설핏 기울기를 기다려 뭇 시선들을 피해 잡풀이 우거진 공지로 차를 몰고 나갔다. 영감과 다시 한번 손발을 맞춰보기 위해서였다.

영감이 어련히 알아서 잘하지 않겠나 싶다가도 누구랄 것도 없이 우리는 병실에서 벌떡증을 일으켰다. 보험사 직원이 새벽같이 급습을 한 것이나 여섯 개나 되는 보험사 중 어느 한 곳과도 보상협상이 원활히 이루어지지 않고 있는 것이 마음에 걸렸다. 그런 와중에 영감을 위해 또다시 뭔가를 벌여야 한다는 것이 섶을 지고 불속에 뛰어드는 것처럼 무척 위태롭게 느껴지고 썩 내키지도 않았다. 그렇지만 영감을 제외한 우리 셋 중 그 어느 누구도 중도에 그만두자는 소리는 입밖에 내지 않았다. 그것은 네댓 달을 함께 생활하며 맺어진 영감에 대한 우리의 의리이기도 했거니와 영감의 가슴속에 한으로 맺혀 있는 그 무엇에 대한 존중이기도 했다. 영감이 우리에게 자신의 신상에 대해 밝힌 얘기는 그가 혈혈단신으로 월남한 이산가족이라는 게 고작이었으나 간간이 그의 넋두리를 통해 흘려들은 바에 의하면 그가 기필코 이번 일을 성사시키려는 데에는 영감 나름의 깊은 속내가 따로 있는 듯했다. 영감의 마지막이자 단 하나뿐인 소원이 구체적으로 무엇인지는 알지 못하나 우리는 이산가족 상봉쯤이 아닐까,라고 막연히 짐작했다. 언젠가 칠범씨에게 중국 두만강에서 북한으로 월경하는 데 대해 물어본 적이 있었다고 한다. 어디서 무슨 소리를 듣고 왔는지 중국동 포를 통해 북쪽 가족들의 생사를 확인할 수 있는 방법도 물었다고 한다. 한국 쪽의 알선책이 누군지, 어디를 통하면 가능한지, 경비는 얼마나 드는지, 아주 구체적으로. 그것만으로도 우리는 그의 소원이 이산가족 상봉이라는 것쯤이야 어렵잖게 짐작할 수 있었다. 그러나 영감의 깊은 속내까지는 여전히 알지 못했다. 남쪽에 하나 있다는 아들 얘기와 더불어 그 부분만큼은 한사코 입을 열지 않는 까닭이었다. 다만 뭔지는 몰라도 무척 애절하고 간절하다는 느낌이 우리로 하여금 도저히 영감을 모른 체할 수 없게 만들었다.

하나 영감은 어쩌면 마지막 예행연습이기 십상일 저녁 연습에서조차 나아진 기미가 전혀 엿보이질 않았다. 외려 아이구 내레 죽네, 내레 죽가서 하던 엄살소리조차 거둬버리고 단숨에 숨이 멎어버린 시신처럼 눈을 지그시 감고 아무런 표정 없이 아주 고요하고 평안하게 누워 있기까지 했다. 정말 영감이 죽어버린 거나 아닌지 더럭 겁이 날 정도였다. 영감이 부스스 눈을 뜨고 반나마 몸을 일으켰을 때 우리는 안도의 숨을 다 내쉬었다.

"길바닥에 뉘 있으니끼니 참 펜안하다야. 내 집처럼 따습기두 하구 말이야."

"아따, 죽어버린 줄 알았소. 사람 좀 에지간히 놀래키쇼. 연습은 개떡같이 하면서 뭣이가 편안하다고 길바닥이 어떻고저떻고 한다요. 길바닥이야 불볕에 달궈졌응께 응당 따뜻할밖에 더 있겠소."

"기렇게 장승처럼 섰디들 말구 한번 누워들 보라우야. 누구 보는 사람두 없디 않가서? 내일 일은 내레 알아서 할 테니끼니 걱정들 말구서리. 뉘들 보라니끼니 기런다야. 얼마나 펜안한 줄 아네?"

"길바닥이 뭣이가 편하다고 저러고 보채쌓는지 모르겠구만."

칠범씨가 말로는 그러면서도 슬며시 엉덩이를 길바닥으로 내려놓더니,

"아따, 한증하는 것처럼 따땃하기는 하구만. 한번 누워도 볼까이? 정말 편할란가."

내친 김에,라는 듯이 영감 곁에 넉장거리를 하고 누워버렸다.

"정말로, 편하긴 편하구만. 하늘도 뵈고 좋다. 아따, 하늘이 저러고 생겼구만. 구름도 저러고 생겼고."

칠범씨 너스레에 경범씨도 나도 조무래기 악동처럼 에라 모르겠다 하곤 따라 누워버렸다. 잔 돌멩이들이 간혹 등에 배기기는 해도 영감 말마따나 생각 밖으로 따뜻하고 편안했다. 눕자마자 둘이서 짜맞추기라도 한 듯이 정말 편하네, 소리가 절로 흘러나왔다.

"좋소들?"

"예, 좋네요."

"경범씨도 좋소?"

"예, 좋은데요. 하늘도 뵈고."

"벌써 길바닥이레 좋으믄 안되디."

"아따, 좋다고 꼬신 사람이 누군디 그런디야?"

슬몃슬몃 눈이 감기려 했다. 눈을 감기만 하면 그대로 잠이 들 것 같았다. 그리고 누가 먼저랄 것이 없이 정말 잠속으로 솔솔 빠져들고 있었다. 그런데 우리 셋처럼 어디 한 귀퉁이쯤은 잠속으로 빠져든 줄 알았던 영감이 느닷없이 뚱딴지같은 말을 꺼내는 것이었다.

"내레 말이야, 아들놈 앞으루 생명보험 하나레 넣어둔 거이 있디 안간? 나 죽으믄 그거 갖구 먹구살라구 말이야."

그러나 뜬금없이 꺼낸 말치고는 매우 심상해서 우리는 그저 그런가 보다 하고 들어넘겼다. 아버지가 아들을 위해 보험 하나쯤 들어놓은 거야 별다르게 특별할 것도 없지 않은가. 칠범씨가 말부조 삼아 그랬소? 잘했소,라고 몇마디 가볍게 응수해주었을 뿐이다.

"내레 한가지 부탁 좀 하자야. 내레 내일 말이야, 오늘처럼 또 엉성하게 굴거든 말이야, 누가 뒤에 섰다가 아무두 모르게 슬쩍 좀 밀어뜨려주디 않가서?"

그 말도 우리는 그냥 심상하게 흘려들었다. 영감이 난데없이 부탁이라고까지 하는 통에 뭔가 하고 귀를 기울이기는 했으나 웃자고 하는 소리였기 때문이다. 영감 말소리에 깜빡 졸았다 깨었다를 반복하고 있던 찰나이기도 했다.

"아따, 안 그래도 그럴 참이요. 걱정 마쇼. 인자는 겁부터 나는 모양이구만."

칠범씨의 심통어린 대꾸조차 건성으로 흘려들으며 우리는 다시금 잠속으로 빠져들기 시작했다. 영감 혼자서 뭐라고 구시렁대는 소리가 아스라이 들리다 말다 했다.

"길바닥이레 참 펜안하구만 기래. 내레 돌아갈 자리라서 기런지 말이야……"

뱃속이 부글거린다는 핑계로 영감이 저녁밥을 걸렀다. 며칠이나 갈지는 몰라도 아침에 칠범씨가 병원 사무장에게 너울가지 좋게 넌덕을 떤 보람이 있어 바닷고기며 육고기도 상에 오르고 밥 반찬이 제법 쏠쏠해도 영감은 화장실에나 들락거리며 배를 쓸고 다닐 뿐이었다. 그쯤 되고 보니 우리의 걱정이 이만저만이 아니었다. 어떡해서라도 끼니만큼은 거르지 않고 악착같이 챙겨먹는 영감이 아니었던가. 워낙 급습에 능한 보상과 직원 나부랭이가 언제 또 급습을 할지 몰라 우리는 번차례로 병실을 지키며 덜렁덜렁 영감 뒤를 쫓아다녔다. 장장 두 달여나 되는 지루한 병원생활 동안 별다르게 소일거리가 없는 우리에게는 그것도 하나의 재밋거리였다. 그런데 영감 하는 짓을 봐하니 배탈은 아닌 듯싶었다. 우리들이 줄곧 쫓아다니는지라 바지춤을 부여잡고 황급히 화장실 안으로 들어가기는 하는데 들락거리기만 할 뿐, 물똥을 싸거나 설사를 쏟는 것 같지는 않았다. 우선 부글거리는 뱃속을 드세게 밀고 나오는 배변소리가 도시 나질 않았다. 수셋물을 내리는 소리도 없었다. 시간도 그랬다. 우리가 장난질하듯 화장실 밖에서 똑딱똑딱 똑딱소리 몇번이면 그만이었다. 아무래도 이상하다 싶은지 칠범씨가 영감 뒤를 재고 섰다 가만가만 되짚어 가보더니 고개를 갸웃갸웃하며 나왔다. 그러고는 혼잣말처럼 시부저기 중얼거렸다.

"이상하네. 웬 못 보던 몽둥이가 다 있네. 사무장이 갖다놨을까? 근디 그 양반이 뭣 하러? 뭔 할 짓이 없어서?"

그때, 소일거리 삼아 병원 일층 안내데스크에서 아홉시 저녁뉴스를 보고 있던 경범씨가 별안간에 경악을 하는 소리가 났다. 순간 우리는 우리가 갖가지 병신들이라는 사실을 잊어버리고 계단을 쿵당쿵당 뛰어내려갔다.

뭔 일이여, 하고 보니 경범씨가 경악을 할 만도 했다. '친인척을 포함한 5인조 보험사기단 적발'이라는 자막과 함께 점퍼를 머리끝까지 뒤집어쓰고 허리를 납신 구부린 사내들 셋과 여자들 둘이 텔레비전 화면에 막 클로즈업되고 있는 찰나였던 것이다. 우리와 범행수법은 달랐지만 가슴이 철렁했다. 그러나 이내 평정을 되찾은 듯 칠범씨가,

고것 하나 감쪽같이 해치우지 못하고, 하고 혀를 차다 다른 병실 환자들이 꼴들 좋다 하며 비아냥거리자 그만 머쓱해서 서둘러 병실로 걸음을 옮겼다. 우리도 당분간 조심해야겠다는 소리를 눈치껏 주고받으며 따라올라갔다. 놀라긴 되게 놀랐는지 얼굴색이 노래진 경범씨가 시늉으로만 걸쳐두었던 팔뚝의 붕대를 차근하게 되감기 시작했다. 칠범씨도 헐렁하게 두르고 있던 섬유붕대를 꼼꼼하게 되짚어 감더니 배부른 임산부마냥 허리를 손으로 받치고 괜히 병실 복도를 어정어정했다.

그런 그를 병실 침상에서 찬찬히 바라보고 앉았던 영감이 정말 다리병신이기라도 한 양 다리를 질질 끌며 칠범씨 곁으로 다가서더니 얼른 그의 팔을 낚아채가지고 화장실 뒤편 베란다로 갔다. 난데없는 영감의 행동에 순간 어리둥절했지만 별일이야 있겠는가 싶어 나 역시도 허리에 대충 감아두었던 붕대를 풀어 다시 친친 감기 시작했다. 그런데 소리를 죽인다고 죽인 칠범씨가 기겁이라도 한 듯 느닷없이 목소리를 높였다. 나는 서둘러 붕대 매듭을 짓고 가만가만 화장실로 스며들었다.

"세상에! 어떻게 그 짓을 한단 말이다요."

"괜찮다구 기래도 기러네. 내레 본래 왼팔잡이야. 남들처럼 오른팔잡이가 아니라두 기러네. 오른팔 하나 병신 된들 아무렇지도 않단 말이야. 눈 딱 감고 단매에 한번만 쳐달라는데두 기러누만. 내레 내일 죽지두 병신두 못 되믄 어떻게 되갔네?"

"그래도 그렇지. 그 짓을 어떻게 하냔 말이요. 영감 인제 본께 참 독한 양반이요."

"안 기러면 그놈의 자식을 내레 어떻게 하가서? 낼모레믄 출감인데 말이야."

"무슨 말이다요? 글먼 아드님이 지금 교도소에 있소?"

대답 대신 영감이,

"담배 갖구 나온 거 있네?"

하자 잠시 부스럭거리는 소리가 나더니 둘이 나란히 한 대씩 피워무는지 조용해졌다. 이윽고 담배 한 대 참 정도의 여유가 생긴 칠범씨가 영감을 조근조근 설득하는 소리가 났다.

"그래도 어떻게 몽둥이로 내리칠 수 있단 말이요. 내일 잘하면 되지."

그런데도 영감은 막무가내였다. 생떼를 쓰다시피 했다.

"네레 안 도와주믄 내레 내일 덩말 길바닥에서리 죽어버리가서."

그러자 칠범씨가 격앙이 된 듯,

"뭐요? 글면 그럴 생각으로 연습도 고러고 개판친 거다요? 돌았구만, 돌았어. 나는 안 들은 걸로 할라요. 그만 들어갑시다."

냅다 몇마디 쏘아붙이더니 휘적휘적 걸음을 옮겨버렸다. 그런 칠범씨의 등뒤에서 영감의 소리죽인 악다구니가 숨가쁘게 쏟아졌다.

"칠범이 자네가 기러믄 내레 내일 죽는 길밖에 없어야. 이보라우 칠범이, 내레 말 좀 더 들어보라우야. 내레 죽는 꼴을 보가서? 내레 좀 도와달라우야. 이보라우 칠범이, 이보라우 칠범이……"

—『창작과비평』 2001년 겨울호

나는 날개를 달아줄 수 없다

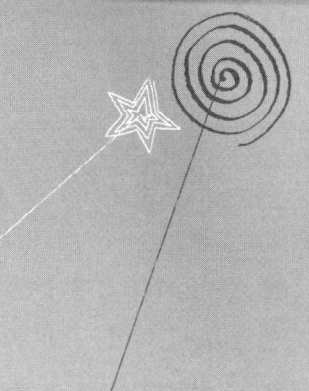

"핸드폰이 꺼져 있다이. 아직 자냐? 빨리 좀 와야겠는데 아직 잔다
냐, 어쩐다냐? 아이, 전화 좀 받아봐라이. 급하게 됐어야. 아직 집에
있을 시간이고만, 전화 좀 받아보래도 그런다이. 또 화장실에서 신문
보고 앉았냐이? 그놈의 신문 좀 갖고 들어가지 말아야. 그니까 자꾸
변빈가 뭣인가 걸리고 그러지. 아직도 안 나왔는가보네? 그러면 니가
전화 좀 해라이. 급해야."

　어머니로부터 '긴급 호출'을 받은 그 시간, 나는 전화를 받지 않았
을 뿐 벌써 일어나 있었다. 졸지에 선잠 깨어 노브래지어에 노팬티 바
람으로 5.9KB짜리 장문의 전자메일을 읽고 있었을 뿐이다.

　전자메일도 읽으려 해서 읽은 건 아니었다. 여고시절 1학년 담임선
생에게서 휴대전화 문자 메씨지로 불같은 재촉을 받고서였다. 어째서
아직까지 메일을 안 보냐? 후딱 메일 좀 봐라.

정말로 급하게 썼는지, '부탁'할 게 있어 급하게 몇자 쓴다,로 시작하는 선생의 5.9KB짜리 장문의 메일은 그 흔한 단락나누기, 문장 줄바꿈도 안한 채 일사천리로 씌어져 읽기도 전에 기함이 들어버렸다. 총총치 못한 아침 식전 댓바람 정신으론 못 읽어내릴 분량이었으나 오죽 급하셨으면 쉰줄 넘은 선생이 문자 메씨지까지 보내셨으려고 싶어 일단 대강이라도 훑어보기로 했다.

선생이 메일 모두에 말한 '몇자'라는 것은 아마도 메일 분량이 아닌 내용을 두고 한 말 같았다. 초겨울에 들어선 J시의 풍광, J여고의 주변 풍경, J여고 선후배 소식, 선생의 일상 등이 장황하나 가볍게 묘사되어 있는 가운데 정교장에 관한 언급이 살며시 깔려 있었다. 선생의 문장식대로 하자면, 페일언하고 요지인즉 이거였다. 네 신인문학상 수상식 초청장을 하나 더 보내줄 수 없겠느냐.

거기까지 읽다가 나는 어머니의 자동응답 전화를 들었다. 선생의 메일에 답신을 쓸 생각이 전혀 없어 나는 컴퓨터를 끄고 나와 어머니의 당부대로 전화를 넣었다. 급해 숨넘어갈 것 같던 어머니는 대뜸 화장실 타령부터 늘어놓았다.

"아이고, 엄마, 화장실 안 갔으니 그만 좀 해. 급하게 인터넷 좀 들어갔단 말이야. 근데 뭐가 급하다며? 뭐가 급한데?"

"니 아버지가 벌써 수술실로 실려들어갔단 말이다."

"지금이 몇신데 벌써? 일곱시도 안됐잖아? 수술은 여덟시잖아?"

"준비하고 어쩐다고 일곱시도 안돼 데려갔어. 수술이 원래 그런가 보더라. 근데 니 아버지 자식놈들이 하나도 안 와본다고 역정역정 내다 갔다."

"아버지도 참, 안 가보긴 왜 안 가봐? 시간 맞춰 가려고 했지. 하여간 알았어. 바로 갈 테니 전화 끊어. 나 지금 옷 하나도 안 입었단 말이야."

"작것아, 아버지 말은 그게 아녀. 똥그랑땡을 가져오란 말이여."

"똥그랑땡? 그게 뭔데?"

"똥그랑땡이 똥그랑땡이지 뭐긴 뭐여?"

"아이 참, 나 옷 하나도 안 입었다니까. 빨리 말해, 그게 뭔지."

"이 작것아, 소설 쓴다는 것이 여태 똥그랑땡이 뭔지도 모르냐? 돈이지 뭐여."

"돈? 웬 돈? 수술비 미리 내래?"

"아이고, 애통 터져 죽겠네. 하여튼 다섯 장만 준비해서 빨리 좀 와라. 니 아버지한테 보대껴서 못살겠다."

수술실로 실려갔다는 아버지가 어떻게 여태도 어머니를 괴롭힌다는 것인지 나는 도무지 이해가 되질 않았다.

"무슨 말인지 하나도 모르겠네. 지금 바로 갈 테니까 병원에서 얘기해."

나 혼자뿐인 공간이지만 그래도 실오라기 하나 걸치지 않은 맨몸인 게 부끄러워 일단 전화부터 끊고 보려 하자 어머니가 느닷없는 당부를 덧붙였다.

"덜렁덜렁 그냥 오지 말고 화장 좀 하고 와라. 매무새도 좀 갖춰 입고."

어머니의 당부는 단순히 당부에 그치지 않고 병원에 다다르기까지 두번의 확인전화로까지 이어졌다. 다섯 장 준비해 오냐가 그 첫번째 확인전화였고, 깜빡 잊어버렸다가 뒤미처 생각났다는 듯이 다급하게 다시 걸려온 전화가 화장은 하고 오냐였다. 그러다 주차요금 내야 하는데 차는 갖고 오지 말지 그러냐는 전화가 한번 더 걸려오고, 아버지 수술하는 날이니까 차 한 대 정도는 무료주차권이 나오겠다고, 그러나 정작 묻고 싶은 말은 옷은 어떻게 입고 오냐에 맞춰진 전화까지 도합 네번이었던 것 같다.

아버지가 수술실로 내려가고 엄마 혼자 불안한가보다 하면서도 무엇 때문에 저리 노심초사하는지 언뜻 납득이 안될 정도였다. 번번이 안정을 못하고 달뜬 목소리로 걸려오는 어머니의 전화는 마침내 네번째에서 내가 벌컥 성질을 부리게 만들고 말았다. 생각해보면 별것도 아니고 아무것도 아닌 것에 대한 짜증이었다.

"아니, 엄마, 도대체 날더러 어떻게 하란 말이야. 화장도 해야지, 옷도 챙겨 입어야지, 돈도 찾아 가야지, 빨리도 가야지, 대체 어쩌란 말이야?"

전혀 예상치 못한 불뚝성에 어머니는 당혹스러웠는지 아버지처럼 서운함을 내비쳤다.

"아침 식전 댓바람부터 왜 성질은 부리고 그런다냐? 성질낼 일이 뭣이 있다고?"

"엄마가 하도 난리를 치니까 그러지. 아버지 수술하는데 내가 때 빼고 광낼 일이 뭐 있다고?"

"그게 에미한테 할 소리냐? 에미가 시키는 대로 하고 병원에 와보면 다 알 일을 갖고? 왜, 김서방이 뭐라 하디?"

북적대는 아침 출근 좌석버스에서 전화 통화가 연달아지고 남들 듣기에 별것도 아닌 일로 모녀지간에 말싸움이나 벌이는 듯한 통화를 오래 하기가 거북스러워 알았다고, 그쯤에서 통화를 끝내려 하자 어머니는 너 아까 하고 있던 꼴이 김서방 아침밥도 못 먹여 보냈겠더만,

아무리 급해도 아침밥은 챙겨 먹여 보내야지, 그래놓고 애먼 데다 화풀이여? 하고 당신 맘대로 단정지어 있는 대로 속을 긁어놓았다. 어머니 말대로 어쩌면 종로에서 뺨 맞고 한강에서 화풀이하는지도 몰랐다.

네 통이나 걸려왔던 어머니의 전화를 두 통으로 착각한 데에는 어머니 외에도 두어 통의 전화가 더 잇달아 걸려왔던 탓이다.

그 두어 통 다 J여고의 담임선생에게서 걸려온 것으로 아침 메일 내용이 그다지 달갑지 않았던 터라 당분간은 받고 싶지 않은 전화였다.

그러나 받지 않을 수 없었다. 다급하게 서두르다보니 휴대전화를 미처 매너모드로 전환시키지 못한 채 버스에 승차했고, 공공의 공간에서 진동이 아닌 상태에서 벨을 악착스레 울리게 할 수가 없었다.

나는 얼른 받아 전화 받기 난처할 때 곧잘 애용하는 관형어구인 선생님, 저 지금 운전중인데요, 했다. 요사이의 운전풍속이 있는지라 웬만한 사람들은 아, 그런가, 하고 서둘러 전화를 끊어주었다.

그러나 선생은 아, 그러냐? 하면서도 그럼 용건만 간단히 말하고 끊을게, 하면서도 요새 어떻냐? 하는 것이 요지부동으로 묻고 말할 태세였다.

선생이 묻는다고 요령부득으로 곧이곧대로 따라서 예, 잘 있어요, 어쩌고 답을 올리면 통화가 한정없어질 것 같아 나는 도저히 전화를 못 받을 상황인 것처럼 목소리 톤을 높여 꾸며,

"선생님, 신호에 걸리면 제가 전화드릴게요."

하고 일방적으로 전화를 끊어버렸다.

여태까지의 통화 내용을 다 듣고 있었는지 옆자리 승객이 슬며시 웃었다. 웃음이 나올 상황이 아니었지만 계면쩍어 나도 시부저기 따

라 웃었다.

그런데 간간이 어머니 전화가 이어지면서 한 십여분이나 지났을까, 선생 전화가 다시 또 걸려왔다. 운전중이라는데 또다시 전화하기가 미안했는지 이번엔 선생이 먼저 공연히 목소리를 높이고 말을 빨리하며 면구스러움을 감추지 않았다.

"저기 말이다, 아침에 메일은 봤더라만, 어쩌냐, 그게 가능하겠냐, 어쩌겠냐?"

우려대로 역시나 선생은 초청장 얘기를 하고 싶어했다. 단순히 가능한지 불가능한지의 여부가 아니라, 보내야 한다는, 꼭 보내야 한다는 무언의 압력인 셈이었다.

나는 선뜻 대답을 하지 않았다. 섣불리 대답하고 싶지 않은 문제이기도 했다. 보낼까 말까의 갈등이 아닌 보내고 싶지 않은데 어떻게 거절하느냐의 난감함이었다. 직접적으로 보내고 싶지 않습니다, 하자니 선생의 심기가 상할 것 같고 그렇다고 에둘러 말하자니 그럴듯한 이유를 찾기가 마땅치 않았다. 선생은 그런 나의 침묵을 운전하느라 여념이 없어 그런 줄로 여겼다.

"저기, 보낼라면 빨리 보내야 혀. 며칠 안 남았잖아? 며칠이 뭐여? 바로 낼모레구만."

나는 일단 알았다 하고 전화를 끊었다. 내 편에서 보면 지극히 애매모호한 대답이었지만 선생 편에서 보면 미적지근하나마 그런대로 긍정의 말이었을 것이다.

불과 몇마디도 주고받지 않은 선생과의 통화를 끝내고 나자 이상하게 맥이 빠졌다. 뭔가 오래된 것이 울컥하고 치밀어오르는 분노, 아주 오래됐으나 지금껏 한번도 삭여지지 않은 노여움이었다. 그 노여움이

괜한 어머니에게 벌컥 성질로 부려졌을 것이다.

내가 병원에 도착했을 때 수술실로 실려갔다는 아버지는 두말할 나 위도 없고, 병실에 있어야 할 어머니조차 종적을 찾을 수 없었다. 휴 대전화조차 병원에서는 잘 터지지 않고 아버지의 수술시간은 시시각 각으로 다가오는데 무슨 일을 어떤 순서로 먼저 봐야 할지 난감했다. 병원에 도착하기 전 내 나름으로 정한 순서가 어머니부터 만나 돌아 가는 상황을 설명 듣는 것이었는데 간호사고 병실 사람들이고 아무도 모른다는 것이다. 상당한 거리로 분리되어 있는 별관 병실에서부터 본관 수술실 앞 보호자 대기실까지 몇번을 되짚어 오가도 어머니의 종적이 찾아지지 않았다. 왈칵 짜증이 솟았다. 그렇게 우왕좌왕 헤매 던 중에 어머니를 만났다. 나는 별관 병실을 돌아 오고 어머니는 보호 자 대기실을 돌아 나가다 복도 한가운데서 마주쳤다. 간호사들의 전 갈 덕이었다. 나는 다짜고짜 성질부터 부렸다.

"어딜 가면 간다고 전활 하든가, 메모라도 남겨놓든가, 쯧."

"오사네, 나는 저 찾는다고 여태 돌아다녔고만 그러네."

"근데 아버진 지금 어디 계시는 거유?"

"수술 대기실에 계시는가보더라만 니 아버지 때문에 내가 볶여 죽 겠다. 의사한테 빨리 돈 안 쓴다고 시방 야단이 났다."

"돈 안 쓴다고? 의사한테? 그럼 그 다섯 장이 그거였어?"

"말 들어보니까 다섯 장 갖곤 어림도 없나보더라. 큰 거 한 장은 있 어야지."

"그게 무슨 말이야. 누가 그래? 차분히 말 좀 해봐."

"지금 차분히 앉고 말고 할 새가 어딨어? 곧 수술 들어갈 텐데. 어서 돈부터 맞춰야지."

"그래도 좀 앉아봐."

해서 나는 자판기 커피 두 잔을 뽑아 어머니와 함께 보호자 대기실에 앉았다.

"어젯밤에 병실 사람들이 그러는데 수술 앞두고 있음 수술 하루 전에 집도의한테 봉투 조금 줘야 한디야. 그래야 신경써서 잘해준다고. 니 아버지가 그 말 듣고 어젯밤부터 저 야단이잖냐. 아들이고 딸이란 것들이 뭐 하는 것들이냐고. 애비가 수술받는데 신경도 안 쓴다고. 아침에 실려들어가면서도 빨리 손쓰라고 야단야단을 내더니만 수술 대기실에 들어가서도 그 방 간호사 시켜 어찌나 전화를 해대는지 원."

어머니의 말을 다 듣기도 전에 나는 아버지가 어머니에게 부렸을 불같은 성화가 눈앞에 고스란히 그려지는 듯했다. 간밤에 촌지 관행 얘기를 듣고 난 아버지의 눈에선 필시 불이 탔을 것이리라. 지나온 아버지의 생에 비춰보건대 필시. 촌지의 관행을, 촌지의 미덕을 누구보다도 잘 알고 있는 사람이 아버지였으므로. 내 기억 속의 아버지는 세상에 다시없을 촌지의 귀재였다.

생활터전이 서울인 자식들 곁으로 올라오기까지 아버지는 J시에서 서적 도매상을 했다. J시 중·고등학교 교재와 부교재, 이공계 대학 교재와 부교재를 판매하는 사업이었다. 특정한 출판사의 특정한 교재나 부교재를 학교 교재로 채택하거나 도서관에 납품하기 위해 아버지는 날이면 날마다 밤낮을 가리지 않고 출장을 다녔다. 대부분의 날들을 헙수룩한 가죽가방을 들고 아버지 혼자 출장을 나갔지만 때로는 서울에서 내려온 출판사 영업부장이 동행을 하기도 했다. 출판사 영업부장이 동행을 한 날이면 아버지의 출장은 외박으로 이어졌고, 그런 날 아침이면 안방에서 여지없이 큰소리가 났다.

"이 양반이 뭐 하고 다니는 거래여, 시방?"

"어허, 이 사람이, 애들 듣겠고만 자발없이. 나는 여관에서 밤새 화투만 쳐주고 나왔대도 그러네. 이발하고 면도하고 들어온 것 보면 몰라서 그래? 일부러 잃어주는 것도 힘들어 죽겠고만."

아버지가 그렇게 죽는소리를 치면 어머니는 마지못한 척 슬그머니 물러섰다.

"무슨 놈의 교수란 사람들이 돈을 그렇게 밝힌답뎌? 교재 채택료를 그만큼이나 받아먹었으면 됐지 화투판까지 벌여주고 여자까지 집어넣어줘야 한답디까?"

"아이고, 말도 마. 화투판에서 보면 쫌스럽기는 또 얼마나 쫌스러운데. 길게 상종할 인간들이 못 돼. 그래도 자식들 갈칠 때까진 죽으나 사나 그놈들 붙잡고 늘어져야지 어쩌겠어? 돈을 먹이면 먹인 만큼 분명히 효과가 나는데. 돈 앞에선 대학교수 아니라 교수 할애비라도 껌뻑 죽는다구. 이 세상에 돈으로 못 사는 것 있음 어디 한번 나와보라고 해."

아침 식전 댓바람부터 엄마 아빠 사이에서 큰소리가 나기에 무슨 큰 싸움이나 벌어지는 줄 알고 안방 마루에 납작이 엎드려 가만히 엿듣고 있던 내가 촐랑이처럼 불쑥 나섰다.

"사랑은 돈 주고 못 산대잖아, 아빠."

엄마가 화들짝 놀라 소리를 팩 질렀다.

"이런 작것, 누가 너보고 엿들으랬어?"

아버지는 가소롭다는 듯이 마음껏 조롱했다.

"돈 주고 못 사는 것은 이 세상에 아무것도 없다. 돈만 있으면 귀신도 사귀고 부리는 세상이다. 하물며 그깟 사랑쯤이야, 아나, 개떡이다.”

그런 아버지가 병이 나자 아버지는 더이상 낡고 닳은 가죽가방을 들고 교수 연구실을 찾아다닐 수 없었다. 아버지가 활발하게 활동할 때는 연구실을 찾아가고 말고 할 필요도 없이, 시내 나오는 길에 들렀다며 자신들이 직접 아버지 사업체를 방문해서 하릴없이 출장나간 아버지를 기다리기도 하던 교수들이 하나둘씩 떨어져나가기 시작했다.

그 무렵 아버지 밑에서 영업상무를 하던 사람이 아버지 어깨너머로 배운 ‘실력’으로 따로 독립해 나갔다. 아버지에게서 일시에 교수들이 우르르 떨어져나갔다. 출판사 거래처들도 사람 무섭게 등을 돌려버렸다.

그 영업상무가 아버지보다 얼마만한 수완을 더 기울였는지는 모르겠다. 교재 채택료와 노름 써비스와 명절 애경사와 때로 여자 외에, 무엇을 얼마나 더.

그러나 병들었으나 노회한 아버지만은 정확히 꿰뚫어보고 있었다. 어느 교수는 얼마가 더 갔을 것이고, 어느 교수는 무엇이 더 더해졌을 것이라는 것을. 그렇지만 아버지는 밀려났고, 사업은 휘청대다 여지없이 무너졌다.

그런 아버지가 그 낯설고 섬뜩한 수술 대기실 안에서 혼자 고독하게 물밑작업을 다 해놓았다지 않은가. 아버지의 체면을 생각해서라도 ‘큰 거’ 한 장을 마련해 봉투에 담아야 하지 않겠는가.

현금이 돌아가던 사업은 망해버리고 온천지역에 사 묻어둔 땅은 투기과열지역으로 묶여 ‘땅 가진 거지’가 되어버린 아버지가 단숨에 ‘큰 거' 한 장을 뚝딱거려낼 능력은 없었다.

이제 막 사법연수원 과정을 마치고 검사로 발령받은 아버지의 자랑스런 큰아들도 아직은 월급 갖고 사는 청렴한 공무원이었다.

하나밖에 없는, 이럴 때 보면 처갓집 일엔 생판 남 같은 사위에게 시시콜콜 설명하고 얻어내자니 원리원칙론이나 들먹여질 뿐 지갑이 벌어질 것 같진 않았다.

그렇다면 길은 딱 하나밖에 없었다. 모레로 예정된 내 신인문학상 수상식 상금이 '큰 거' 석 장은 되니 그걸 미리 당겨쓰는 길밖에 없었다. 나는 친구에게 전화를 걸어 지금 당장 인터넷뱅킹으로 내 통장에 '큰 거' 한 장을 송금시킬 것을 명령했고, 불과 몇분 뒤 간단하게 수표로 '큰 거' 한 장을 만들어냈다.

그런데, 돈이 아까웠다. 아무리 생각해도 아까웠다. 곰곰이 생각할수록 아까워 속이 뒤집히려 했다. 그러고도 이건 아닌데 싶었다. 이건 아닌데, 정말 아닌데, 뭐가 잘못된 건데…… 자꾸만 아닌데, 아닌데, 하다보니 나도 모르게 고개가 절로 삐뚜름해졌다. 돈도 아깝고, 이건 아닌데 싶은데, 그렇다고 안 주면 안될 것 같고, 당최 저울질이 안되었다.

머릿속은 머릿속대로 복잡해져버리고 심정은 심정대로 사나워져버렸다. 어머니는 어떤 생각일까 싶어 슬그머니 바라보았다. 어머니는 이제 너희 아버지가 안심하고 수술에 들어가도 되겠다고, 딸자식하나 둔 거 이참에 덕봤다고 그저 황감해하는 눈치였다. 그런 어머니 표정을 보자 무슨 심술인지 속이 배배 꼬여왔다. 아버지와 일심동체인 어머니 속을 할퀴어놓지 않으면 내 속이 터져 죽을 것만 같았다. 나는 약오른 고양이처럼 야긋야긋 어머니 속을 긁기 시작했다.

"꼭 이렇게 해야 하는 거야? 이렇게 안하면 의사가 수술을 잘 안해주는 거야? 그럼 다른 환자들은 수술이 다 잘못됐겠네?"

난데없는 기습에 어머니는 순간 감을 못 잡고 어리둥절해했다. 이게 무슨 별쭝맞은 소리다냐 하는 표정이 역력했다. 그러다 된통 뒤통수를 맞은 것 같은 표정으로 쌀쌀해졌다.

"환자들마다 다 우리처럼 그런대? 여태 다 그랬대? 우리만 이러는 거 아냐? 아버지 땜에 우리만 이러는 거 아니냐구?"

어머니는 잠자코 듣고만 있었다. 묘하게 당당한 표정으로 묵연히. 어머니가 그럴수록 더욱더 속이 뒤틀려 나는 되는 소리 안되는 소리 분간 못하고 막나갔다.

"도대체 봉투 받아먹는 의사는 어떻게 생겨먹은 거야? 어떻게 자기가 당연히 할 일을 하면서 그럴 수가 있단 말이야? 내 이따 어떤 상판인지 얼굴이나 한번 봐두겠어."

어머니는 여전히 무어라 한마디 입다심을 안했다. 평상시 만원짜리 한 장에도 이 궁리 저 궁리가 많고, 쌈짓돈도 아닌 모갯돈을 어떤 입한입에다 탁 털어넣으려 하면서도 뉘집 개가 짖느냐는 식으로 한마디도 꿈쩍 안했다.

나는 제풀에 맥이 풀려버렸다. 장구도 북장단이 따라줘야 맛이거늘 가타부타 무슨 응수가 있어야 할 게 아닌가. 그렇지만 뭔가 오기 차게 오금을 박아주지 않고선 이대로 그냥은 속이 풀리지 않을 것 같았다.

"그 잘난 의사선생 만나러 가라고 화장도 하고 옷도 입고, 그렇게나 신신당불 했단 말이지? 그 정신없는 판에? 소설가를 대체 뭘로 보는 거야?"

그제야 어머니는 더는 못 들어주겠다는 듯이,

"오사네, 소설가는 뭐, 아버지 자식 아니라디?"
하고 부스스 한마디를 던지더니,

"그런 아버지 아버지랄 게 뭐 있냐? 그러지 말고 갖다 내다버려버리지 그러냐?"
라며 자리를 털고 일어나버렸다.

　어머니와의 그 분란중에 막 수술 대기실 모퉁이를 돌아나오는 아버지의 이동병상과 마주쳤다. 얼굴만 빼놓고 사대육신이 온통 홑겹 면포 한 장에 둘러싸여 나는 아버지인 줄도 몰랐다. 수술실로 실려들어가고 실려나오는 병상들이 모두 한결같았다. 홑겹 면포 한 장에, 송장같이 나자빠진 몰골에, 주렁주렁 처단 링거병에, 무뚝뚝한 간호사들까지. 무심결에 언뜻 보고도 어머니가 대번에 알아보고,

"저거, 아버지 아니냐이?"
했다. 숱한 날을 아버지의 여자로 살아온 보람 있었다. 눈을 뜬 듯 만 듯 실려가던 아버지가 어머니의 말소리를 알아듣고 간잔지런하게 눈꺼풀을 떨었다. 부주의한 사고만 아니라면 적어도 수술 도중 죽음으로 내몰릴 일은 전혀 없는데도 일순간 아버지의 얼굴에도, 어머니의 얼굴에도 무수한 세월을 함께 헤쳐온 회한이 잔뜩 일그러져 엄중하게 드리워졌다.

　그러다 아버지가 번쩍 눈을 떴다. 번개처럼 어머니와 눈길이 맞닿자 아버지가 엄지손가락과 검지손가락을 둥글게 말아 면포 밖으로 불쑥 내밀었다. 다시 한번 둘 사이에 은밀한 눈길이 교차되고 어머니의 눈이 끔뻑했다. 그러고도 부족한지 어머니가 다섯 손가락을 쫘악 폈다 흔들어 털어내고 검지손가락 하나를 다부지게 추켜세웠다. 어머니에게 들은 소리가 있어 나는 금세 손가락 말을 알아들었다. 작은 것

다섯 장이 아닌 큰 걸로 한 장이라는 뜻이었다. 그러나 어머니의 손가락 말은 아버지에게 되레 혼란만 준 것 같았다. 표정이 뜨악해지는 것이 작은 거 한 장으로 인식된 듯했다. 아버지의 눈길이 사납게 흔들렸다. 어머니가 영문을 몰라하며 병상으로 바투 다가서려는 찰나 앞뒤에서 병상을 밀고 끌고 가던 남자들이 제지시켰다.

"저리 비켜나세요."

남자들의 인정머리없는 제지에 밀려 어머니는 허둥지둥 한켠으로 비켜섰다. 어머니로부터 단절된 아버지의 눈길이 맹렬한 조바심을 담고 내게로 옮겨붙었다. 나는 병상과 저만치 거리를 두고 가만가만 뒤를 따랐다. 수술실을 칠십여 미터 앞둔 데드라인에서 남자 하나가 고압적으로 나를 제지시켰다.

"더이상 보호자는 못 들어옵니다."

순간 아버지의 눈이 불안스레 허둥거렸다. 나는 아버지의 불안도 다잡을 겸 가볍게 데드라인을 넘어섰다.

"의사선생님을 뵙기로 했는데요."

남자가 나를 흘깃 바라보았다. 흘깃 바라다만 봤을 뿐 이내 무신경해졌다. 불안스레 허둥대던 아버지의 눈도 단숨에 평정을 찾고 유순해졌다.

수술실 바로 이 미터 앞에서 병원 직원으로 보이는 남자가 다시 한번 제지하는 걸 남자가 손사랫짓으로 말려주었다.

"박준철 선생과 할 얘기가 있으시대."

남자처럼 그 남자도 나를 흘깃 한번 일별하더니 그걸로 그만이었다. 그 와중에 변변한 위로의 말 한마디 못 나누고 아버지는 수술실로 들이밀어져버렸다.

그 잘난 의사는 무려 이십분을 초조히 기다려서야 '만나뵐' 수 있었다. 나에게 그 이십분은 매우 당혹스럽고 곤혹스러운 시간이었다.

대체 봉투를 어떻게 건네준단 말인가. 수술실 앞에서 코빼기에다 불쑥 들이밀 수도 없고, 한사코 마다하는 시골 노인네들 차비 쥐여주듯 강제로 호주머니에 쑤셔넣어줄 수도 없고, 계좌번호 불러라 해서 무통장 입금을 시켜버릴 수도 없는 노릇 아닌가.

나는 고심하지 않을 수 없었다. 전달방법도 고민이려니와 상대가 두말없이 받아줄지도 의문이었다. 만약 상대가 거절하면 그 부끄러움을, 그 민망함을, 그 낭패감을 어떻게 감당한단 말인가. 얼굴이 새빨개질 것은 물론이고, 말더듬이처럼 말조차 더듬거려질 테고 시선은 둘 데를 몰라 우왕좌왕할 게 뻔했다. 내 것 주면서도 고심은 고심대로 해야 하니 속이 터질 지경이었다.

긴장과 초조로 내가 한참을 가만히 있지 못하고 서성댈 때 상대는 한껏 웃음을 짓고 나타났다. 수술복과 수술캡과 마스크로 완전무장을 하고 나타난 그는 수술장갑을 끼며 미풍 같은 목소리로 혹하리만큼 다정하게 물었다. 왜? 그러나 나는 전혀 예상치 못한 물음에 당황하기도 했거니와 미처 대답할 틈도 얻지 못했다.

친절하고 배려 깊게도 그는 혼자 묻고 혼자 답하다 다음날 만날 것을 기약하고 애정 깊은 연인처럼 바이바이 손을 흔들고 들어가버렸다. 일껏 준비해두었던 웃음과 부탁의 말은 단 몇 순간도 쓸모가 없었다.

그가 아버지 때문에? 했을 때도, 걱정 마, 내가 잘 고쳐줄게, 했을 때도 나는 부끄럼타는 아이처럼 고개만 끄덕거렸다. 그가 뭔가 서운한 듯 그것 때문에? 했을 때에야 나는 주섬주섬 용건을 꺼냈다.

"이따 수술 끝나고 뵙고 싶은데 어디로 가면 될지……?"

수술장갑 낀 두 손을 높이 쳐들고 그가 빙그레 웃었다.

"나? 오늘 오후 늦게까지 수술 있는데? 아마 네시 넘어야 끝날 거야."

나는 얼른 분별이 안 섰다. 완곡한 거절인가, 뭔가. 재빠른 상황판단이 안 서는만큼 나는 쭈뼛거렸다. 그가 다시 빙글거렸다. 아주 명쾌한 결론을 단숨에 처방해주었다.

"오늘은 안될 것 같고, 내일 오전 진료가 있으니 그때 보면 되겠네."

엉겁결에 그의 빙글거리는 웃음을 따라 웃었다. 그러나 그의 돌아선 등뒤에서 정작 나는 멀뚱해져버렸다.

선생의 전화는 다시 또 걸려왔다. 보호자 대기실 수술자 명단 전광판의 아버지 이름이 푸른 형광빛으로 아직도 수술 대기중일 때였다. 어머니는 사십분이나 지났는데 어찌 아직도 수술을 못하고 있다냐, 뭐가 잘못된 거 아니다냐,며 안절부절못하고 있었다. 나 역시도 이제 나저제나 하며 초조해하던 때였다.

그 순간에 걸려온 전화가 반가울 리 없었다. 시선과 정신은 온통 전광판에 둔 채 나는 건성으로 여보세요, 했다.

"어, 나여, 저기 말이다, 모레에 맞추려면 늦어도 오늘 오후쯤엔 빠른 우편으로 부쳐줘야 낼 오후에라도 받아볼 수 있을 텐데…… 저기, 기왕이면 초청장에다 교장선생님 함자도 좀 써넣고 해서……"

초청장을 보낼 생각도 없는데 한술 더 떠 이름까지 명토박아달라는 주문이었다. 난처하기 그지없었다. 나는 뒤늦은 후회를 했다. 이럴 줄 알았더라면 선생에게마저도 초청장을 보내지 않는 건데……

이틀 뒤로 바투 다가온 계간지 신인문학상 수상식 초청장은 열흘

전 내 몫으로 일곱 장이 사전 배분되었다. 나는 가족들에게 다섯 장을 나누어주고 나머지 두 장 중 한 장을 선생 몫으로 정중하게 부쳤다. 내가 늦깎이로 신인문학상에 당선되기까지 선생의 공이 매우 큰 까닭이었다. 선생은 나의 소녀시절 문학적 재능을 최초로 일깨워준 스승이었다. 또한 고교시절부터 '싹수 노란 빨갱이'로 떠들썩했던 나를 알게 모르게 역성들어준 유일한 선생이었다. 나는 선생에게 진정 감사하는 마음으로 공손하게 초청장을 '바쳤다.' 누구보다도 꼭 선생이 참석해주길 바라는 마음으로 기껍고 즐거이.

그런데 선생은 무척 난처했던가보았다. 초청장을 받자마자 걸려온 선생의 전화는 반가움이나 고마움보다는 난감함이 역력했다.

"초청장 잘 받았어. 근데, 저기 말이다, 어째 한 장뿐이네?"

나는 선생의 말을 건성으로 알아들었다. 모처럼의 서울 나들잇길, 부부동반이라 할지라도 그 한 장이면 충분하리라 여긴 까닭이었다. 그리고 까마득히 잊어버렸다. 그러던 중 불시에 선생의 전화를 다시 한번 받았다.

"저기 말이다, 교장선생님께 전화 올렸어?"

교장에게 당선 사실을 알렸냐는 말이었다. 나는 가타부타 대답을 안 했다. 그마저도 선생에 대한 예우 차원에서 대답을 피한 것이었다. 선생이 기함이라도 할 듯 놀라 얼른 전화부터 올리라고 성화를 부렸다.

"내가 교장선생님께 니 당선 소식을 여쭙기는 했다만, 그래도 그게 아닌 것이다. 니가 직접 전화를 올려 여쭙는 것하고 한 다리 건너 내가 말씀 여쭙는 것하고 어디 같겠냐? 내색은 안하셔도 얼마나 서운하시겠냐? 미우나 고우나 너 이학년 때 담임이셨는데."

그럼에도 나는 묵묵부답으로 전화할 뜻이 없음을 강력하게 내비

쳤다.

"그러는 게 아니래도 그런다. 이 전화 끊고 나면 바로 전화 올려. 어쨌든 네 도리는 해야지."

순간 도리를 못한 건 그 선생이 먼저 아니냐는 소리가 가슴에서 불끈, 서릿발처럼 일어섰다. 그 선생이 먼저 선생의 도리를 다하지 못했는데 아랫사람이라서 무조건 도리를 다해야 하는 것이냐고. 직업이 교사일 수는 있어도 어린 학생의 가슴에 아무나 선생일 수는 없다고.

나는 끝내 전화를 하지 않았다. 수상식이 이틀 앞으로 바투 다가온 오늘까지도.

그런데 선생은 지금 이름까지 명토박은 초청장을 요구하고 있었다. 하등 반가울 게 없는 전화였다. 선생에게 대고 성질을 부릴 수 없는 대신 나는 인상을 찌푸렸다.

급작스레 어머니가 내 어깨를 툭 치며 전광판을 가리켰다. 아버지의 이름자에 수술중임을 알리는 붉은 형광빛이 들어와 있었다. 어머니가 한시름 놓았다는 듯 환하게, 그러나 시름겹게 웃었다. 똥그랑땡한 장을 단단히 믿고 들어간 아버지의 몸에 간단없이 메스가 그어지고 붉은 출혈이 잇달아지는 중이라는 저 붉은 형광빛. 아무래도 통화가 길어질 것 같아 손시늉으로 부추겨 어머니를 병실로 올려보냈다. 오른쪽 다리 부위 골반뼈부터 대퇴부뼈까지 괴사된 부분을 잘라내고 그 부위에 쇠심을 박아넣기까지 수술이 장장 네 시간이나 걸린다지 않던가.

오늘 들어 벌써 세번째인 종이커피를 뽑아들고 나는 응급실 뒤편으로 걸어나왔다. 휴대전화에서 귀를 떼지는 않았지만 선생의 말은 계속 건성으로 듣고 있었다. 중상류에서 급물살을 탄 선생의 얘기는 하류로 갈수록 굽이치며 깊어지고 넓어지며 '세월'을 얘기하고 있었다. 그때가 언제냐, 언젯적 얘기냐, 그동안 얼마만한 세월이 흘렀냐……나는 예, 아니오, 말 한마디 없이, 숨소리 하나 허투루 흐트러뜨리지 않고 묵묵히 선생의 얘기를 들었다. 살갗에 와닿는 초겨울 아침 햇빛이 무척 밝았다. 눈이 부시고 시려 살갗이 어른거렸다. 처마밑에 들어서 반그늘로 바라보면 따습고 고울 볕이었다. 선생의 얘기는 곧 멎을 듯 멎을 듯 퇴적층을 쌓다가도, 정착할 포구를 잃어버린 듯 갈래갈래 흩어져 지류를 타고 흐르다가도, 문득 불빛 환한 등대를 발견한 밤배처럼 이내 본류를 찾아 물살을 타고 다시 흘렀다. 나는 남방셔츠 팔목 단추를 거칠게 풀어 걷어붙였다. 말대답을 안하고 있을 뿐 답답했다. 찬 기운을 미처 얻지 못한 초겨울 바람은 쏟아지는 햇볕 앞에 속수무책이었다. 한정없이 굽이쳐 흐를 것 같던 선생의 말은 이편의 대접 삼은 말 한마디 섞어 흐르지 못하고 홀로 굽이쳐온 물길이 고단하고 노여웠는지 그만하면 이젠 네가 이헬 해드려야지,에서 갑작스레 뚝 끊겼다. 일시에 선생의 숨소리마저 멎었다. 불시에 당한 기습이었다. 선생의 '그만하면'이라는 말과 '세월'을 머릿속에 환치해놓고 한껏 냉소를 짓다 느닷없이 당한.

나는 호흡을 가다듬었다. 이제 공이 내게로 넘어왔단 말인가. 내가 말할 순서란 말인가. 깊은 호흡이 여러번 필요했다. 나는 우선 선생에게 전화를 끊게 했다. 선생이 감당해야 할 전화요금이 걱정되어서였다. 선생이 얘기를 할 때는 당신 말을 중간에 끊게 할 수 없어서 걱정이 되면서도 그냥 받고 있었지만 이젠 내 얘기를 할 차례가 아닌가.

광주항쟁이 있던 그해 가을, J시에서 전국체전이 열렸다. 여고 2학년이던 우리는 개막식 식전행사에 동원되었다. 3학년 수험생들을 제외한 J시내 여고 1, 2학년 전원이 합동으로 동원되어 식전행사로 관중들 앞에서 현대 매스게임을 펼쳐 보이는 것이었다.

그해 가을에, 그것도 불과 몇분 동안에, 단 일회용으로 순식간에 펼쳐지고 나면 그만인 것을 위해, 우리는 그해 여름부터 오전수업으로 단축을 하고 땡볕에 늘늘이 늘어서 죽어라 하고 맹연습을 해야 했다. 오전수업이 끝나면 우리는 점심 도시락을 먹기가 바쁘게 줄을 맞춰 걷거나 미어터지는 버스를 타고 운동장이 넓은 학교를 찾아 이동을 했다.

땡볕 아래 쓰러지거나 탈진하는 아이들이 속출해도 연습은 단 하루도 멈출 줄을 몰랐다. 배가 틀어지게 아픈 생리기간중에도 고통을 호소하다 여선생들이 건네주는 진통제 두 알을 음료수에 넘겨 삼키며 무조건 견뎌야 했다. 지겹고 괴롭고 피로한 날들의 연속이었다. 우리는 곧 연탄장수처럼 새까매졌다. 뺨에는 사정없이 잡티가 솟고 찰랑거리던 단발머리는 땀에 젖어 목덜미에 달라붙었다.

늘 피로에 절어 있던 우리는 수업시간에 졸거나 자거나 엎드려 있었다. 아무것도 아닌 장난말 한마디에 감정이 나고 다툼이 벌어졌다. 너무도 오래되는 피로를 눌러 참아야 했던 탓에 우리는 나날이 참을성이 없어지고 예민해졌다.

잠시잠깐 쉬는 틈틈이 삼삼오오 모이기만 하면 우리는 열변을 토했다. 우리가 뭐 때문에 이런 고생을 해야 하는가. 누구 때문에 이런 고생을 하는가. 알 수가 없었다. 분명한 건 우리가 좋아서는 아니라는 것이었다. 전국체전을 위해서라는 명분은 거지발싸개 취급도 안했다. 어디선가 '전두환 대통령 각하께서 참관을 하시니까' 해야 한다는 말이 바람결로 들려왔다. 선생들 중에 입빠른 누군가가 얼떨결에 흘린 말일 것이었다.

대통령 각하고 나발이고 우리는 우리를 땡볕 아래로 강제로 내모는, 땡볕 아래 세워놓고 꼬박꼬박 출석 체크를 하는 선생들마저 한입에 잡아먹고 싶은 악마가 되어가고 있었다.

누구랄 것 없이 우리는 전국체전을 증오하고 저주했다. 그날 콱 비나 내려버려라,는 저주가 예사로이 흘러나왔다. 우리가 코피 쏟으며 연습한 보람 따위는 관심도 없었다. 함께 망가지고 함께 죽자는 심정이었다. 정말 그날 비나 확 내려버리면 속이 후련할 것 같았다.

여름이 가고 가을이 깊어지는 10월, 그토록 학수고대하던 비는 오지 않고 개막식 식전행사는 '성황리'에 끝났다. 그리고 우리가 반나체 수영복 차림으로 펼쳐 보였던 현대 매스게임은 화제에 올랐다. 열일곱, 열여덟, 싱그럽고 풋풋한 여체들이 떼로 모여 가슴과 배와 아래만 살포시 가리고 팔다리를 쩍쩍 들어올리고 활짝 젖히고 벌려가며 춤을 추는 광경은 가히 장관이었을 것이다. 게다가 매스게임 도중 소품으로 사용한 보자기가 여체들의 신체 어느 부위에 은밀히 감춰져 있다가 난데없이 쫙 펼쳐져 나올 때는 탄성이 터졌다. 남자 어른들은 우리들의 탄력좋은 허벅지를 홀린 듯 바라보다 우리의 곱지 않은 시선과 마주치는 순간 어깃장을 부렸다. 인자 너희들은 시집 다 갔다. 그렇게 빨가벗고 난리쳤는데 누가 데려가냐? 우리 또래 남학생들은 짓궂게 물었다. 저기요, 그거 말예요, 어디서 나와요? 망원경으로 봤는데도 보자기가 어디서 나왔는지를 도무지 모르겠다는 말이었다. 우리들 중 누군가, 필시 얄궂은 아이였을 것이다, 거침없이 대답해주었다. 거기서 나와요. 왜요? 한번 더 보고 싶어요? 그런데 그 아이 말이 부정탔는지 우리는 전국체전이 폐막된 뒤로 다시 한번 J시 시민들 앞에서 반나체 공연을 해야 했다. J시 시민들의 '열화와 같은 성원'에 힘입은 앙코르공연이었다. 그리고 우리는 우리가 나중에 시집을 가거나 말거나 그 지겨운 것이 끝난 데에만 그저 감사했다. 이후로 우리는 무엇이 됐든 단체로 하는 것이면 예사로이 보아넘길 수 없는 눈을 가졌다.

그런데 체전이 끝나고 얼마가 지나서였다. '전두환 대통령 각하 하사품'이라고 씌어진 만년필 하나씩이 학생들에게 배당되었다. 아이들은 대통령 각하 하사품이라며 눈을 빛냈다. 나는 코웃음을 쳤다. 결국 전두환에게 잘 보이기 위해 줄줄이 그 난리를 쳤구먼, 하는 생각이 들자 절로 코웃음이 쳐졌다. 내가 받을 생각이 없는 한 그것은 하사품이 아닌 일개 조잡한 싸구려 만년필에 불과했다. 그 정도의 만년필이야 몇푼 안 줘도 도시 어디에나 흔했다. 나는 아무데나 던져두었다.

그런 다음날 느닷없이 교무실에서 호출이 왔다. 학생주임이 찾는다는 것이었다. 첫 수업이 시작되기 전이고 교사들 아침조회가 시작되기 직전이었다.

나는 아침자습을 하다 말고 영문을 모르는 채 교무실로 갔다. 교무실에는 출근을 한 선생들이 조회를 앞두고 차근하게들 앉아 있었다. 1학년 때의 담임선생도 보이고 2학년 현 담임선생도 보였다. 나는 곧장 학생주임에게로 갔다. 목례를 올리고 나자 학생주임이 은근한 눈초리로 물었다.

"너 만년필 받았냐?"

멋모르고 주는 대로 받기는 했는데 아무데나 던져두어서 그걸 받았다고 해야 할지, 아니라고 해야 할지 대답하기가 난처했다. 학생주임도 굳이 내 대답을 들으려 했던 것은 아니었는지 얼굴이 제풀에 상기

되더니 느닷없는 말을 꺼냈다.

"이번에 전두환 대통령 각하께서 영광스럽게도 하사품을 내려주셨는데 말이다, 너 말이다, 대통령 각하께 J시 여학생 대표로 감사의 편지를 좀 써야겠다."

감사의 편지라고? 전두환에게? 내가? 순간, 나는 감정이 뒤틀렸다. 표정 관리를 못하고 싫으면 싫다고 노골적으로 얼굴에 써주던 열여덟 살의 나는 거침없이 단박에 거절했다.

"쓰기 싫습니다."

잘못 들은 것 같지는 않고, 내 대답이 무척 뜻밖이었는지 뭐라고? 하는 학생주임의 얼굴이 볼썽사납게 일그러졌다. 그러거나 말거나 나는 조금도 기세를 누그러뜨리지 않았다.

"저는 전두환씨에게 감사할 일이 없습니다."

"뭐야, 이 새끼?"

학생주임의 넓적한 손이 순간으로 내 뺨을 훑고 지나갔다. 내 단발머리가 찰랑 젖혀졌다 돌아왔다. 일순간 교무실이 얼어붙었다. 선생들이 모조리 고개를 숙여버렸다. 선생들의 하는 모양새를 보자 호되게 한대 얻어맞은 찰나임에도 학생주임이 누구인가, 하는 생각이 스쳐지나갔다. 나는 새도 떨어뜨린다는 이 학교 재단 이사장이자 교장 선생의 인척이 된다 하지 않던가.

"뭐? 전두환씨? 이런 싸가지없는 새끼 봤나? 야, 전두환이 니 친구냐? 엉? 이 새끼 빨갱이 아냐?"

다시 한번 뺨이 돌아갔다. 철썩, 뺨 치는 소리가 교무실에 울릴 지경이었다. 선생들은 어깨마저 숙여버렸다.

"이 새끼 교복을 벗겨버리겠어."

분을 못 이긴 학생주임이 있는 힘껏 내 교복 상의 멱살을 쥐고 흔들어댔다. 44킬로그램의 나는 폭풍에 휩쓸리는 나무처럼 뿌리째 흔들렸다. 나는 아무런 저항 없이 학생주임이 쥐고 흔드는 대로 흔들려주었다. 억센 손아귀에 바투 잡혀 끌려진 상의 탓에 목덜미부터 얼굴까지 피가 확 쏠렸다. 교복 상의 앞섶을 여민 똑단추가 힘없이 뜯어졌다. 앞섶이 벌어지며 그 사이로 가슴 계곡이 드러났다. 계곡 양옆으로 봉곳 솟은 젖가슴 두 쪽이 아찔하게 들여다보여졌다. 나는 내 젖가슴을 노엽게 내려다보았다. 부끄러움 따위는 느껴지지 않았다. 여러 선생들 앞에서 뺨을 두 대나 호되게 얻어맞은 수치심 따위도 느껴지지 않았다. 눈빛 하나 예사로이 흐트러지지 않는 칼날 선 노여움과 분노가 그 모든 감정들을 거둬내버렸다. 아무것도 두려울 게 없었다. 무서울 것도 거칠 것도 없었다. 나는 여전히 멱살이 잡힌 채 아주 겸손하게 물었다.

"제가 왜 맞아야 하는 거지요?"

"뭐야? 이 새끼?"

멱살을 잡아쥔 학생주임의 손이 부들부들 떨렸다. 멱살을 쥔 손이 풀린다 싶은 찰나, 사정없이 들이친 주먹에 머리통이 불시에 가격을 당했다. 얼마나 작심하고 쳤는지 정신이 아뜩해질 정도였다. 학생주임도 씩씩 거친 숨을 몰아쉬었다.

그 많은 선생들 중에 나를 말려주는 이는 아무도 없었다. 하다못해 자, 자, 선생님도 그만 하시고, 야 인마, 너도 그만 해! 하고 떼어놓으려 하는 선생도 없었다. 1학년 때 담임선생만이 안타까이 돌아다볼 뿐이었다. 나는 2학년 현 담임선생을 노려보았다. 나를 보호해줄 명분을 가진 선생은 현 담임밖에 없지 않은가. 마저 한대 더 쥐어박으면서라도 우리 반 아이니까 제가 데려가 잘 일러 보내겠습니다. 너, 이리 와. 해서 사뭇 미친개 같은 손아귀에서 빼내야 할 게 아닌가. 현 담임이 있는 한 1학년 때 담임은 나서고 싶어도 나설 명분이 약할 터였다. 그러나 담임선생은 교무수첩을 넘기며 철저하게 외면하고 있었다.

나는 그 모습을 내 머릿속에 또렷이 각인시켰다. 선생의 뒤통수, 숙인 머리, 구부린 등, 펄럭이던 교무수첩, 앞으로 바짝 당겨앉은 의자, 선생이 맡고 있던 공기까지. 수년, 수십년, 수천년이 지나도 영구히 지워지지 않을 상처로 내 가슴에 박혀버렸다. 가슴에서 생피가 흐르는 것 같았다.

코피가 터졌다. 뺨을 연거푸 두 대나 맞고도 터지지 않던 코피가, 머리통을 가격당하고도 굳세게 버티던 코피가, 마침내 터지고 말았다. 인중을 타고 흘러내린 코피가 하얀 교복 앞섶을 적시며 가슴 계곡으로 흘러들었다. 나는 닦지 않았다. 막지 않은 코피는 막무가내로 떨어져내렸다. 기세좋게 교무실 나무 바닥 위로도 점점이 떨어져내렸다. 눈치껏 돌아다보고 있던 1학년 때 담임선생이 그제야 명분을 찾은 듯 황급히 자리를 박차고 일어났다.

"저런, 코피가 너무 나네."

학생주임이 슬그머니 돌아섰다. 1학년 때 담임선생이 당신의 팔에 나의 머리를 기대어 뉘어 서둘러 교무실 밖으로 밀고 나갔다. 교무실 안을 채 벗어나기도 전에 학생주임의 오기 서린 말이 따라붙었다.

"너 이 새끼, 수업시간 끝날 때마다 교무실로 와."

곁에서 알랑방귀뀌는 승냥이 같은 선생들의 목소리도 묻어 껴들었다.

"아이고, 저 새끼, 본래 저래요. 아, 올 봄에도 저 새끼 땜에 학교고 교육청이고 한바탕 뒤집어졌잖아요. 광주사태 때 학교에다 거 뭣이냐, 대문짝만하게 삐라 같은 걸 써붙여가지고 난리가 아니었어요."

"어린 놈이 벌써부터 저래가지고 원. 지 아버지 아니었으면 그때 아마 교복 벗었지이?"

"글쓰는 놈들이 다 저놈 같진 않을 텐데 어째 저놈은 삐딱하니 그래? 어이 국어선생, 글쓰는 놈들이 원래 저런가? 뭐라고? 원래 삐딱하다구? 하여간 지난번에 보니까 김지하 『오적』인가를 읽고 있길래 내가 압수해버렸잖아. 야 이놈아, 여학생이면 여학생답게 릴케 시 같은 거나 좀 봐라 했더니 픽 웃더라니까, 싸가지없이."

나는 수업시간이 끝날 때마다 교무실로 가 여러 선생들 앞에서 벌을 섰다. 오가는 길에 담임선생과 세번이나 마주쳤어도 담임은 출석부만 챙겨들고 아무것도 모르는 척 지나갔다. 교무실에서 벌을 서는 내내 나는 담임선생에게 거리낌없이 조소를 보냈다. 자기 반 학생 하나 보호하지 못하는 당신이 내 선생인가.

병실로 올라간 어머니로부터 수술실 상황을 묻는 전화가 두 통째 걸려왔다. 이번마저도 전화를 받지 않는다면 어머니 성격에 수술실에 무슨 변고가 생긴 줄 알고 놀라 쫓아내려올 게 분명했다. 수술을 시작한 지 벌써 한시간 반이 넘어가고 있었다.

나는 선생과의 통화를 잠시 멈추고 보호자 대기실로 향했다. 아버지의 이름자에선 아직 붉은 피가 흐르고 있었다. 옆 병상 환자들 구술을 토대로 한 어머니의 정보대로라면 무려 네 시간이 걸린다니 아직도 두 시간 반이나 남은 셈이었다. 어머니에게 한숨 더 주무셔도 무방

하겠다며 무소식이 희소식임을 알렸다. 그러나 어머니는 좀이 쑤셔 못 견디겠다며 금세 쫓아내려왔다. 선생과의 통화중에 일었던 흥분을 가라앉히려고 막 스포츠신문 한 장을 뽑아들다가 나는 어이없어 웃고 말았다.

"왜, 더 좀 주무시지 않고?"

"한숨 깜빡했어야. 그나저나 혼자 욕봤다. 커피 한잔 갖다주랴?"

"석 잔이나 마셨어. 엄마 마시려면 내가 한잔 뽑아오고."

"아서, 밤에 잠 못 자. 근데 그건 줬냐?"

"아니, 못 줬어."

"워매! 왜야?"

"수술실 앞에서 어떻게 줘? 낼 아침에 만나기로 했어."

"그거 갖고 온 눈치는 줬냐?"

"뭐 다들 알던데? 간호사도 알고 의사도 알고 자기들이 먼저 다 알아차리던데?"

"하기사 그럴 만도 하겠다. 낼 꼭 갖다줘라이. 한 거하고 안한 거하고는 천지 차이가 나야. 그니까 아버지가 너희들 키울 때 일일이 학교 찾아다니면서 챙기고 그랬지."

"엄마, 그게 좋은 건 아니야. 내가 아버지 때문에 얼마나 힘들었는 줄 알아?"

"별소릴 다 듣겠네. 니가 뭣이 힘들었어야? 아버지 들으면 서운해 하시겠다."

"아버지가 학교 선생님들 전체, 저녁식사 한번씩 대접하고 나면 선생님들이 나한테 어떻게 했는 줄 알어? 엄만 모를 거야, 내가 얼마나 곤혹스러웠는지."

"먹은 게 있는데 선생들이 하나라도 더 챙겨줬으면 줬지 뭐가 어쨌다고 널 곤혹스럽게 해야?"

"왜 아버지가 선생님들 식사 대접하고 들어온 날 밤이면 거나한 술기운에 우릴 불러다 앉혀놓고 내가 오늘 너네 학교 선생님들한테 밥한끼 샀다, 아버지가 뒷바라지는 철저히 해줄 테니 너희들은 공부만 열심히 하면 돼, 했잖아. 그러니까 말하자면 그날 밤에 아버지하고 선생님들하고 관계를 다 들어 알고 있는 거잖아. 그런데 나는 그게 하나도 마음이 안 편안하더라구. 낼 아침에 선생님들을 어떻게 볼까 싶은게 밤새 걱정이 되는 거야. 또 나한테만 잘해주면 어떡하나 하고 조바심이 일고. 그런데 아니나다를까, 다음날 영어시간이었는데 갑자기 영어선생이 내게로 걸어오더니 영어사전을 한번 보자 하더니 내가 갖고 있는 것말고 다른 출판사 것을 보라는 거야. 나도 모르게 머리칼이 쭈뼛 서고 얼굴이 빨개졌지. 반 애들 눈이 살펴지고. 그러더니 느닷없이 단어시험을 보겠다는 거야. 그날 내가 시험을 어떻게 본 줄 알아? 나 영어공부 잘했잖아? 근데 세상에, 영어선생이 시험 내내 줄곧 나만 바라보니까 당혹스러워 우리말로 부모란 뜻인, 그 천하의 쉬운 단어인 'parent' 스펠링이 생각 안 나 못 쓰고 끙끙대다 'present'라고 써논 거야. 선물이라고. 얼마나 기가 막혀? 그런데 더 미치겠던 건, 영어선생이 교무실로 돌아가서 내 답안지는 더 열심히 체크해볼 게 아닌가 하는 거였어. 내가 왜 그랬는 줄은 모르고 세상에 고등학교 이학년짜리가 'parent'하고 'present'도 구별 못한다고 얼마나 한심해할까 싶은. 그때부터 엄마, 나, 영어시간은 물론이고 공부시간에 고갤들지 못했어. 선생님들하고 눈도 못 마주치고."

"아이고, 지랄했네. 그래도 너는 어쨌든 아버지 덕 안 봤다곤 못한다. 아버지가 저녁이라도 사고 부지런히 학교를 찾아다닌 덕에 너 그때 그만이나 하고 끝난 줄 알어. 너 고이 때 담임 말이다, 정선생. 지금 교장 됐다면서야? 광주사태 땐게 오월달이었지야? 밤에 아버지 사업장으로 쫓아왔더라고. 너 퇴학시킨다고 학교에서 난리라고. 광주가 난리가 났는데 그 무서울 때 벽보 써붙여갖고 빨갱이짓했다고. 그때 아버지가 얼마나 학교를 찾아다닌 줄 알어? 애먼 돈 수월찮이 들었어, 이것아."

"그때 내 기억으로는 일학년 때 담임이 나서서 해결한 걸로 아는데? 그 선생이 집으로 찾아왔었잖아?"

1980년 5월 고등학교 2학년생이었던 나는 시를 쓰던 3학년 선배와 함께 5월 22일 밤 학교 지하실에 숨어 '광주사태'의 실상을 알리는 대자보를 썼다. 다음날 아침 일곱시에 J시내 각 고등학교마다 일제히 내다붙이기로 사전 약속이 되어 있었다. 그리고 그날 아침 아홉시, 등교를 마친 J시내 각 고등학교 학생들을 선동해 일제히 거리로 쏟아져 나오기로 되어 있었다. 그러나 사전 모의는 대자보를 쓰던 그날 밤 바로 발각이 나고 말았다. 아버지가 학교 육성회장이던 3학년 학도호국단장 선배가 두려움을 못 이겨 자신의 아버지에게 고변을 해버렸던 것이다. 3학년 선배로부터 밤에 급한 연락을 받고 나는 대자보를 화장실에 쑤셔넣어버렸다. 엄습하는 두려움에 다음날 나는 학교에 갈 수가 없었다. 내 생에서 최초의 무단결석이 감행되던 날이었다. 나는 좌불안석으로 불안에 떨고 있었다. 3학년 선배와는 연락이 두절되었고 학교에서는 내가 집에 있는가를 확인하는 전화만 두어 차례 걸어왔다. 당연히 집에 비상이 걸렸다. 그러던 중 오후에 1학년 때 담임선생이 집으로 찾아왔다. 나는 선생하고 정좌를 하고 마주앉았다. 선생의 눈과 내 눈이 한중앙에서 꼿꼿이 마주섰다.

"니가 안 썼지?"

"아뇨, 제가 썼는데요."

"아녀, 니가 안 쓴 거여."

"아닌데요, 제가 쓴 건데요."

"아녀, 니가 쓴 거 아녀."

"아닌데요, 제가 쓴 건데요."

"허! 니가 쓴 거 아니래도!"

"아닌데요, 제가 썼는데요."

선생의 눈길이 삼십도쯤 각이 꺾어졌다.

"내가 말할 테니 너는 가만있거라. 니가 쓴 거 아니다!"

나는 고개까지 확실하게 저었다.

"아뇨, 제가 쓴 건데요."

"허허! 아무 말 하지 말래도 그런다. 니가 쓴 거 아니다!"

"아니에요, 선생님, 제가 쓴 거 맞아요."

어처구니가 없다는 듯 선생이 털털 웃어버렸다.

"야 이놈아, 너 대학 안 갈래? 대학 가서 얼마든지 해 인마!"

그렇게 돌아간 선생이 알아서 처리한 걸로 나는 알고 있었다. 아버지와 2학년 담임선생 간에 물밑접촉이 있었던 건 여태 모르고 있었다.

우리가 모르는 새 아버지의 이름자에 노란 불이 들어와 있었다. 수술이 끝나고 회복실에서 회복중이라는 노란 형광 자막이 느릿느릿 지나가고 있었다. 우리는 깜짝 놀라 허둥댔다. 네 시간이나 걸린다는 수술이 불과 두 시간여 만에 힘없이 끝나버렸기 때문이다. 어머니가 대뜸 탄식을 했다.

"아이고, 똥그랑땡을 미리 안 갖다줘서 그런가보네. 어쩐다냐?"

"아닌데? 그럴 리가 없는데? 그 선생 아는 것 같던데?"

"그러면 왜, 남들은 네 시간씩이나 해주는 수술을 니 아버지만 두 시간 만에 뚝딱거려버렸다냐?"

"그러게?"

하면서 생각해보니 불현듯, 지금 우리가 무슨 상상을 하고 있는가 싶어졌다. 두 시간 만에 끝나버린 아버지 수술이 잘못되었다고 단정짓고 있는 게 아닌가. 그렇다면 저 노란 불빛은 뭐고 회복실에서 회복중이라는 자막은 또 뭔가 싶어졌다.

"엄마, 수술이 잘되어 두 시간 만에 끝날 수도 있잖아?"

"아버지하고 똑같은 수술을 한 병실 사람들이 그러는데 꼬박 네 시간이 걸리더라더만?"

"그래? 그럼 회복실에서 나올 때까지 기다려봐야지 어째."

나는 힘없이 꼬리를 내려버렸다. 아무래도 꺼림칙한지 어머니의 아이고 타령이 연달아졌다.

"아이고, 아버지한테 한소리 듣겠다. 부지런히 서둘러서 미리미리 건네줬어야 하는데. 아이고, 어쩔거나."

그 의사선생이 빙글거리는 게 분명히 알고 있는 눈치였는데? 부정하고 거부하면서 배우고 닮는다고 어머니 곁에서 세뇌가 되었는지 나도 따라 불안해졌다.

그 와중에 선생의 전화가 또다시 걸려왔다. 이번에는 목소리에 힘이 펄펄 넘쳐나고 있었다.

"어, 나여, 저기 말이다, 방금 학교 교문에다 네 당선축하 플래카드

를 내걸었어. 바람에 나부끼는 게 참 보기 좋다야. 나는 생각도 못했
는데 역시 교장선생님이시다야. 어쩌? 너도 좋지야?"

나는 말문이 막혀버렸다. 도무지 뭐라고 할말이 없었다. 초청장에
명토박아 보내달라는 말보다 더 무서웠다.

"어째 대답이 없어?"

선생의 다그침이 아니더라도 뭐라고 대답은 해야 할 것 같은데 나
는 적당한 말을 찾아낼 수가 없었다. 우물쭈물 망설이다 겨우 찾아낸
것이 하기도 좋고 듣기도 좋은 말이었다.

"선생님이 좋아하시니까 좋은데요."

"그려어……?"

선생의 한정없이 늘어지는 말꼬리가 어째 불안했다. 역시나 나의
우려감이 그대로 드러났다.

"그럼 언제 보낼래? 니가 얼른 보내줘야 내가 모레 서울 갈 출장원
을 쓰지."

이런 때를 두고 사람들이 '돌아버린다'고 하는가보다. 두손 두발 다
든다고 하는가보다. 지금 내 심정이 바로 그랬다. 기가 질려 더이상
아무 말도 하고 싶지 않았다. 지나가다 물벼락을 맞았어도 이보다 비
감하지는 않을 것 같았다.

"아이고! 저기 봐라, 아버지 나온다!"

병상 네 귀퉁이에 금속봉이 둘러 박히고 그 한 귀퉁이에 압박붕대
로 휘갑을 친 다리가 천장 높이로 매달려 들린 채 회복실 문을 밀고
나오고 있었다. 나는 긴가민가 싶은데 어머니는 멀리서 보고도 한눈
에 알아보고 달려갔다.

"아이고, 어째서 이렇게 빨리 나온다요?"

막 마취에서 깨어나 갑자기 환해진 바깥 빛에 눈도 못 뜨는 아버지를 붙들고 어머니가 걱정걱정을 늘어놓았다.

"수술은 어떻게, 잘되었다고 합디까? 남들보다 일찍 끝나버려서 영 불안해 못살겠네."

그런데 무슨 정신에서인지 아버지가 입술을 달싹였다. 여전히 눈도 못 뜨고 버썩 말라버린 입술로 천천히, 아주 천천히, 뭔가를 말했다. 그러나 말소리에 어찌나 힘이 없는지 어머니도 나도 알아들을 수가 없었다.

"뭐라시냐?"

"나도 모르겠는데? 혹시 그거 물어보시는 건가?"

"그러게?"

"아무래도 그런 것 같은데?"

"그런가보네. 큰일났다. 뭐라고 대답해야 쓰거나?"

"그냥 췄다고 그러지 뭐. 어차피 내일 줄 거니까."

"말 좀 가만가만 해라. 아버지 듣겠다."

그런 참에 휴대전화에서 급하게 여보세요? 여보세요? 하는 선생 말소리가 들렸다. 깜짝 놀라 예, 선생님, 해놓고 보니 그때까지도 휴대전화기가 켜진 상태였다.

"누가 수술하셨나본데?"

"예, 아버지요."

"아니, 어쩌시다가? 그래? 수술은 잘되셨어?"

"아직 모르겠어요."

환자용 엘리베이터 앞에다 병상을 밀어붙여놓고 우리들 하는 양만 지켜보고 있던 남자 간호사가 더는 못 봐주겠는지 대놓고 무안을 주었다.

"참 이상한 양반들이네. 아, 잘못됐으면 다른 데로 가셨겠지."

아버지 병상을 따라 어머니가 엘리베이터에 올라타는 것을 보고 나는 바깥으로 나왔다. 정오를 향해 차오르는 햇살이 눈부시게 쏟아졌다. 아버지의 병세를 묻던 선생의 얘기는 다시 원점으로 돌아와 '세월'을 앞세우고 있었다.

"이제 교장선생도 나이 잡수고 늙었어. 생각해봐라, 세월이 얼마나 흘렀냐?"

그러나 내 기억 속의 정교장은 여전히 교무수첩을 뒤적이고 있을 뿐이었다.

"선생님, 그 양반 교장 임기 이제 거의 다 끝나지 않았어요? 벌써 두번 중임 다 한 걸로 알고 있는데 뭐 그리 어려워하세요? 가만히 계셔도 이제 선생님 차례구먼요."

"아녀, 그게 아녀. 한번 더 하기로 재단 이사장하고 얘기가 된 모양여."

"예에? 그게 무슨 말씀이세요? 학교 법이 그렇지 않은 걸로 알고 있는데."

"학교 법을 손볼 모양이여."

"예에에……?"

나는 허, 허, 웃음이 터지려 했다. 그런데 비로소 말문이 터질 것 같은 건 또 뭔가.

"그 선생 지금도 그 모양이구먼요."

수화기 너머에서 선생이 갑자기 말이 없어져버렸다. 오늘만 해도 당신의 채신은 생각지 않고 벌써 몇번째 전화를 걸어온 선생은, 목소리에서 펄럭이는 바람소리가 났던 선생은, 아마도 이 말을 하고 싶었으리라. 그럼 초청장은 관두고라도, 학교에 플래카드까지 내걸었으니 수상식 끝나고 인사차 학교에 한번 다녀가라고. 그러나 나는 그럴 생각이 없다. 해마다 내가 당선된 날 태극기를 달아준다 해도 나는 절대 그럴 뜻이 없다. '출세한' 제자가 찾아가고, 엄벙덤벙 '세월'이라는 말로 약을 발라주면 날개 달고 삼탕, 사탕까지 해먹을 선생이었다. 나는 날개를 달아줄 생각이 없다.

—『실천문학』 2002년 겨울호

그 사흘의 남자

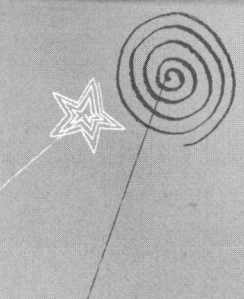

처음에 여자는, 남자의 말을 못 알아들었다. 전혀 못 알아들었다. 남자가 무슨 말인가를 했을 때 여자는 정신이 하나도 없는 판이었다. 노래방에 나온 지 고작 열흘 가량밖에 안된 여자로서는 소리소리 지르거나 악악대지 않고 무슨 말인가를 주고받는다는 것 자체가 거의 불가능했다. 노래반주기 소리와 탬버린 소리만으로도 머리가 깨질 듯이 아픈데, 목청껏 질러대는 노랫소리와 왁자지껄한 웃음소리까지 합세를 하고 나면 반쯤 얼이 나가는 것 같았다.

그러고도 여자는 술에 개가 된 남자들이 노래방에서 정신 멀쩡한, 사람소리를 하겠는가 싶었다. 이차를 가자는, 뭐 그렇고 그런 소리이겠거니 했던 것이다. 몇번의 경험으로 여자는, 남자들이 여자들이 나오는 노래방을 찾을 때에는 그들이 단순히 노래에만 뜻을 두고 오는 것이 아니라는 것쯤은 알고 있었다.

그리고 그날 남자의 일행들이라고 별다를 바도 없었다. 남자들 머릿수대로 파트너가 정해지는 순간부터 그들 역시 노래는 뒷전이었다. 자신들의 파트너 옆에 은근슬쩍 달라붙어 더듬고 만지고 쓸어대느라 손길이 분주했다.

여자들은 으레 그럴 걸로 알고 하체 깊숙한 부위만 아니면 허리나 엉덩이쯤은 선선히 맡겨주었다. 허리를 뒤틀고 엉덩이를 빼본들 뭐 하겠는가. 집요한 손길에 결국 몇 조금을 못 견디고 내주고 말 것을. 도리어 술에 개가 된 남자들 눈엔 남자를 부르는 교태에 불과할 뿐인 것을. 하물며 돈이 그들, 남자들 수중에 있음에야 더더욱. 하등의 부질없고 미련한 동작은 과감하게 생략하고 남자들의 눈먼 돈이나 재주껏 빼먹으면 그만이다 여겼다.

신도시에서도 북쪽으로 사십여분은 더 달려야 닿을 수 있는 이곳, 삽다리 노래방들은 간판이 노래방이지 룸쌀롱이나 단란주점과 별다를 게 없었다. 술 있고 여자 있고 곁다리로 노래가 있을 뿐이었다.

남자들은 이곳으로 아르바이트를 나오는 여자들을 '미시아줌마'라고 불렀다. 살집 없는 몸매야 어중간한 아가씨 뺨치고 구미 당기게 생겼지만 여자들 대부분이 아이 한둘은 넉넉히 달린 삼사십대 아줌마들인 까닭이었다. 시쳇말로, 영계들 일색인 룸쌀롱이나 단란주점에 비해 나이가 많다는 게 흠이긴 했지만 대신에 값이 쌌다. 그런만큼 싼값에 여자를 찾는 남자들 역시 후줄근하긴 마찬가지였다. 어쩌다 가끔 싼맛에 회가 동한 넥타이부대들이 멀리 서울에서 원정을 오기도 했으나 태반이 이곳 삽다리 부근의 아파트 건설현장 인부들이거나 우후죽순처럼 들어선 부동산사무실 패거리들이었다.

여자는 그날 남자네 일행 또한 건설현장 부근 사람들일 것이라고 생각했다. 여자의 손을 타지 못한 입성, 아무렇게나 자란 머리카락, 오랜 날들을 햇볕에 절고 바람에 깎인 듯한 얼굴, 그 얼굴이 주는 거칠고 투박한 인상, 각질무좀에라도 걸린 듯 몽땅한 손톱, 그 손톱 밑의 절은 때, 땀이 절고절어 체취가 되어버린 쉰내나는 겨드랑이. 남자들 중 다는 아닐지라도 졸지에 여자의 파트너로 강등당해버린 남자는 틀림없었다.

그날 처음부터 남자가 여자의 파트너는 아니었다. 남자와 여자 둘다, 각자의 파트너에게서 소박맞고 급조된, 이른바 '폭탄 커플'이었다. 여자의 이전 파트너는 여자에게 '싸가지없다'는 죄목을 씌워 여자를 내쳤다. 무작정 하체로 곧장 질러오는, 거침없이 은밀한 손길을 거부했던 탓이다.

"하, 이거, 아침부터 재수가 없더니 하루종일 재수가 옴붙는구만. 이봐 아줌씨, 그리고 마다할 것 같으면 이런 덴 뭐 하러 나와? 집구석에서 서방님 것이나 받드시지."

분을 못 이긴 불같은 손찌검도 덤으로 받았다. 싸가지없고 재수없기로 치자면 저편 또한 만만치 않았으나 여자는 사람 좋게 풀썩 웃고 말았다. 예전 같잖게 사나워진 요즈막의 여자 성깔 같아선 "이보세요, 선생님, 그런 짓은 댁에 가셔서 사모님한테나 하시지요"도 아닌 더한 막말로 "야 이 새끼야, 단돈 삼만원에 어디다 손을 집어넣어?" 하고 날을 세웠을 터이다.

그러나 그런 악다구니도 기운 있을 때 하는 짓이었다. 여자는 쥐어짤 기운 한방울 남아 있질 않았다. 점심나절에 은행에서 당한 수모만으로도 여자는 기운이 다 팔려버렸다. 몸도 마음도 갈피를 잃고 축 늘어진 상태에서 한푼이라도 벌자고 추스르고 나선 꼴이 이 사단이 난 것이다. 누구의 잘잘못을 떠나 술먹은 개하고 붙어봐야 그 잘난 돈이나 날아갈 게 뻔했다. 자신의 뺨을 친 남자가 풀어놓은 민소매 블라우스 단추를 채우고 팬티 속으로 말려들어간 스커트 자락을 정돈하는 것으로 여자는 헝클어진 주변을 정리했다.

여자가 퇴짜를 맞고 두말없이 밖으로 나가려 할 때, 춘영언니가 여자에게 눈을 끔뻑하더니 즉석에서 체인징 파트너를 제안했다.

"가만히 보니까 우리 아저씨도 별로 흥이 안 나나본데, 우리 아저씬 영아씨랑 짝이 맞고 저쪽 아저씬 나랑 짝이 맞을 것 같애. 우리 서로 짝을 맞바꾸면 어떨까아?"

여자의 파트너 남자가 깜짝반색을 하고 춘영언니의 파트너 남자도 그래도 무방하다는 듯이 피식 웃음으로써 여자와 남자는 얼떨결에 파트너가 되었다.

그런데 별 무심한 남자도 다 있다 싶을 정도로 남자가 별나게 굴었다. 여자에게서 엉덩이 하나 정도는 멀찌감치 떨어져 앉아서는 여자한테 덤덤하게 구는 것이었다. 그렇다고 춘영언니 말처럼 흥마저 없는 것 같진 않았다. 일행들처럼 열심히 노래를 부르지는 않아도 남자는 일행들의 노래 끝마다 성의껏 박수는 쳤다. 일행들의 노래 틈틈이 노래 번호도 찾아주고 예약도 해주고 노래부를 순서도 일러주며, 어찌 보면 그게 남자의 흥이 아닌가 싶게 나름의 흥은 내고 있었다.

그러나 맥주도 자작으로 마시는 남자 옆에서 여자는 별달리 할일이 없었다. 여자는 남자가 낯가림이 몹시 심한 편인가보구나 생각했다. 하루가 고단했던 여자는 한편으로 그런 남자가 만만하게 느껴졌다. 만만하다는 것은 그만큼 편하기도 한 모양이었다. 여자는 아예 남자를 무시하고 소파 깊숙이 몸을 부렸다. 내친 김에 가만히 눈을 감았

다. 잠이 든 것은 아니었다. 아무렇기로서니 이런 자리에서 잠이 들손
가. 단지 감고 있어도 절로 깜빡여지는 눈을 어쩌지 못하고 있을 뿐이
었다.

한데 갑작스레 여자의 윗몸에 뭔가가 덜퍼덕 씌워졌다. 여자가 설
핏 쉰내를 맡는 찰나, 균형이 맞지 않았던 듯 그 뭔가가 여자 몸에서
툭 떨어져내렸다. 순간 옆자리의 쿠션이 먼저 진동을 일으키더니 황
급히 주워올려 여자의 가슴뼈 부위부터 차근차근 여미어가며 다시 덮
어줬다. 그리고 곧 다시 옆자리의 쿠션에 차분한 진동이 가해졌다. 여
자는 짐짓 잠든 체하기가 무척 민망했다. 그렇다고 곧바로 눈을 뜨고
자세를 바로하자니 그야말로 상대방이 민망할 것 같았다. 어색하나마
여자는 얼마간 그냥 그대로 눈을 감고 있기로 했다. 조금 전과는 또
다르게 남자를 향한 가벼운 흥분이 일었다.

하나 그것도 잠시, 뭔가 예감이 이상해 여자가 눈을 딱 떴을 때, 부
신 빛살 사이로 와자그르르한 웃음이 일제히 터졌다. 여자는 정말 잠
이라도 자고 일어난 것처럼 무안했다.

"오늘 이 아줌씨, 끝내주네? 이젠 아예 덮어쓰고 자는구만."

"낮거리 뛰고 왔나본데? 여기서 갱신을 못하는 게."

"아녀, 최씨가 고잔 게지, 아마도. 색시가 서방님 두고 저럴 리가
없거든."

"그려, 그려. 그리고 본게 그런 것도 같구만. 이러고 있을 게 아니
라 확인 한번 해봐야 쓰겠네. 어이 박씨, 블루스로 하나 땡겨봐. 울고
넘는 박달재 말고 거시기, 잘 있거라 나는 간다로, 삼절 사절까지 사
정없이 땡겨버려. 근디, 엄매? 당신들은 뭐 한다야? 얼른 인나야지."

일행들의 우격다짐 속에 남자와 여자가 무대 한가운데로 이끌려나

와 마주보고 세워지고 짤그락짤그락 반주가 터졌다. 어디다 두어야할지 갈피를 못 잡고 헤매는 남자의 손을 보다 못한 일행들이 붙들어다 여자의 어깨와 허리에 반강제로 안착시켰다. 그 바람에 여자의 손이 갈 바를 모르게 되자 여자의 두 손도 강제로 끌어다 남자의 목 뒤에서 깍지끼워 둘러졌다. 어쩔 수 없이 상체는 붙고 하체는 벌어진 부자연스러운 폼이 영락없이 낮거리는커녕 밤일도 못할 고자 커플로 비쳐지는지 일행들의 야유가 쏟아졌다.

"오늘 넌 내 품에서 죽었다 하고 부둥켜 안아버려야지 저게 뭐디야 시방?"

"거시길 밀착시켜야 회가 동하지?"

남자는 머쓱한지 웃기만 했다. 여자한테만 들릴락말락하게 하, 이거 원, 했을 뿐 몸을 밀착시키거나 하진 않았다.

"멋대가리라곤 하나도 없는 사람들이구만."

볼 만한 구경거리를 기대하다 제풀에 지쳐 나가떨어진 일행들이 다시금 제 볼 속으로 돌아가고 관심권에서 멀어진 남자와 여자는 차츰차츰 구석진 데로 밀려났다. 남자가 좀처럼 발을 떼지 않은 채 한자리에 붙박이로 서서 상체만 건성건성 움직이는 게 불편해서 여자 쪽에서 남자를 리드하려 하자 남자가 여자가 무안하지 않게 가만히 속삭였다.

"그냥 이대로 잠깐만 있습시다."

그때 여자가 남자를 홀깃 올려다보았는데, 호감이라기에는 그렇고, 조금 전에 일었던 흥분과도 다른, 알 수 없는 호기심이었다. 오늘 이 남자에게서 돈이 나오긴 틀렸군, 싶은 실망감도 함께 뒤섞여 아주 묘한.

여자는 아직 남자들을 따라 이차를 나간 적은 없지만 햇내기처럼 새침하게 굴지도 않았다. 열흘 가량밖에 안된 초보자임에는 틀림없지만 여자 나이 서른일곱이면, 어떤 일의 실제경험 유무를 떠나 농익은 나이가 눈치껏 가르쳐주는 경험만으로도 충분히 한세상살이가 되었다. 하물며 돈이 다니는 길로 돈 따라 나온 여자가 어떻게 눈치가 비상해지지 않겠는가. 뭇 남자들이 허리를 감싸안으면 무심결인 양 보드랍게 안겨주었고, 잔등을 거슬러 올라온 손이 앞섶을 더듬어올라치면 얼마 줄 건데? 하고 생끗 웃으며 손바닥을 내밀어 남자들을 어이없게, 그러나 핫핫하 웃게 만들어버렸다. 그런 여자에게 이차 가자, 이차 가, 응? 죽여줄게, 하는 남자들은 여럿이었어도 남자처럼 덤덤한 사람은 처음이었다.

그날 남자는 더는 말이 없었다. 블루스를 추는 사이 나지막이 속삭이듯 무슨 말인가를 했던 것도 같은데 여자는 남자의 말을 전혀 알아듣지 못했다. 지극히 설은 춤이 흐지부지 끝나버리고 각자의 자리를 찾아 들어갈 때 아주 잠깐 여자를 수줍게 바라보다 무심결에 고개를 저으며 혼잣말로 빠르게 역시, 안되겠지, 했을 뿐이다.

남자는 춤을 추기 전과 마찬가지로 여자 옆에서 멀찍하게 떨어져 고적하게 앉아 있다 일행들의 일괄적인 계산과는 별도로 여자 손에 오만원을 따로 쥐여주고는 일행들을 따라나서버렸다.

왠지 모를 감정에 여자는 일행들 뒤에 한참이나 처져 인부들 숙소 어둠속으로 가물가물 멀어져가는 남자를 오래도록 서서 배웅했다. 그러다 문득 보았다. 갈수록 뒤처지는 남자의 걸음걸이가 어딘가 심상치 않다 싶을 때 남자의 한쪽 어깨와 다리가 균형을 잃고 무너졌다 가까스로 일어서고 있었다. 좀처럼 발을 떼지 않던 남자와의 블루스가 그제야 섬광처럼 가닥이 잡혀왔다. 남자가 가뭇없이 사라져버린 뒤에도 여자는 오래도록 자리를 뜨지 못했다.

남자는 그로부터 이틀 뒤 다시 왔다. '카드 연체대금 대납'이라는 생활정보지 광고를 보고 여자가 사채업자를 찾아간 날이었다.

그즈음 여자는 이주일째 순 저질깡패 같은 은행원으로부터 불같은 독촉을 당하고 있었다. 몇달 전 이혼한 남편이 이혼 전 여자 명의의 카드로 현금써비스를 받고 고금리의 캐피털 대출까지 받아 야금야금 유용해버린 탓이었다. 말이 좋아 명퇴지 신용금고에 다니던 남편이 불법대출건으로 정리해고를 당한 뒤, 술과 여자와 주식과 경마와 도박으로 점철되던 지난 몇년 남편과의 생활은 여자에게 생지옥이었다.

마침내 여자가 이혼을 결정했을 때 여자에게 남은 건 여자 명의의 카드빚과 남편으로 인해 자폐아처럼 망가져버린 열살 난 아이 하나밖에 없었다. 여자의 친정에서 힘겹게 마련해준 천만원에 월세를 끼고 열일곱 평짜리 임대아파트에 허겁지겁 거처를 마련하였으나 살길을 찾아나온 길이 외려 죽을 길로 나선 듯 막막했다. 넋놓고 널브러져 앓을 틈도, 울고 짜고 할 새도 없었다. 우선 당장 여자 입과 새끼 입에 먹을 걸 챙겨넣어야 했다.

월급쟁이 아낙으로만 살았던 여자가 이혼 뒤 할 수 있는 일이라곤 고작 몇가지에 불과했다. 청소부 일, 파출부 일, 식당일, 슈퍼 파트타임 계산원 자리. 월세 내고 간신히 입에 풀칠이나 하고 나면 그만인 일들이었다.

지극히 당연히, 카드빚은 갚을 수가 없었다. 갚을 엄두도 못 냈다. 이자에 이자가 새끼를 치고 그 새끼가 송아지만해져도 어림없었다.

뛰다 죽을 만치 절박한 여자에게 삶의 선택권이란 없었다. 수소 같은 남자를 찾아 재혼을 할 게 아니라면 서른일곱, 아직은 쓸모가 있는 '여자'를 상품으로 내놓아야 했다. '여자'를 상품으로 노래방에 내놓고도 턱없이 부족한 부분은 사채업자의 마술이 필요했다. 여자는 열흘 안으로 원금과 이자 육백이십칠만원을 갚는다는 서약서에 지문날인하고 카드대금 사백팔십만원을 처리했다. 열흘 뒤 출장마싸지 걸로 팔려나갈지라도, 새끼손가락이 잘려나갈지라도, 콩팥이 달아날지라도 우선 당장은 살 것 같았다. 그러나 한순간도 못 가 숨이 도로 콱 막혀왔다. 여자는 한참을 을지로 횡단보도 앞에 넋나간 사람처럼 서 있었다. 부잣집 개새끼로 살아도 이보다는 나을 것 같았다.

하필이면 그런 지랄같은 날에 남자가 다시 찾아온 것이다. 여자들끼리 모여 구구절절 신세한탄을 하며 맥주 한컵씩에 지지리 궁상을 떨고 있을 때였다. 아무 생각 없이 멸치대가리를 씹고 있다 후닥닥 입부터 가리느라 여자는 남자를 맞지 못했다.

"어머나, 어서 오세요."

간드러졌던 나머지 여자들도 정작 손님맞이는 뒷전이고 고추장을 치운다, 멸치똥을 치운다, 우왕좌왕 부산스러웠다.

남자 일행들이 선뜻 안으로 들어서질 않고 입구에 버티고 서서 투덜거렸다.

"허허, 뭐 하는 거래야, 시방? 빤스바람으로 맞아도 시원찮을 판에?"

"그러게. 요 건너건너 새색시노래방은 홀딱 벗고 춤도 춰준다더만."

"같은 돈 주고 놀 거면 기왕지사 그리 가서 놀지, 안 그래?"

여자들이 합동으로 나서 아이, 여기까지 왔으면서 뭐 그러냐며 콧소리를 내었지만 어지간해선 끄떡도 않을 태세였다. 남자가 황망히 나서서 노래 몇곡 부르고 갈 건데 아무데서나 놀고 갑시다, 해도 '같은 돈'을 따지고 '홀딱 벗고 안 벗고'를 따지고, 남자들 넷이 볼 만도 안했다. 그러잖아도 심사가 사납던 차에 여자는 남자들이 같잖아졌다.

"아, 좋아, 좋아. 여러 말 할 것 없어."

여자의 느닷없는 말에 남자들이 일순 어리둥절해했다.

"할딱이고 홀떡이고 씨팔, 벗겠어. 얼마씩들 갖고 왔어?"

여자가 기세 사납게 남자들에게 손바닥을 내밀었다. 느닷없는 기세에 남자들이 주춤하는 사이 여자가 남자들 코앞으로 바투 다가서며 손바닥을 들까불렀다.

"어디 한번 내놔봐."

벗고 안 벗고를 열심히 따지던 남자 하나가 여자 손바닥을 탁 쳐냈다.

"이거 왜 이래? 하기도 전에."

"웃기지들 마. 한 삼사백씩 싸들고 왔어? 아냐?"

"뭐 저런 게 다 있어?"

순간으로 분위기가 험악해지고 여자들이 놀라 여자를 구석 한편으로 떼밀었다. 얘 오늘 왜 이러니? 얼마 마시지도 않았잖아? 뭐 되게 기분 안 좋은 일 있었나보네. 여자들이 여자를 극구 변명했지만 한껏 성이 난 남자들은 쌩하니 나가버렸다. 남자가 여자를 돌아보고 돌아보며 뒤를 따랐다. 지상으로 난 계단을 올라가며 남자들이 낄낄거렸다.

"뉘집 여편넨지 몰라도 날샜구만."

"서방새끼가 오죽 못났으면 저런 데다 여편네를 내놨을라구."

"저년들, 돈만 주면 다들 홀딱 벗을 년들이라구."

여자들 얼굴이 삽시간에 붉으락푸르락해졌다. 멀쩡하거나 성성한 남편 놔두고 팔랑개비처럼 헛바람 들어 이 바닥까지 흘러든 건 아니었다. 새끼들 데리고 살려고, 살아보려고, 어떡해서든 살아보려고, 버둥대다 죽지 못해 나온 마당이니 수치심이 없는 것이 아니었다. 허리와 엉덩이에 만족 못한 손들이 더 큰 것을, 더 깊숙한 것을 요구하면 못 이기는 체 따라나서는 것도 그 때문이었다. 하여 귀를 막고 막고 또 막고 꽉 막았다. 꽉 막은들 들려오는 소릴 어쩌지 못해 고스란히 감내하던 참이었다. 차마 맞대놓고 같이 하지는 못하고 여자들 중 누군가 소리죽여 으르렁거렸다.

"그래, 새끼들아, 홀딱 벗어줄 테니 돈만 싸들고 와라."

그날 밤 노래방으로 여자를 찾는 남자의 전화가 걸려왔다. 여자가 남자들과 소란을 피운 죄로 사장에게 불려가 한소리 듣고 난 직후였다.

삽다리 다리 건너 뼈다귀해장국집에서 여자를 맞은 남자는 숙부드럽게 웃었다. 여자는 웃을 듯 말 듯 웃으며 남자가 안내하는 대로 따라 앉았다.

"영업시간에 이렇게 밖으로 불러내심 안되는데."

"다시 또 찾아가기가 좀 그렇더라구요."

남자가 또 겸연쩍게 웃었다. 여자는 하긴 그랬을 것이라고 고개를 끄덕였다.

"이 집 뼈다귀감자탕 잘하는데, 먹을 줄 알아요?"

여자는 말 대신 또 고개를 끄덕였다. 메뉴의 대·중·소를 놓고 남자가 또 물었다.

"밥 먹었어요?"

잠깐 생각 끝에 여자는 고개를 가로저었다. 내 그럴 줄 알았어요, 하더니 남자가 주방을 향해 소리쳤다.

"여기 감자탕 중짜로 하나!"

"중짜는 무슨? 둘이 먹을 건데?"

"한번 먹어봐요. 먹다보면 다 들어가요."

여자가 웃어버리자 남자도 따라 웃었다.

"소주? 맥주?"

"밥 먹을래요, 난. 배고파요."

"밥은 두 공기, 소주는 하나!"

구태여 소리를 치지 않아도 다 들릴 거리에 주방이 있건만 남자는 연신 소리를 쳤다. 여자가 다시 또 훗, 웃었다. 삽시간에 모든 긴장이 풀리는 듯한 기분이었다. 남자도 굵직한 깍두기 하나를 입에 넣고서 깨물깨물 웃었다. 웃음이 웃음에 불을 질렀다. 여자는 남자가 챙겨주는 대로 열심히 먹었다. 자신의 빈 그릇에 살점 실한 뼈다귀를 건져주면 열심히 살점을 발라먹었고, 국물을 떠주면 국물을 또 열심히, 시래기를 건져주면 시래기를 또 열심히 밥에 얹어 우걱우걱 씹어 한입에 삼켰다. 남자에게 미처 소주 한잔 부어줄 짬이 없이 먹고 또 먹었다. 정신없이 먹다 여자의 눈에 무심코 남자의 눈길이 잡히면 음식이 가득 담긴 입으로 웃었다.

"많이 먹어요."

오라비처럼 말하며 남자도 덩달아 웃었다.

귀갓길에 여자는 남자가 챙겨주는 '하루 수입'을 받지 않으려다 받았다. 남자가 여자에게 전화를 걸어 약속한 돈이었다. 내가 오늘 영업 손실분을 지불하겠소, 그러니 잠깐만 나오시오, 했던. 돈을 받기엔 너무도 머쓱했지만 나도 지금은 형편이 좋진 않지만 당신은 더 안 좋아 보여서, 하는 남자의 서슴없는 말에 기대어 받았다.

신도시행 마지막 마을버스에 오르며 여자는 배웅하는 남자에게 속 사포처럼 말했다.

"나이보다 되게 젊어 보이세요. 흰머리도 별로 없고. 비결이 뭐예 요?"

남자가 예에? 하는 사이 버스는 출발했다. 여자의 경험에 비추어 버스 뒤에 남겨진 남자는 필시 핫하하, 웃고 있을 터였다. 고단한 사 람에겐 추켜세워주는 말 한마디가 기운이었다.

사채업자에게 빌린 돈, 육백이십칠만원을 열흘 안에 갚는다는 것은 도저히 불가능한 일이었다. 콩팥이나 안구, 그 어느 하나쯤을 팔지 않 고선 처음부터 예견된 불가능이었다. 우선 달고 먹기 좋아 곶감이었 던 것이다. 원금과 이자를 일시상환하라는, 아니면 사기죄로 형사고 발 조치하겠다는 은행측의 노골적인 협박만 아니었더라도 사채업자 의 돈까지 끌어올 생각은 없었다. 가진 신용이라곤 몸 하나밖에 없이 시난고난하는 여자에게 사채업자의 돈을 갚을 수 있도록 돈을 빌려주 는 사람은 아무도 없었다. 다달이 3부, 4부의 고금리 이자를 쳐주겠 다 해도 모두들 마다했다. 여자를 잘 아는 사람일수록, 한솥밥을 나눠 먹던 이웃일수록 여자를 믿지 않았다. 사람은 믿지만 돈을 어떻게 믿 느냐는 말은 그래도 양반이었다. 여자가 돈 얘기를 꺼내기도 전에 먼 저 죽는소리를 치거나 없다고 딱 잡아떼었다. 가정파괴범이든 가족해 체범이든, 그런 남편이라도 있을 때와는 여자를 대하는 태도부터가 확연히 달랐다. 뭘 해서 먹고사느냐고 물어주는 사람조차 없었다. 이혼 전 여자의 처지를 번연히 알면서도 이혼도 비빌 언덕이 있어야 하는 법이라고 빈정대고 나무라는 사람들까지 생겨났다. 그나마도 발신자추적 전화기가 보급되고 난 뒤부터 여자의 전화는 일절 받지도 않았다.

하루에 열 번씩이라도 이차를 따라나가지 않고서는 도무지 갚을 수 없는 빚이 여자를 목 졸랐다. 노래방 영업이 끝난 새벽시간, 삽다리 다리에 마중나와 있던 남자가 챙겨주는 밥이 아니면 여자는 그 새벽에 먹는 저녁밥마저 생으로 굶고 거를 터였다. 여자는 식욕과 더불어 모든 의욕을 잃어가고 있었다. 남자를 만날 때면 간혹 웃던 웃음도 어느 결에 잃어버렸다. 남자는 근심스레 여자를 들여다보았다.

여자는 모르는 것 같았다. 여자가 모르는 것은 어쩌면 당연했다. 그날 여자는 워낙 경황이 없었으므로 남자를 몰라보는 것조차 당연했다. 남자야 여자를 또렷이 기억하지만, 또 기억할 수밖에 없지만, 그날 여자야 어디 그럴 경황이 있었던가. 그날 사무실에서 소파에 앉아 있던 남자와 눈길이 정면으로 여러번 마주치고도 여자는 전혀 기억을 못해냈다. 그날 여자는 확실히 경황이 없었던 것 같다.

남자와 여자가 처음 만난 건 여자의 생각처럼 노래방이 아니었다. 여자가 사채를 얻으러 왔던 을지로 사채업자 사무실에서였다. 남자와 감방동기인 박가놈이 거창한 부장 명함을 달고 빌붙어 있는 사무실이었다. 지금은 때깔나는 부장님답게 말쑥한 양복차림에 머리끝부터 발끝까지 짜르르 기름칠을 하고 다니지만 박가놈은 소매치기와 사촌간인 날치기 출신이었다. 하여 놈은 부장 명함을 달고 외양을 번지르르 꾸몄음에도 어딘지 모르게 허술하거나 과부하가 걸리거나 어색했다.

가령 말을 서너 마디만 시켜보거나 한자리에 반시간만 앉혀놓거나 하면 금세 반짝가수 태가 나는데, 거침없고 무람없이 지껄이는 말의 반절이 욕설인데다. 부장님 체면에 상관없이 상체가 뒤로 벌렁 넘어가고 이쪽저쪽 번차례로 하늘 높이 걸치고 앉은 다리를 사정없이 떨어대며 잠시잠깐을 가만있질 못했다. 놈이 '과연 부장님' 태가 나는 경우라고는 놈이 몸바쳐 모시는 사채업자 사장과 채무자 간에 시끌벅적한 문서를 작성할 때 사장 옆에서 거만하고 험상궂은 표정으로 상대방을 압도하는 분위기를 연출할 때뿐이었다. 말하자면 놈은 사장 대신 온갖 궂은일을 서슴지 않는 전천후 행동대원이었다. 그날 여자와 그토록 무시무시한 계약문서를 작성한 것도 놈이었다. 공사장에서 벽돌더미가 무너져 다리를 다친 뒤 하릴없이 옛 감방동기를 찾아왔던 남자는 여자의 채권채무이행문서를 지켜보는 동안 놀라 나자빠질 뻔했다. 말이 연체 카드대금을 대신 변제해준다는 것이지 사뭇 노예문서와 다름없었다. 박가놈이 지껄였던 말은 하나도 믿을 게 못 되었다. 없는 놈들 대신 빚 갚아주고 이자 몇푼 받아먹고 산다 해서 고리사채업자 하수인 노릇이나 하는가 했더니 개뿔이나, 차라리 그건 양반이지 말로만 듣던 각다귀와 다를 게 하나 없었다. 보증인도 필요없고 담보물도 필요없고 오로지 신용 하나만으로 끝이라는 놈의 말은 철저한 덫이자 함정이었다. 남자는 여자가 함정에 빠지는 순간을 낱낱이 지켜보지 않을 수 없었다.

연체 카드대금 사백팔십만원을 변제해주는 대신 원금과 이자를 더한 육백 얼마를 열흘 안에 갚는다는 계약서까지는 일사천리로 사장이 처리했다. 이자를 산출해내는 사장만의 비법인 논리적 근거를 도무지 알 수 없는 놈으로서는 나서고 싶어도 나설 수 없는 모양이었다. 놈은 사장 옆에서 고개를 갸웃거리는 여자에게 인상을 그으며 여자의 동의를 강제했다.

"아줌마가 처음이라 뭘 모르는 것 같은데, 그냥 하라는 대로 하면 돼요. 예에?"

사장이 주워다 붙이는 논리적 근거와 놈의 인상에 질려 여자는 마지못해 고개를 주억거렸다. 사장이 계약서를 작성하는 동안 암담한 표정으로 사무실 벽면을 둘러보는 여자 눈에 눈물이 글썽였다. 벽면에 붙은 거라곤 귀때기에 붕대 처감은 험상궂은 놈 그림 한 점, 쇠불알 단 덩치 큰 시계 한 점, 달랑 두 점, 더는 볼 것이 없어서일까, 여자는 귀때기에 붕대 감은, 무슨 지랄병으로 귀때기를 그 지경으로 만들었는지, 한눈에 봐도 성질 더럽게 생긴, 화가놈이라던가 뭐시긴가를, 그 뭐시기가 무색하리만큼 오래 바라보았다. 놈과 두던 장기를 물리치고 소파에 몸을 부리고 앉은 남자는 그런 여자를 또 그렇게 바라보았다. 얼른 봐도 이런 델 드나들 여자로는 보이지 않았다. 몸 하나 가득 수심이 들어찼는데도 곱상한 생김이 그랬고, 차근한 말씨가 그랬고, 하고 온 차림새가 그랬다. 그러나 남자들도 함부로 들어서기를 사뭇 꺼려하는 것처럼 여자 몸 전체에 수심이나 절망과는 확연히 변별되는, 얼른 보기에 낯설어하나 속살은 두려움이 분명한 표정이 역력했다. 뱃살처럼 늘어지고 헐렁한 가방을 꽉 다잡아 쥐고 있는 손이나 긴장으로 잔뜩 곱송그려진 등허리가 그랬다. 남자는 순간, 여자가 가엾다기보다도 지금 몹시 무섭고 외로울 거라는 생각이 들었다. 열여덟살 남자가 소매치기 전과 1범으로 형사 앞에 움츠리고 앉아 처음 조서를 꾸미던 날, 허허벌판에 내동댕이쳐진 것처럼 얼마나 무섭고 외로웠던가. 최초의 기억이 형성되던 순간부터 아버지는 없었다. 미혼모의 사생아였던 남자는 어미 대신 거둬주던 외할머니마저 죽고 나자 외숙모 손에 천덕꾸러기로 자라났다. 초등학교를 어찌어찌 간신히 졸업하고 중학교부터는 본격적으로 밖으로만 돈 남자는 결국 중도 탈락하고 말았다. 더 비비고 다닐 학비도 없었거니와 외숙모와의 간극에 더는 버틸 재간이 없었기 때문이다.

"썩을년, 시집도 안 간 년이 사내맛은 알아서 애새끼는 까놓고, 지년만 호강하겠다고 감추고 살어? 공장장인가 뭔가 붙어먹은 놈한테다 갖다줘야 쓸 것 아녀? 내가 무슨 죄여? 내가 무슨 죄냐고?"

외숙모의 악다구니가 우박처럼 쏟아지던 날 남자는 미련없이 외가를 뛰쳐나왔다. 그리고 조무래기 '쓰리꾼'을 거쳐 지하철 1호선 서울역 담당 소매치기로, 감당도 못하는 어미 아비가 까질러놓은 생이 아닌 혹독하게 고립된 자신만의 생으로 다시 났다. 전과가 훈장처럼 쌓여 8범이 되고 그 밥에 그 나물인 동지들이 무시로 생겨났다 가뭇없이 흩어져갔다. 발정이 나면 암캐들을 찾았고 분출이 되면 아비가 어미를 버리고 어미가 자신을 버렸듯이 무참하게 버렸다. 하룻밤에 만리장성을 쌓는 일 따윈 절대 하지 않았다. 남자가 활동하던 지하철 1호선 서울역 구간은 갖가지 눈물나는 사연이 많았다. 시골에서 막 올라온 촌부, 말뼈다귀 같으나 수줍음 많은 아가씨, 얼뜨기 같은 애사내, 어중이떠중이 할 것 없이, 설익은 꿈과 종자돈을 가슴 가득 파묻어 안고 상경해 처음 서울살이를 나서는 시작이었다. 소매치기 편에서 보자면 먹잇감이 득시글거렸다. 그런데 어느날, 그 시작이 그날로 그만 생의 종지부를 찍는 비극적인 사건이 발생했다. 서울역에서 소매치기를 당한 스무살짜리 청년이 유서를 남겨놓고 달려오는 열차에 몸을 던져버린 사건이 발생한 것이다. 사건은 다음날 중앙일간지에 대대적으로 보도되었고 유서마저 간략하게 실렸다. 자신의 한쪽 신장을 팔아 어머니의 심장수술을 해주려던 돈을 불시에 털리고 죽은 애틋한 청년이었다. 그 보도 즉시로 경찰청장의 노기충천한 담화가 떨어지고 대대적인 단속이 벌어졌다. 같은 패거리들이 황급히 몸을 숨기고 남자는 충격에 휩싸였다. 여태 한번도 느껴보지 못했던 낯선 감정, 죄책감이었다. 유서에 남겨진 시간이나 수법이 필시 자신이 한 짓이었다. 이상하게 술도 마셔지지 않고 가슴이 휑 뚫린 듯 자신이 몸담고 살았던 세상 모든 것이 생경하고 어리벙벙하기만 했다. 남자는 뉴스시간마다 그 보도를 지켜보았다. 아들의 관을 붙잡고 울부짖는 어미, 어미의 수술비 마련을 위해 기꺼이 자신의 몸을 판 아들. 보도하는 기자들마다, 인터뷰하는 시민들마다 악독한 소매치기를 성토하고 분노하며 저주했다. 남자는 하루아침에 세상이 돌변해버린 것 같았다. 이제껏 자신이 몸담고 살았던 세계가 아닌, 뚱딴지 같고 영화 속 같은 이방의 세계에 와 있는 듯했다. 우선 그 무엇보다 자신이 이상해져버린 것 같았다. 터지진 않는데 울음은 꽉찬, 그러나 어버버 소리조차 섣불리 질러지지 않는 역시 꽉 막힌, 유체이탈되어 허공중에 허깨비로 떠 자신의 몸을, 자신의 영혼을 질러보고 있는 무지막지한 혼란과 혼돈의 상태. 남자는 의식의 폐쇄공포에 갇혀버렸다. 자신도 죽어야 할 것 같았다. 청년처럼 꼭 그렇게 죽어야 할 것 같았다. 산송장처럼 황폐해진 남자는 청년이 죽었던 그 자리에서 뛰어내렸다. 저만치 달려오는 열차를 보고서였다. 그러나 죽지 못했다. 또다른 청년이 황급히 뛰어내려 남자를 끌고 나왔다. 그제야 꽉 막혔던 울음이 우지끈 터졌다. 남자는 더는 훈장을 쌓지 못하였다.

계약서에 도장날인하는 것으로 끝인 줄 알았던 여자의 계약은 거기서 끝이 아니었다. 지장날인 받아놓아, 하고 사장이 물러간 자리를 이번엔 놈이 대받아 앉았다. 놈은 사장이 작성한 계약서 외에도 여자가 떼어온 주민등록등본 1부와 호적등본 1부를 쓰윽 한번 들여다보더니 여자에게 대뜸 말을 놓았다.

"이 아줌마, 이혼하고 혼자 사네? 그럼 아줌마가 우리 빚을 못 갚으면 우리는 누구한테 받아야 쓰나? 가만있자, 이혼하고 누구 호적에 올랐나? 어? 아줌마가 호주네?"

"………"

"아줌마, 친정아버지 없어? 친정오래비도?"

"………"

"아줌마, 이혼당했나보구나? 카드 써서? 그나저나 이걸 어째야 쓰나? 아줌마 말 좀 해봐? 아줌마가 빚을 못 갚으면 우리는 어째야 쓰는 거야?"

"갚을 거예요."

"그런데 그걸 어떻게 믿냐구? 아니할 말로 누가 아줌마를 보증해줘? 우리 아줌마 같은 경우 돈 안 내줘. 이 계약 무효시킬 수도 있어. 아줌마, 벌이 있어?"

"네, 있어요. 틀림없이 갚을 거예요."

"그래? 아줌마가 그렇게까지 얘기하면 우리도 아줌마 급한 사정부터 봐줘야겠네? 그럼 여기다 자필로 뭐 하나만 써줘."

놈이 여자 앞으로 계약서와 볼펜을 들이밀었다.

"뭘 그렇게 놀래? 별거 아냐. '계약기간 내에 원금과 이자 육백이십칠만원을 못 갚을 시에는 저의 신체를 비롯해 무엇이든 귀사에 일임하고 귀사가 하라는 대로 하겠습니다.' 여기다 쓰고 지장날인하면 돼."

순간 여자가 망설이는 눈치를 보이자 놈이 놈의 본성대로 여자를 윽박질렀다.

"아니 그럼, 아줌마 같은 사람을 뭘 믿고 우리가 돈을 내줘? 아줌마 같은 사람이 어디 한둘인 줄 알아? 화장실 갈 때 다르고 나올 때 다르다고 아줌마가 배째라고 나오면 우리만 나이롱 되게? 아, 씨팔, 토껴버리는 년들도 있다고. 그런다고 못 찾는 거 아니지만."

"저는 꼭 갚을 거예요."

"하, 이 아줌마 말 많네. 이봐요, 아줌마, 다들 아줌마처럼 갚겠다고 그래. 아, 그리고 아줌마가 정말 갚을 생각만 있다면 이것 조금 쓰는 게 뭐가 어려워서 그래?"

그래도 여자가 망설이자 놈이 계약서를 홱 채어갔다.

"아, 다 관둬. 관두자구. 봐, 벌써 들어설 때 맘하고 나갈 때 맘이 틀리잖아?"

놈이 계약서를 찢으려는 제스처를 취하자 여자가 아니에요, 다급히 만류했다.

"쓸게요."

놈이 불러주는 대로 받아쓴 여자는 놈이 자신의 손가락에 인주 묻혀 꾹꾹 누르는 대로 눌러주고 부스스 자리에서 일어나 비틀하더니 간신히 몸을 추슬러 아무데나 대고 안녕히 계세요, 하곤 거의 넋이 빠져 돌아갔다. 여자 등뒤에 대고 곰살궂게 살펴가세요, 했던 놈이 여자가 계단을 내려가기가 무섭게 악담을 퍼부었다.

"미친년, 저년도 앞날이 뻔하구만."

남자는 여자가 날인하고 간 서류와 등본 등을 들춰 넘겨보았다. 우연찮게도 여자는 남자와 그리 멀지 않은 곳, 신도시에 딸 하나를 데리

고 살고 있었다. 그리고 노래방에서 여자를 다시 만났다. 여자의 신도
시 아파트 주소를 적어온 남자가 하릴없이 여자를 지켜본 결과였다.

　누구에게 말도 못하고 내색도 못하고 그 열흘이라는 시한중에 엿새
가 시나브로 흘러가고 나흘밖에 안 남은 날이었다. 노래방으로 출근
을 하는데 곧 통화정지를 당하게 생긴 여자의 휴대전화로 별안간에
남자가 전화를 걸어왔다. 그즈음엔 따로 별다른 연락을 않고도 남자
가 여자가 영업을 마치고 나오는 시간을 기다려 자연스레 만나지고
있었다.
　남자는 서울에 있는 남산에 함께 가지 않겠느냐고 물었다. 난데없
이 서울 남산이라니? 다 늦은 저녁, 그것도 곧 별이 뜨고 달이 뜰 시
간에? 별쭝맞다면 너무도 별쭝맞고 우스꽝스럽다면 참으로 우스꽝스
런 제안이 아닐 수 없었다. 마침 여자가 탄 버스가 서울역에서부터 삽
다리를 왕복하는 일반 시내버스였다. 그 묘한 우연의 일치가 어이없
도록 우스웠지만 여자는 남산에 갈 생각도, 가고 싶은 생각도 전혀 없
어 지극히 심드렁한 말투로,
　"남산엔 왜요?"
했다. 여자의 반응이 의외였는지 남자가 즉답을 못하고 머뭇거리다,
　"글쎄…… 그렇게 물어보니 딱히 뭐라 할말이 없는데…… 그냥인
데, 그냥. 말 그대로 그냥……"
하며 우물쭈물했다. 여자가 성큼 대답을 안하자 남자가 은연중에 서
운한 기색을 내비쳤다.
　"그냥이면 안되는 거요? 꼭 이유가 있어야만 하는 거요?"
　웃고 싶은 심정이 전혀 아니었음에도 여자는 무심중에 피식 웃지

않을 수 없었다. 여태 한번도 여자에게 뭔가를 조르거나 강제한 적이 없는 남자였다.

"그건 아니지만……"

"당신하고 바람도 좀 쐴 겸해서요."

"한가하신가보군요."

그렇게 말해놓고 보니 여자 자신이 생각해도 빈정거림으로밖엔 안 들렸다. 한편으론 평지에서도 다리를 질질 끌고 다니는 남자가 남산은 어떻게 오른다고 저럴까 싶었다.

"일 때문에 바람 쐬는 게 그런가본데, 실은 당신에게 하고 싶은 얘기가 있소."

그쯤 되고 보니 여자도 무작정 마다할 수가 없었다. 전화로도, 노래방에서도, 영업 끝나고 삽다리 다리에서도 못할 말이라는 게 대체 뭔지 궁금하기는 했으나 여자는 여자가 타고 들어간 버스 종점에서 남자를 태우고 되돌아나오며 서울역에 다다르기까지 남자 옆에서 줄곧 허기진 잠만 잤다. 남자가 서울역이라고 여자를 깨웠을 땐 달도 별도 없는 시커먼 밤이었다. 멀리 남산타워 불빛만이 훤칠했다. 남자는 더블을 외쳐도 서울역에서 남산까지 바로 뵈는 코빼기는 가지 않겠다고 내빼는 일반택시 대신 모범택시를 세워 공손하게 사정 얘기를 했다.

"제가 다리를 다쳐서 그럽니다만, 남산 좀 가주시겠어요?"

남자는 남산 기슭 해방촌 언덕배기에서 차를 세웠다.

본격적인 장마를 앞둔 산들바람이 여자의 엷은 옷 속으로 설렁하게 파고들었다. 이따금 드라이브족들이나 조용히 혹은 음악소리를 쿵쾅거리며 지날까, 새소리 하나 없이 나뭇잎새에 바람 부딪는 소리나 황량한 곳을, 남자는 왜 함께 오자고 한 걸까. 택시에서 내린 순간부터 남자는 해방촌이 아닌, 해방촌 너머, 아득히 멀다면 멀고 넓다면 넓고 높다면 높은 그 어딘가를 넋이 빠진 듯 응시하고 있었다.

깊은 어둠덩어리 같은 남산 대신 여자도 남자를 따라 해방촌을 마주하고 섰다. 무수한 집들의, 건물들의, 크고작고 높고낮고 빨갛고 노란 형형색색의 단란한 불빛들이 하늘을 가리고 땅을 이루며 한눈에 좌악 펼쳐졌다. 도심의 부도처럼 스카이라인을 이루며 형형색색으로 명멸하는 불빛들이 아름답다는 생각도 잠시, 여자는 왈칵 서러워졌다. 저 중에 내 몸 하나 붙일 데가 없구나…… 내 맘 하나 깃들일 데가 없구나……

남자가 울고 있었다. 절룩이는 다리로 버티고 서서 우는 것 같잖게 울고 있었다. 남자의 울음이 느껴져 여자는 남자 옆에 나란히 서 있을 수가 없었다. 여자는 가만히 남자한테서 몇걸음 떨어져나왔다. 남자한테서 옮았는지 공연히 눈물이 나오려 했다. 그러다 이 궁상을 떨자고 남산바닥을 오르자 했던가 싶어 헛웃음이 쳐졌다. 남자가 특별히 할 얘기가 없다면 모기 등쌀에라도 여자는 그만 내려가고 싶었다. 순간에도 돈 생각은 잊혀지질 않고 절망감만 허기지게 부풀어올랐다. 남산까지 허덕허덕 찾아올라온 뒤끝이 시원하고 후련한 게 아니라 답답하고 고단하기만 했다. 여자는 하산을 서둘렀다.

"저, 그만 내려가지요?"

울음 끝이 덜 아물어진 목소리로 남자도 순순히 말했다.

"그럽시다. 요 아래 서울역 앞에 가서 순댓국이나 한그릇 먹고 갑시다."

순간 여자는 남자를 멀뚱히 바라다보았다. 할 얘기가 있다 해놓고, 그래서 남산까지 올라와놓고, 기껏 순댓국이나 먹고 가자 하니 어처구니가 없었다. 남자는 그런 눈치를 아는지 모르는지 이미 절뚝절뚝 앞서 걷기 시작했다. 몇걸음을 못 가고 남자의 걸음이 비틀거렸다. 택시를 타고 올라올 때는 건성으로 알았는데 택시를 잡을 수 없어 걸어 내려가려니 상당히 멀고도 경사진 길이었다. 여자는 남자를 가로수에 기대게 하고 차도로 내려서 허겁지겁 지나가는 차들을 세웠다. 극히 일부의 차들이 멈칫멈칫 멈춰섰다 여자 뒤편의 시커먼 사내를 보고는 질겁해서 달아나버렸다. 그런 꼴을 몇번 되풀이당하고 난 뒤 여자가 문득, 물었다.

"우리에게 택시가 와줄까요?"

남자는 얼결에 예? 하고 되물었다 뒤미처 알아들은 듯 아, 예, 글쎄요, 했으나 여자의 사뭇 기습적인 말이 어리둥절하기만 할 뿐 말뜻이 잘 헤아려지진 않는 듯,

"조금 힘들겠지만 해방촌 밑으로 해서 남영동 쪽으로 나가보면 어떻겠어요? 거긴 사람 사는 동네니까 그런대로 택시가 드나들지 않겠어요?"

되물었다.

"뭐, 좋으실 대로."

해방촌으로 내려가는 몇 안되는 계단을 흐릿한 가로등과 여자의 진땀나는 부축에 의해 남자는 간신히 내려왔다. 얼마나 용을 썼는지 둘 다 옷이 척척히 젖어 있었다. 남자가 다리를 후들대며 떨었다. 간힘을 써서 덩치 큰 사내를 지탱한 여자도 후들대긴 마찬가지였다. 서로 후들대며 남자는 미안해서 웃고 여자는 기진맥진해서 웃었다. 네 맛도 내 맛도 아닌 아이스크림은 말고, 얼음이 설렁설렁 엉킨 아이스께끼나 하나씩 입에 물 수 있다면 살 것 같았다. 그러나 이미 인적마저 끊

어져 썰렁한 골목길에 문을 연 상점이라곤 한군데도 없었다. 간판 글씨가 언뜻 쌀집으로 보이는 모퉁이 집 그 아랫길 어디선가 불빛이 새어나오는 게 뭔가 있을 듯도 해 보였지만 엄두가 나질 않았다. 남자더러 거기까지 걸어내려가자고 하는 것도 차마 못할 짓이지만, 여자 자신도 더는 남자를 부축하고 걸을 자신이 없었다. 미련하더라도 여기서 택시를 기다리는 게 나았다. 여자는 남자를 해방촌 언덕길 계단에 앉히고 자신도 그 옆에 몸을 부리고 앉았다.

남자가 여자 손을 가만히 쥐었다 놓았다.

"괜히 나 때문에 힘들기만 하고 이거 미안해서."

여자는 가만히 웃기만 했다.

"그런데 아까 할 얘기가 있다고 하지 않았어요?"

여자는 웃음 끝에 심상하게 물었건만 남자가 아연 긴장을 했다.

"얘기라기보다, 부탁인데, 글쎄, 당신이 어떻게 들을지……"

"뭐 그렇게 말을 못하세요? 어려운 건가요?"

"어렵다기보다도, 전에는 당신이 대답을 안합디다만……"

"전에라면 언제?"

"당신을 처음 보았던 노래방."

당신을 처음 보았던 노래방? 순간 여자는 퍼뜩 짚이는 게 있었다. 아! 그때! 남자가 자신에게 무슨 말인가를 했던, 그러나 자신은 전혀 알아듣지 못했던 바로 그날!

"기왕에 말이 나왔으니 그냥 말하겠소."

말은 그래놓고 남자는 또 말을 못했다. 여자를 바라보지도 못했다.

"어려운 말일수록 쉽게 하세요. 한번에."

그래도 남자는 주저주저했다.

"뭔데 그러세요? 저하고 하룻밤 자고 싶으세요?"

남자가 놀라 사뭇 소스라쳤다.

"아이고, 무슨. 그런 말이 절대 아니오."

하고도 남자는 또 망설였다.

"그냥 편하게 말하세요. 우리 나이가 몇인데 지금도 망설이는 말이 있으세요?"

그제야 남자는 여자를 바라다보았다.

"나하고 말이오, 사흘만 살아줄 수 없겠소? 부부처럼."

여자가 미처 뭐라고 대답을 하기도 전에, 자신이 지금 무슨 말을 들었는지 추스르기도 전에 남자가 황급히 다음 말을 덧붙였다.

"삼백만원을 내겠소."

너무도 뜻밖의 말이었다. 상상도 못한다는 말이 왜 있는가 했더니 바로 이런 황당지경에 쓰이는 말일 것이다. 여자는 뭐가 뭔지 분별은 고사하고 얼이 빠져버리는 느낌이었다.

"삼백은 나에게, 전재산이나 다름없는 돈이오. 내가 가진 돈의 전부요. 다리가 이 지경이 됐으니 당분간은 돈벌이도 못할 것이고."

여자는 아무런 말도 할 수가 없었다. 남자의 말이 꼭 꿈결처럼만 들렸다.

"나는 여자가 필요한 게 아니라 단 하루라도 가정이라는 걸 꾸려보고 싶었소. 집도 절도 없이 떠돌았던 생활이 진절머리가 나서, 당최 이젠 진절머리가 나서……"

그래도 여자는 말이 없고, 남자는 낭패라도 당한 것처럼 시무룩해졌다.

무엇인가 골똘한 생각에 빠진 것 같기도 하고, 아무런 생각도 없이 무심하게 앞만 바라보고 있는 것 같기도 하고, 남자는 여자의 생각이 뭔지, 대체 지금 무슨 생각을 하고 있는지, 애가 타기도 하거니와 몹시도 답답했다. 대답이 쉬 나오리라고 예상했던 건 아니지만 남자는 여자가 무슨 오해를 한 건 아닌가 싶어 바짝 긴장이 되었다.

"당신에게 이차를 가자는, 그런 뜻의 말은 아니었소."

그런데 의외로 여자의 대답은 간결했다.

"알아요."

그뿐으로 여자는 또 말이 없어졌다. 남자는 속수무책으로 애가 달아 어디선가 들은 얘기를 주저리주저리 풀어놓았다.

"같이 일하는 사람 중에 누군가 그럽디다. 파주 어딘가를 가면, 천만원을 주면 일주일인가를 여자하고 같이 살 수 있는데, 남편처럼 대접해준답디다. 밥도 해주고, 옷도 빨아주고, 발도 씻겨주고, 책도 읽어주고, 아침이면 신문도 갖다주고, 하여간에 부부처럼 살아준답디다. 처음엔 나도 어떤 미친놈이 돈을 천만원씩이나 내고 그 지랄을 할까 싶었는데, 차츰차츰 그 심정이 이해가 갑디다. 꼭 나 같은 놈 아니겠소? 여편네도 갖고 싶고, 애새끼도 가져보고 싶고 제 집구석도 가져보고 싶지만 돈도 없고 절도 없고 쥐뿔도 없어 언감생심 꿈조차 꿀 수 없는, 그런 놈들 말요."

남자도 더이상은 할말이 없었다. 자신의 평생 한을, 너무도 절박했던 외로움을, 오래도록 소원했던 간절함을, 남에 빗대어 풀어놓고 나니 제 서러움에 겨워 가슴이 먹먹했다.

남자도 여자도 한동안 말을 잊고, 놓고, 제 앞만 바라보았다. 한사코 마다해도 그 틈에도 모기는 끈덕지게 달라붙었다.

서로간에 도사려 있는 침묵이 부담스러워 남자가,

"뭐라고 말을 좀 해줬음 좋겠는데……"

하는데, 여자가 느닷없이 손가락질을 하며 벌떡 일어섰다.

"가만, 저기 올라오는 거, 저거, 혹시 택시 아녜요?"

남자도 얼떨결에 따라 일어섰다.

"아이구, 어디 한번 봅시다, 정말, 택시 같은데요."

여자가 비로소 환한 웃음을 지었다. 그리고 웃음 끝에 진담인지 농담인지 분간조차 할 수 없는 말로 남자를 어리벙벙하게 만들어버렸다.

"지난번에 그러지 않던가요? 돈만 준다면, 홀딱 벗기도 한다구요."

남자는 낡고 비좁아터진 집을 황송해하며 들어섰다. 해방촌에서 남자 앞서 택시에 오른 여자는 택시기사에게 남자의 숙소가 있는 삽다리가 아닌, 여자가 사는 신도시를 목적지로 일러주었다. 그리고 여자의 임대아파트에서 남자를 내리게 한 뒤 자신도 내리고 택시를 호쾌하게 보내버렸다.

"오늘밤을 지내보고 난 뒤 결정하세요."

언제부턴가 여자의 말은 무척 단호하고 씩씩해서 남자는 한마디도 거역할 수 없었다.

"다행히 지금 집에 아이가 없어요. 시골 외가에 갔어요. 방학이거든요."

여자는 남자의 발을 씻겨주기는커녕 손가락으로 욕실을 가리키곤 남자가 막 팬티를 벗는 찰나 불쑥 문을 열고 수건 두 장을 넣어주었다. 남자가 수건을 받고 문을 닫는 찰나 또다시 문이 열리고 여자의 얼굴이 욕실 안으로 불쑥 들어왔다. 남자가 놀라 수건으로 화다닥 앞을 가렸다.

"비누로 감지 말고, 저기 있는 게 샴푸거든요. 샴푸로 감으세요."

남자는 알았다는 시늉으로 어서 문부터 닫으라고 조바심을 쳤다.

남자가 샤워를 마치고 나오자 냉장고에서 뭔가를 뒤적이던 여자가,

"밥을 제대로 안해먹었더니 먹을 게 아무것도 없네."

하더니,

"밥은 있는데, 참치 넣고 김치 넣고 볶으면 먹을래요? 출출한데?"

하며 눈을 찡긋했다.

"뭐, 아무렇게나, 좋을 대로."

여자가 밥을 볶는 동안 남자는 자신은 뭘 해야 좋을지 몰라 주방 겸 거실로 쓰는 좁다란 방에서 서성거렸다. 식탁에 앉아 그냥 기다리기만 해도 되는지, 숟가락이라 놓고 그릇이라도 챙겨야 하는지, 얼른 판단이 안 섰다. 식탁 위에 놓인 아이의 사진을 가까이 갖다놓고 들여다봐도 되는지조차 판단이 안 서 남자는 흘깃 여자의 눈치를 살폈다. 그러다 여자 몰래 살금살금 들여다보았다. 여자의 아이라서인가, 개나리꽃처럼 노랗게 웃고 있는 게 참 예뻐 뵀다. 감질나게 살금살금 훔쳐볼수록 귀엽고 앙증맞아 남자는 입이 저절로 벌어졌다.

"식탁 위에 김통 좀 집어줄래요? 그리고 숟가락하고 그릇 좀 놓아줄래요?"

남자는 여자가 자신에게 뭔가를 시켜주는 게 황송하도록 고마웠다.

"원래 부부는 이래요."

하며 여자가 쌩끗 웃었다. 남자는 숟가락 두 벌, 젓가락 두 벌, 사기그릇 두 개를 보물단지 모시듯 모셔와 식탁 위에 가지런히 놓았다.

"맛도 좀 봐줄래요?"

남자 코앞으로 주걱이 불쑥 다가왔다. 남자는 어색해서 주걱 끝에

붙은 밥알갱이에 입술만 대었다 뗐다. 그러곤 맛있다는 시늉으로 곧바로 고개를 끄덕여주었다.

"그렇게 쩨쩨하게 먹으면 맛을 알 수 있나요?"

여자가 눈을 흘겨도 남자는 즐겁기만 했다.

그리고 두 차례의 섹스 끝에 남자는 고단하게 잠들었다.

남자의 섹스는 무척 격하고 조급해서 두번 다 번개처럼 끝나버렸다. 여자의 입술도 가슴도 처녀럼으로 내버려둔, 무정하도록 파격적인 섹스였다. 처음 번의 '실수'를 만회하고자 남자는 너무도 빨리 두번째를 서둘렀다. 어쩌면 예전에 '짧은 밤'을 자던 습성이 그처럼 남자를 서두르게 했는지도 모르겠다. 그러나 첫번의 파격과는 달리 가까스로 여자의 가슴을 점령한 남자는 두번째도 여지없이 '시간차 공격'에 무너지고 말았다. 남자는 몹시 부끄러워하며 그리고 몹시 미안해하며 여자에게 팔베개를 받쳐주었다. 여자가 몇번이나 괜찮다고 다독여주었으나 남자는 잠들 때까지 어쩔 줄을 몰라했다. 그렇지만 남자의 섹스는 지극히 정상적이지 않은가. 낯선 여자 앞에서 격하고 조급해지지 않을 남자, 몇이나 있을까. 남자는 시간을 들먹이나 그것은 수컷의 불행이고, 수초에 불과할지라도 이방의 마음이 포개졌다면 이만큼으로도 오늘밤은 충분하지 않은가. 여자는 남자의 오롯한 순진성이 애잔했다.

남자는 벌거벗은 몸으로 잠들어 있었다. 일정한 거처 없이 불안하게 떠돌아야 했던 남자는 태어나서 한번도 맨몸으로 잠들어본 적이 없다 했다. 실오라기 하나 걸치지 않고 맨살갗으로 잠드는 것이 이토록 편안한 것인 줄을 몰랐노라고 남자는 수줍게 고백했다. 마흔다섯의 남자는 주름도 많고 흉터도 많고 그 흔적만큼이나 굴곡진 사연도 많은 것 같았다.

　그러나 여자는 잠들지 못하고 있었다. 여자가 남자를 받아들인 게, 삼백만원 때문인지, 아님 다른 무엇인지, 자신의 마음일지라도 여자는 섣불리 분별을 할 수가 없었다. 다만, 이 밤이 지나고 나면, 사채업자의 돈을 갚아야 할 날은 사흘 앞으로 다가오지만, 자신의 힘으로는 갚을 능력이 없다는 것이다. 사흘 뒤, 자신은 어떻게 될 것인가. 남자와 자신이 다를 게 무엇인가.

　여자는 여전히 잠들지 못했다.

―『내일을 여는 작가』 2002년 겨울호

댄싱 퀸

'나 가마.'

짤막한 메모 한 장을 남겨놓고 어머니는 사뭇 달아나고 없었다. 그녀가 이선배를 만나고 들어온 불과 한시간여 틈새. 그 틈바구니에 후닥닥 달아나버렸다. 그녀는 그저 웃음밖에 나오지 않았다. 도대체 얼마나 정신없이 달아났으면 당신 눈조차 내팽개쳐놓고 갔을까. 돋보기 안경마저 빠뜨려놓은 채이다. 그녀가 나가자마자 정신없이 서둘렀을 어머니의 모습이 눈앞에 훤히 그려졌다. 가방을 챙기고 황급히 메모 몇자를 남기고 부랴부랴 신발을 꿰신고 걸음아 날 살려라 하고 달려 나갔을. 지금쯤 어머니는 집으로 가는 버스 안 어디께서 아이고 내 안경, 하고 있을 터이다. 딸년 무서워 전화 걸 엄두도 못 내고 아이고 타령만 섬기고 있을 터이다. 그 정신에 버스나 제대로 타고 갔는지도 모를 일이다.

평상시 어머니라면 어디 그랬을까. 아무리 언쟁이 있었을지라도 그렇게 가버릴 양반이 아니었다. 고된 바깥일에서 돌아온 딸, 만져보고 쓸어보고, 바깥 밥, 그 사먹는 밥, 오죽했겠느냐고 당신 손에 한술이라도 더 거둬먹이려고 정신없지 않았던가. 난데없는 화분을 놓고 모녀지간에 신경질적인 언쟁이 있었으니 무언가 한마디 언급이라도 있었을 것이다. 끝내 화분은 두고 가니 그냥 두고 봐라라든지. 정 보기 싫으면 꽃만 보고 우리집으로 넘기라든지. 예민한 딸년 마음 상할까 봐 궁둥이 토닥이는 여분의 말, 어떤 말이라도.

어머니는 지금 도망은 갔지만 절대 그냥 간 것이 아니다. 그녀에게 도전장을 던지고 간 것이다. 네가 이기나 내가 이기나 어디 한번 해보자는 당신의 결연한 의지표명인 것이다. 그래서 앞뒤 뚝 잘라 냉정하게 딱 석 자, '나 가마'인 것이다. 그러기에 화분도 그냥 그대로 고스란히 놔두고 가버린 것이고. 그렇게도 마다했거늘. 그것도 비좁아터진 거실 한복판, 하필이면 탁자 위에다.

한참 물올라 터질 듯이 피어난 꽃들과 시선이 마주치자 그녀는 지레 또 기함이 들어버린다. 숨이 칵 막히고 목이 졸리는 느낌이다. 어머니는 대체, 내게 '무슨 짓'을 한 건가.

지금은 떡하니 화분이 차지한 그 탁자 위에서 그녀는 책을 읽고 작업을 했다. 두 아이에게 방 하나씩을 내주고 나니 어디라고 그녀 몫의 책상 하나 들여놓을 데가 없었다. 아이들 책상을 떠돌며 작업을 하다, 아이들이 학교에서 돌아오면 두말없이 탁자로 일감을 갖고 나왔다. 앉은뱅이책상을 삼기에 탁자는 그녀 가슴 부위를 육박할 정도로 앉은 키가 높았지만 달리 방도가 없었다. 방 두 칸 중 하나를 그녀가 갖고 두 아이를 한방으로 몰아치기엔 두 아이의 병이 모두 위중했다. 조실

부모한 조카는 조카대로, 부모가 파경을 맞은 딸은 딸대로, 다르고도 같은, 같고도 다른 우울증을 앓았다. 아이들의 소망대로 방 하나씩을 나눠주고 그녀는 기꺼이 거실로 밀려났다. 가구들이 선점하고 난 그 나머지 틈새에 껴묻어 살았다.

그러나 그녀가 잡지사 일로 취재를 나가 일주일 가량 집을 비운 사이 어머니는 그녀의 집을 완전히 장악해버렸다. 집안의 모든 헤게모니가 어머니 손에 넘어가 어머니 식의 네모반듯한 질서가 잡혀 있었다. 주방의 식탁 자리를 차지하고서 어머니에게 눈엣가시 같던 책장은 볕 잘 드는 베란다로 내몰리고 그 자리를 식탁이 차지하였다. 화장실 벽면 옆에 엉거주춤 붙여놓은 식탁이 늘 불만스럽던 어머니의 쾌거였다. 거실의 책장들은 소파를 바짝 밀어붙여 소파 엉덩이로 압사해버렸다. 덕분에 집은 반듯하게 정렬되었으나 그녀 편에서 보면 지극히 불편하고 쓸모없는 배치였다. 베란다로 내쫓긴 책장의 책들은 직사광선에 그을려 죽어갈 테고 소파 엉덩이에 압사당해버린 책들을 한번씩 꺼내보려면 장난이 아닐 터였다.

그깟 돈도 안되는 글품은 팔아 뭐 하냐? 남자나 하나 다시 잘 물어들일 생각 해라.

평소 소신대로 어머니는 그녀가 집을 비운 사이 과감하게 '헤쳐 모여' 시켜버렸다. 하여 그녀가 현관문을 들어서다 말고 허어! 하고 놀라 우뚝 멈춰섰을 때 어머니는 그녀의 노트북 가방을 받아들며 여봐란 듯이 물었다.

"어째? 훨씬 더 넓어 뵈지야?"

넓고 환해진 집안에 그녀가 탄성이라도 내지른 줄 알았던 모양이다. 곧바로 표정을 수습해 풀썩 웃어는 주었지만 그녀는 시선을 꽃화분에 둔 채 얼굴이 굳어졌다. 그녀의 시선이 싸늘한 것을 감지한 어머니가 당혹스레 수다스러워졌다.

"저것도 하나 들여놓고 이래노니까 훨씬 더 집이 환해 뵈잖냐?"

그녀는 마지못해 다시 한번 웃어는 주었지만 이미 굳어진 표정을 풀지는 못했다. 그럴수록 어머니는 그녀의 비위를 맞추려 들었다.

"꽃이 활짝 핀 게 이쁘지야이?"

그녀는 거실을 휘 둘러보며 최대한 감정을 배제했다. 꽃화분에 치여 그녀가 읽던 책들은 탁자 가장자리 밑으로 밀려나 있었다.

"너무 빨갛잖아?"

당장 갖다버리랄 줄 알았다가 꽃이 어떻다는 식의 반응이 나오자 어머니는 순진하게도 안도하는 빛을 보였다.

"빨가니까 이쁘지야!"

"그래? 그럼 엄마 갖다 키워!"

"너 보라고 샀지 나 보라고 샀냐?"

"난 안 봐도 돼."

어머니의 눈이 새침해졌다.

"오사네, 두고 보면 좀 좋을까마는."

"하여간 난 안 봐도 돼. 엄마 갈 때 가져가. 내가 실어다줄게."

"지랄한다. 나는 저 좋으라고, 저 멀리, 김포까지 가서 사왔고만 그러네?"

"그러니까 누가 그러래?"

어머니가 뭐라고 한마디 더 하려다가 꿀떡 말을 삼켰다. 그 대신 한 솥 가득 곤 곰국 뚜껑을 벼락치듯 덮었다.

"옛날에는 그렇게 죽고 못 살더만 무슨 변덕이 나서 그러는지 모르겠고만. 어쩌겠냐? 평양감사도 저 싫으면 그만이라는데. 정 키우기 싫으면 꽃이나 보고 지거든 주거라."

그녀는 단박에 거절했다.

"안 봐도 된다니까. 그냥 오늘 갈 때 가져가."

어머니는 아예 입을 꽉 다물어버렸다.

그 분란중에 점심식사나 함께 하자는 이선배의 전화가 왔다. 그녀가 서둘러 머리를 감고 화장을 시작함으로써 어머니와의 언쟁은 일단 흐지부지됐다.

"미안해서 어쩌지? 같이 밥 한끼 못 먹고 오자마자 이래서? 금세 다녀올게 식사하고 계셔."

전혀 서운한 기색 없이 순순히 그래, 알았다 했던 어머니는, 그러나 그때 벌써 기회는 이때다 하고 도망가버릴 생각이었던 것이다. 내가 이러고 가버리면 설마 네가 우리집까지 그 꽃화분을 실어다놓으랴 하고.

철쭉이었다. 건강한 술이 욕망으로 도드라진다. 대도 굵고 가지도 실하고 꽃송이들도 푸짐하다. 색깔마저 기운차게 붉어 온 집안이 핏빛으로 난사당하는 것 같다. 무섭다. 무섬증이 인다. 그렇게 마다했거늘. 어머니는 어찌하여. 이 꽃만 무서운 게 아니라 꽃이란 꽃은 다 무섭다. 꽃만이 무서운 게 아니다. 무릇 생명 있는 것은 다 무섭다. 길가 풀숲의 무심한 풀잎 하나도 무섭거늘, 하물며 그녀와 인연줄로 얽힌 생명은 더욱이나 무섭다. 생명 있는 것들이란, 어쩌다 마주친 연일지라도, 그녀에겐 너무도 크고 무섭고 두려운 존재들이다. 그녀로 하여금 가슴에 두기에 앞서 무작정 거부하고 부정하며 밀어내게 한다.

그런 그녀를 두고 주변에선 지독히도 독하다 했다. 씨니컬하다 했다. 그녀를 새로 만나는 사람일수록 그리 말했다. 예쁘고 좋은 것, 곱고 아름다운 것, 그 무엇에도 관심이 없고, 관심 둘 줄도 모르고, 감동할 줄도 모른다고 비아냥거렸다. 당신 말이야, 그렇게 사랑이 메말라서 글은 어떻게 쓰나? 조롱도 서슴지 않았다. 때로 어머니마저 탄식했다. 네가 어쩌다 이 모양 이 꼴로 생겨먹어져버렸냐. 어느 때고 그녀는 그저 웃기만 했다. 빙긋이 웃기나 할밖에, 무슨 말을 할 수 있겠는가. 그들의 눈으로 그녀를 보는 그들 앞에서.

어쨌든 꽃을 사들였던 어머니는 이제 달아나버리고 없다. 좋든 싫든 그것은 고스란히 그녀 몫으로 남겨졌다. 이걸 이대로 두고 봐야 하나 말아야 하나. 순간의 갈등이나 고민도 그녀는 하지 않기로 한다. 불끈 들어 현관 밖으로 내놓아버릴 작정이다.

붉은 토기 화분은 생각보다 가벼워서 불끈 들고 말고 할 것도 없이 단숨에 들어진다. 지레 각오하고 팔과 허리에 잔뜩 힘을 주었던 게 무색할 정도이다. 굵고 실하게 봤던 꽃 뼈마디도 생각보다 얄브스름하다. 꽃송이조차도 생각보다는 덜 붉고 가냘프다. 꽃잎은 그보다도 더여리다. 꽃잎에 흩뿌려진 발랄한 주근깨 같은 흑점들…… 꽃술 몇날이 파르르 몸을 떨며 그녀 눈 속을 파고든다. 여리고 긴 촉수로 가슴을 더듬는다. 그녀와의 눈맞춤을 기다린 아릿한 유혹이다.

나, 당신과 여기서 함께 살면 안되나요?

어느 결에 그녀 눈 안에 그가 가득 들어찬다. 아찔해진다. 오래됐으나 잊혀지지 않은 욕망. 내 안에 저 몸을 넣고 싶다. 내 안 깊은 곳에 넣고, 꽃물에 입술을 적시고, 꽃술을 빨고, 꽃잎을 핥고, 꽃대에 비명을 지르며 뿌리에 친친 휘감겨 하나가 되고 싶다. 눈뜰 때마다, 잠들 때마다, 곁에 두고 그를 느끼고 싶다……

순간 걸음이 뒤틀리고 화분을 안은 팔이 기우뚱한다. 그녀에게로 꽃잎이, 꽃술이, 꽃대가 휘청 몸을 부린다. 그녀의 눈과 이마에 얄궂은 입맞춤을 남겨놓고 아슬아슬 비켜난다. 이제야말로 정말 불끈 들어낼 때이다. 화분을 들고 성큼성큼 걷는 그녀의 보폭에 그가 진저리를 친다. 그의 울음소리가 들린다. 가녀리고 애달픈. 그녀의 팔 안에서 거칠게 흔들려가며 아우성을 친다.

왜 우리는 이래야만 하는 건가요.

흐느껴 묻는다.

현관문 밖으로 그를 몰아낸 그녀는, 그러나 정작 돌아설 수가 없다. 시선을 거둘 수도 없다. 거둬지지 않는다. 현관 문고리를 붙잡고 우두커니 들여다보고 서 있다. 새삼스레 그에게 무슨 말을 해줄 수도 없고 그저 들여다만 볼 뿐이다. 사랑을 거부당한 그가 혹독한 고통 속에 숨이 멎어갈 것을 알면서도 그렇게, 그녀는.

연 사흘째 마치 여름날 같은 봄날의 연속이다. 봄꽃들이 그들 사이의 질서를 무너뜨리고 한달음에 피고 한달음에 떨어진다. 하오의 햇살은 6월의 폭염을 연상케 한다.

사흘째 물 한모금 머금지 못한 그는 고통으로 일그러져 있다. 꽃대는 말라비틀어져가고 꽃잎은 생기를 잃고 꼬투리에 검은 화상을 입었다. 꽃술은 촉수를 꺾고 생선비늘처럼 말라붙었다. 하루에도 몇차례씩 현관문을 드나들며 철저히 외면해도 그녀는 그의 고통이 보인다. 어머니는 그녀에게 그를 맡겨놓고 그를 잊어버렸다. 그녀의 집을 나선 뒤로 한번도 그의 안부를 묻거나 챙겨오지 않았다. 어머니의 사랑은 이처럼 단순해서 편리하다.

그녀는 오늘도 그를 외면하고 이선배를 만나러 현관문을 나선다.

그의 처참한 몸부림이 그녀를 악착스레 따라붙는다. 그의 목을 축일한 바가지의 물. 그 한 바가지의 물이 연 나흘째 그를 목조르고 그녀를 고문한다. 그를 그녀 안에 들일 수 없는 한 그 한 바가지의 물은 사랑이 아니다. 그녀는 어머니가 원망스럽다. 어머니의 사랑은 눈앞에 보일 때뿐인가. 엘리베이터를 기다리며 초조히 그녀는 그에게 무언의 텔레파시를 보낸다. 어머니에게 소리쳐라. 나를 데려가달라. 더 늦기 전에 어서 나를 데려가달라 하라.

이선배 혼자뿐인 줄 알고 가볍게 나간 자리에 일행이 몇몇 더 있었다. 그들과의 통성명은 이선배가 안내하는 찻집으로 걸어가는 길거리에서 아무렇게나 이루어졌다. 서먹하게 걸어가기가 뭐해 아무 말이나 나누다보니 그렇게 되어버렸다. 그래서인지 아무도 이름자를 기억에 둘 수가 없었다. 어느 대학 문예창작학과 교수를 겸한 중년의 소설가가 그녀에게 명함을 달래서 잠시 아연했을 뿐이다. 그녀가 만난 소설가들은 한번도 명함을 달래본 적이 없어 다소 이질적으로 들렸다. 악수나 한번 하며 씨익 웃고 나면 그만이질 않던가.

두 블록이나 걸어 찾아간 곳이 하필이면 꽃집을 겸한 찻집이었다. 중년의 소설가도, 늙은 시인도, 젊지 않은 기자도, 기운 없는 평론가도 모두 오호! 하며 벌린 입을 다물지 못했다. 맥풀려 입 벌리고 선 사람은 그녀밖에 없었다. 그렇다고 인상 찌푸리고 서 있을 순 없어 일행들 앞서 그녀 먼저 자리잡고 앉았다. 일행들은 여간 신이 난 게 아니었다. 일일이 생환지 조환지 만져보고 냄새맡아보느라 앉을 새가 없다. 그녀 혼자 앉아 있자니 늙은 시인이 왜 그러고 있느냐는 눈짓을 보내왔다. 마땅히 뭐라 할말이 없어 생끗 웃기만 했더니 와서 함께 보자고 손짓을 했다. 여전히 생끗 웃으며 손을 내저어 마다하자 친절하게도 늙은 시인은 몸소 데리러 왔다. 낯선 일행들 틈에 자연스레 못 섞여 그러나 하고 어깨를 다독여 일으켜세우려 했다. 늙은 시인의 권유가 그쯤 되고 보니 몸을 안 일으킬 수 없었다. 늙은 시인의 뒤를 따라 그녀도 일행들 속에 섞여들었다. 꽃집을 겸한 찻집답게 사방팔방에 널린 게 꽃이고 꽃나무다. 얼마나 싱싱하고 푸른지 보고 있는 사람들까지 꽃이 되고 나무가 되는 기분이다. 천장에서 사슬을 늘어뜨려 허공중에 그네처럼 매달아둔 꽃들조차 탱탱하기 그지없다. 하리망당히 둘러보고 있자니 찻집에 들어서던 순간부터 눈에 밟히던 철쭉꽃 화분이 뇌리를 짓눌러댄다. 고문이 달리 고문이 아니다. 일행들 뒤를 벗어나 그녀는 다시금 먼저 자리잡고 앉아버린다.

이윽고 일행들이 자리를 잡아 앉고 차 주문이 끝나자 이선배가 꽃집이 찻집으로 둔갑한 사연을 짤막하게 설명했다. 별것도 아닌 그렇고 그런 사연에 불과했다. 예전에 어머니 혼자 꽃집을 했는데 불황 탓에 장사가 잘 안되어 가게를 개조해 딸과 함께 찻집을 겸업하고 있다는데 그때보다 장사가 더 잘된다더라. 그 아무것도 아닌 말을 일행들이 아! 아! 감탄해 들으며 꽃도 팔고 차도 판다는 하나도 우습지 않은 말에 박장대소하며 깔깔댔다. 대체 뭐가 우습다는 거야? 그녀는 그런 그들이 우스워 바람 빠진 풍선처럼 웃었다. 그녀도 웃고 일행들도 웃는 그 와중에 누군가 난데없는 말을 툭 뱉었다.

"그런들 뭐, 꽃하고 여자는 이쁠 때, 그때 한때 아니겠어?"

누군가 하고 봤더니 중년의 소설가였다.

"그럼, 그럼."

또다시 일행들이 왁자그르르 웃어댔다. 그러자 중년의 소설가가 더 신이 났다.

"시들어서 질 때 봐봐. 추해서 못 봐주지."

"맞어, 맞어."

"정말 질 때 보면 추하더라구. 그러려거든 아예 쿡 떨어져버리든지. 우리 마누라도 말이야, 폐경 되니까 그게 어디 여자라야 말이지. 하여간 여자하고 꽃은 한때여. 시들고 나면 말짱 도루묵이여."

한통속으로 웃어대는 게 가히 가관이었다.

"안 그래요? 서…… 서, 서 누구시라고 했더라. 아, 그래, 인영씨, 서인영씨? 어떻게 생각해요?"

그들 말에 그녀가 별 반응도 없고 웃는 것도 신통치 않은지 중년의 소설가가 갑작스레 물었다. 모두의 시선이 그녀에게로 쏠렸다. 저걸 말이라고 묻나? 어디 말 같아야 대꾸라도 할 텐데 원. 난감해 있는데 고맙게도 그 틈새에 주문한 차가 날라져왔다. 시선들이 일제히 새로운 것으로 옮겨갔다. 그녀는 그녀 좋을 대로 시선을 돌려 딴전을 피웠다.

"어머나! 저기 창문에 장다리꽃이 널렸네?"

차로 옮겨갔던 시선들이 또 일제히 새것으로 옮겨붙었다.

"장다리꽃요? 어디요?"

그녀가 손가락으로 태연하게 창문에 줄줄이 늘어선 노란 꽃들을 가리키자 중년의 소설가가 어이없어하며 바로 무안을 주었다.

"에이, 그게 무슨 장다리꽃입니까? 글쓴다는 사람이 장다리꽃도 몰라서야 됩니까? 내가 집에서 꽃을 키워서 좀 아는데 저건 댄싱 퀸이라는 꽃이에요. 꽃잎이 나비처럼 나풀나풀한 게 정말 춤추는 여자 같잖아요?"

모두들 아, 그러게! 정말 나풀나풀 춤추는 여자 같네, 하며 넋을 빼

앉겼다. 그러든 말든 그녀는 다시금 늙은 시인 등 너머를 가리키며,

"어머나! 저건 고사리잖아? 저어건 대나무고!"

했다. 일행들 시선이 다시 따라왔지만 선뜻 고사리도 못 찾고 대나무도 못 찾아 두리번거렸다. 중년의 소설가가 한심스럽다는 듯이 나무라 말했다.

"저게 무슨 고사리고 대나문가? 집에서 키우는 관엽식물이지. 이사람 이거 글 못 쓰겠네."

그러거나 말거나 그녀는 뱅글뱅글 웃는데, 그들에게 그녀를 소개한 이선배가 정작 당혹스러워했다.

"인영이 얘, 나이만 먹었지 아무것도 모르는 애기예요, 애기. 너 그렇게 아무것도 몰라 정말 글 어떻게 쓸래?"

그럼에도 그녀가 싹 무시하고 한술 더 떠 여전히,

"오마나! 엉겅퀴꽃도 있네!"

하자 늙은 시인이 웃음을 팍 터뜨렸다.

"핫하하, 서인영씨가 시방 우릴 놀리고 있구먼!"

늙은 시인의 말에 모두들 어리둥절해서 그녀를 바라보았다. 이선배조차도 뭔가 하는 눈치였다. 그녀는 멋쩍어서 할 수 없이 또,

"저건 미나리 같애 잉."

하고 웃고 말았다.

차를 두어 모금쯤 넘기고 났을 때 중년의 소설가가 또 뭔가 아는 체를 하고 나섰다. 이번에는 자신의 꽃 키우는 경험담이었다. 우리집에 말이야, 꽃이 엄청 많은데,로 시작된 그의 얘기는 듣다보니 맨 자랑일색이었다. 자신의 집에 귀한 꽃이 얼마나 많으며 자신이 얼마나 꽃을 사랑하는 사람인가에 대한 자랑만 늘어놓았다. 그 한 예로 그는 분

재를 들어 말했다. 자신이 직접 펜치를 들고 나무를 이렇게 저렇게 비틀어 분재를 해주는데, 자신이 봐도 솜씨가 탁월하다는 것이다. 모두들 혹해서 듣고 있자니 신바람이 난 그는 분재요령까지 장황하게 설명하기 시작했다. 눈치를 보아하니 모두들 알아듣지도 못하면서 건성시늉만 내고 있는 것 같았다. 그녀는 이맛살을 찌푸렸다. 누구의 양해도 구하지 않고 큰 소리로 카운터에 커피 리필을 부탁했다. 그 찰나를 이용해 늙은 시인과 이선배가 화장실에 갔다. 중도에 말이 차단당한 그가 양미간을 찌푸렸다. 그래도 그의 말은 그침이 없었다.

"한번은 말이야, 성묘 길에 할미꽃을 발견했는데 말이야, 그게 요즘 얼마나 귀해?"

몇 안 남은 청중들이 그렇다고 고개를 끄덕였다. 기운 없는 평론가가 할미꽃 전설까지 보태 분위기를 띄우자 중년의 소설가의 말은 아연 활기를 띠었다.

"그래서 당연히 캐어 집으로 가져왔지. 화분에다 심어두고 키우려고. 근데 금방 죽어버리더라구. 물 주는 것도 그렇고 꽤나 신경썼는데도 말이야."

그 말에 젊지 않은 기자가 자신도 경험이 있다며 맞장구를 쳤다.

"저도 그런 적이 한번 있는데, 이선생님 말씀처럼 금방 죽어버리데요. 야생화라서 그럴까요?"

"그러게? 그래서 그랬을까?"

화장실에서 돌아와서도 뭔가 미진한 듯 바지춤을 붙잡고 엉거주춤 서 있던 늙은 시인이 둘을 싸잡아 한마디 툭 했다.

"그냥 거기에 두고 보지 뭐 하러 집으로 가져와선 죽이고 그러나?"

젊지 않은 기자가 어린 소년처럼 쫑알거렸다.

"그거야 이쁘니까 나 혼자 두고 보고 싶어서죠."

아마도 전립선염을 앓는 듯한 늙은 시인은 다시 화장실에 가고 없고, 그녀가 대신해 물었다.

"그건 인간의 욕심 아닌가요?"

"뭐 그렇다면 그렇겠죠. 근데 어차피 꽃은 누군가 보라고, 봐달라고 있는 것 아닌가요?"

"그럴까요? 그건 사람의 눈으로 보는 꽃의 생 아닐까요? 꽃으로서의 꽃의 생이 있지 않을까요? 안타깝게도 사람처럼 자살해 죽을 수 있는 생에 대한 결정권이 없어 노추하고 황폐한 죽음을 맞을 수밖에 없지만 적어도 그 자리에서 꽃을 피우고 열매를 맺고 때가 되면 기꺼이 죽는 꽃의 의지라도."

젊지 않은 기자가,

"그깟 꽃 하나 갖고 뭐 그렇게 복잡해요?"

했다.

"꽃한테 무슨 의지가 필요해? 저 혼자서는 움직이지도 못하는데."

중년의 소설가가 그처럼 단정지어 용감히 말해버리자 더이상 뭐라 할 말이 없었다. 속없는 사람처럼 그녀는 그냥 웃기만 했다.

"건 그렇고, 나는 집안에서 동물 키우는 심리는 도대체 모르겠어. 어떻게 살아 움직이는 동물을 그렇게 집안에 가둬놓고 키울 수가 있단 말이야? 짖지 말라고 성대수술시키고, 거시기 동하지 말라고 거세수술시키고. 사람이 어떻게 그렇게 잔인할 수 있단 말이야?"

중년의 소설가는 정말로 혐오스럽고 치가 떨리는가보았다. 말끝에 고개까지 내둘러댔다. 그녀는 웃음이 나왔다. 그래 물었다.

"선생님, 그럼 분재하고 수술은 다른 건가요?"

"다르다마다. 식물은 사람이 해주는 대로 그냥 가만히 있는데 동물은 안 그렇잖아?"

어찌나 진지하게 대답하는지 그녀는 다시 묻기가 미안했다. 그래서 그녀도 웃음기는 놔둔 채 표정만은 진지하게 고쳐 다시 물었다.

"선생님 그럼, 말하지 않는 식물의 말을 들어보신 적이 있나요?"

"그건 또 무슨 말이야?"

"선생님이 꽃을 잘 키우신다기에 드리는 말씀이에요."

그녀의 조롱기를 눈치채고 이선배가 그녀를 쿡 찌르며 얼른 계산서를 집어들었다. 그 바람에 이런저런 이유로 모두들 일어섰다. 이선배가 계산을 하는 동안 무슨 호의에서인지 중년의 소설가가 그녀에게 댄싱 퀸을 한 촉 사주겠다며 좋은 걸로 골라보라 했다.

"댄싱 퀸요? 아, 온시디움요? 됐습니다."

그녀가 정중히 사양하자 꽃을 잘못 알았는가 하고 중년의 소설가가 온시디움이 아니고 자네가 장다리꽃이라던 저 댄싱 퀸, 하며 직접 골라주려 했다. 그녀는 댄싱 퀸은 그 꽃의 별칭이고 꽃명은 온시디움이에요, 하려다 무안할까봐 그냥 말았다. 그녀가 극구 사양해도 중년의 소설가는 막무가내였다. 혹시 꽃값이 비쌀 것 같아서 그러냐고 했다. 그녀는 아니라며 고개 저어 웃었다. 그러자 그게 아니면 그냥 가만있으라며 아예 주인여자를 불러 좋은 걸로 한 '송이' 잘 골라달라 청했다.

"선생님, 고맙습니다만, 저, 정말, 꽃 안 키워요. 저희 집엔 꽃이 하나도 없어요."

그녀가 재차 사양해도 중년의 소설가는 들은 척도 안했다.

"하나도 없으니까 하나 키워봐."

둘 사이에서 무슨 실랑이가 벌어진 줄 알고 이선배가 거스름돈을 호주머니에 쑤셔박으며 바라보았다. 그녀는 손가락으로 꽃을 가리키고 손사래를 쳐 마다하는 시늉을 냈다. 사태를 파악한 이선배가 웃음기 머금은 말로 중년의 소설가에게 인영이가 맘에 드시나보네, 했다.

"그래요, 하나 사주세요. 근데 얘는 꽃 갖다 죽이는데."

그녀가 다급하게 "선배!" 하자 이선배가 그녀에게 눈을 깜짝했다.

"이번엔 죽이지 말고 잘 한번 키워봐. 글쓰려면 꽃도 키워봐야 해. 키우면서 잘 모르겠거든 나한테 전화해서 물어보고."

꽃화분째 포장을 하고 중년의 소설가가 계산을 치르는 동안 이선배가 그녀 귀를 잡아당겼다.

"예, 하고 받아. 성의니까 받고, 가져가긴 내가 가져가면 되잖아."

그녀도 이선배만 듣게끔 속닥거렸다.

"선배가 어떻게 키우겠다고?"

그 말에 이선배가 잠시 난감한 표정이더니,

"사무실로 가져가면 누구라도 돌보지 않겠어?"

했다.

"사무실로? 하여간 난 몰라. 갖다 죽이기만 하면 죽을 줄 알아."

이선배가 자못 걱정스럽다는 듯이,

"안 죽이기만 하면 되지?"

하자 그녀는 왈칵 성질이 돋았다.

"무슨 소리야? 그건 기본이고 제대로 잘 키워야지!"

계산을 끝마치고 온시디움을 들고 나오던 중년의 소설가가 놀라 그들을 바라보았다. 반죽좋게 이선배가 얼른 다가가 무거운데 이리 주시죠, 해서 받아 안아들고 그녀만 알아듣게끔, "알았어. 꽃의 마음!"

했다.

철쭉꽃을 내쫓고 난 닷새째날 아침. 현관문을 열고 신문을 집으려다 말고 그녀는 놀라 자빠질 뻔했다.

아니, 저게 뭐야? 도무지 믿을 수 없는 일이 벌어져 있었다. 귀신이 붙지 않고서야 저럴 수가 없었다. 말라비틀어져 죽어가던 꽃이 되레 생생해져 있는 게 아닌가. 꽃봉오리는 피어나고 꽃송이는 탱탱해지고 이파리는 파릇파릇해져 있었다. 얼마나 싱싱한지 아침햇살에 싱그러워 보이기까지 했다.

저게 무슨 조화속이란 말인가. 저게 그 꽃봉오리란 말인가. 꼬투리가 거멓게 타 죽어가던? 저건 그 꽃송이고? 누렇게 떠 죽어가던?

어떻게 저럴 수 있단 말인가. 대체 간밤에 무슨 일이 벌어진 건가. 아이들이 물을 주었을까. 그녀가 잠든 새벽 새. 그러나 그랬을 리가 없다. 마음이 병들어서 제 몸도 귀찮아 노상 징징거리고 사는 아이들이었다. 주었다면, 그럴 마음이 있었다면, 말라비틀어지기 전에 주었을 것이다.

그렇다면 어머닐까. 어머니가 새벽 새 물바가지 하나 들고 다녀간 걸까. 행여 그녀가 깰세라 발걸음 소리 죽여 고양이처럼 살금살금 다녀간 걸까. 그러나 그 새벽에 버스가 어디 있다고? 택시라면 몰라도? 어머니가 어디 택시 타고 다니는 양반이던가.

그렇다면 누가? 누가 그 새벽 새에?

필시 물 한 바가지 정도는 흡족하게 얻어먹은 얼굴이었다. 그렇지 않고서야 꽃술이 저처럼 고혹적일 수가 없다. 아침햇살을 머금고 기운차게 솟구쳐올라 있질 않은가. 그녀가 글작업을 마치고 곤한 잠을 자던 밤새 그녀를 향해 기상나팔이라도 불었던 것만 같다.

봐요, 나, 살아났잖아요. 이제라도 나 좀 봐주세요, 제발, 제발!

너무도 어처구니없는 아침이다. 그녀는 어리둥절해 신문 집어들 염이 안난다. 그런데 아까부터 들리는 저 소리는 또 뭘까.

안-냐-하시오?

불분명하고 떠듬떠듬한 말. 처음엔 강변도로를 달리는 차 소리인 줄만 알았는데 차츰 그게 아닌 것 같다. 자세히 되새겨 들어보니 누군가가 그녀에게 건네는 인사말 같다. 안녕하세요? 소리를 듣고도 그녀가 뒤돌아보지 않자 그 알 수 없는 누군가가 다시 또 앵무새처럼 안-냐-하시오, 했다. 그렇지만 그녀는 뒤돌아볼 수가 없다. 가슴이 깊게 패고 속이 훤히 다 들여다보이는 잠옷바람인 게다. 대체 얼마나 짓궂으면 팬티라인이 드러나는 엉덩이에다 대고 인사를 할까. 그 알 수 없는 누군가가 야속하다. 그녀는 등허리를 구부리고 잔뜩 움츠려앉아 온통 꽃에다만 신경이 쏠린 척했다. 지치지도 않고 또다시 등뒤에서 안-냐-하시오, 소리가 났다. 넉살이 좋거나 뭘 모르는 바보가 아닌가 싶다. 그녀는 여전히 못 들은 척했다. 브래지어라도 하고 나올걸. 후회가 막심했다. 그나마도 밝은 햇살 아래서 오죽이나 잘 비칠까. 아무리 금세 신문을 집으러 나왔던들 한겹 더 조신하게 감싸고 나오지 못한 자신이 원망스러웠다.

본의 아니게 꽃을 들여다보고 있어야 하는 것도 고역스럽다. 여린 꽃봉오리, 여린 꽃줄기, 여린 잎마다 꺼멓게 타들어간 상처투성이다. 외면하고 싶었던 것을, 철저히 외면해왔던 것을, 바로 눈앞에서 고스란히 들여다보려니 여간 고역스러운 게 아니다. 그보다도 그녀 자신도 모르게 자칫 손이 나갈 뻔했다. 꺼멓게 타들어간 상처를 가만히 떼어주려 했다. 그러다 멈칫, 제정신이 들었다. 내 안에 둘 수가 없는 걸. 그녀는 쓰게 고개를 저었다.

그렇게 얼마가 지났다. 드디어 아뭇소리도 들리지 않았다. 마침내 인사 나누기를 포기하고 어디로 가버린 모양이다. 그제야 그녀는 홀가분하게 뒤돌아보았다. 텅 빈 복도. 체경에 비친 그녀처럼 휑한. 멍하니 생각해보니 조금 전에 들었던 안-냐-하시오, 소리는 안녕하세요?가 아닌, 안-냐히-게시오,라는 작별인사였던 것 같다. 누구였을까……

그녀가 강변의 이 아파트로 이사와서 그동안에 인사 나눈 이웃이라곤 경비들 빼곤 아무도 없었다. 바로 옆집 사는 사람 얼굴도 몰랐다. 밤중에 가끔 아기 우는 소리가 나고 어느날 현관 밖으로 내놓아진 똘똘 말린 종이기저귀를 보고 젊은 부부가 살고 있나보다 했다. 그런 판에 하물며 그 옆에 옆엣집들을 알 리 만무했다. 오고가며 현관문에 붙인 호수만 보고 다닐 뿐이었다. 그녀가 엘리베이터에서 내려 맨 갓집인 그녀의 집으로 가기 위해선 세 집을 거쳐 지나야 한다. 바둑판 모양의 자잘하고 붉은 타일이 깔린 긴 복도에 연해 있는 집들은 수북이 먼지가 쌓이고 하나같이 꾀죄죄했다. 본디 털털하거나 벌어먹고 사는 일에 여념이 없거나 그녀처럼 그 둘 다일 수도 있다.

무심히 복도를 지나다니는 그녀 눈에 그중 한 집이 조금 흥미로웠다. 옆에 옆엣집인 704호, 한강으로 난 복도에 유일하게 꽃화분을 내놓은 집이다. 사실 복도에 꽃화분 몇개 내놓은 거야 그다지 흥미로울 건 없었다. 이따금 꽃을 바꿔 내놓는 것도 별반 흥미로울 게 못 되었다. 어느날 보면 하얀 고추 꽃이 피고 고추가 자라고 있고, 또 어느날 보면 토란 잎사귀 같은 넓적한 이파리가 쑥쑥 키자람을 하며 몇 순배의 새순을 배태해내고 있고, 또 어느날 보면 누가 내다버린 것을 주워

왔는지 먹다 버린 쑥떡 같은 꽃이 몸을 추스르고 있곤 하였지만 매사 그냥 그러려니 하고 심상히 보아넘기고 다녔다. 지나치다 간혹 한번 씩, 꿀밤 때리듯 손끝으로 꽃망울 코나 잎사귀 볼때기를 툭, 건드리고 선 씩 웃으며 바이, 바이, 손 흔들어준 적은 있지만 시선을 붙박아두 거나 하진 않았다. 그러던 어느날 문득 보니 고슴도치 같은 선인장이 나와 있었다. 전설상의 꽃 우담화처럼 수십년 만에 한번 꽃이 필까 싶 은 기구한 운명의 종자였다. 필지 말지, 설사 핀다 해도 그날이 언제 일지도 모르는 막연한 꽃을 무작정 기다리기엔 너무 지루했다. 번뜩 하면 찌르고 달려드는 잔가시들도 문제였다. 때문에 모르면 몰라도 아는 사람들은 곁에 놓고 보기를 꺼려했다. 그런데 놀랍게도 그 집 선 인장에 꽃이 피어 있었다. 선인장 줄기마다 앙증맞도록 예쁘고 하얗 게. 매우 놀랍고 신기해서, 그리고 실감이 나지 않아 그녀는 진짠가 가짠가 꽃송이를 만져보았다. 손끝에 촉지되는 뭉클한 생명력. 진짜 였다. 그녀는 좋아서 하아! 벌린 입을 다물지 못했다. 코끝이 절로 시 큰해지며 눈물이 났다. 가시투성이 줄기에게 말했다. 고맙구나. 애썼 다. 그리고 꽃송이의 볼을 어루만져주고 시간에 쫓겨 아쉬워하며 자 리를 떴다. 그날 하루를 얼마나 즐거워하며 보냈는지 모른다. 절로 웃 음이 나고 절로 즐거워 절로 다정해지고 절로 친절해졌다. 덕분에 주 변이 덩달아 환해지고 덩달아 즐거워졌다. 그 며칠 뒤, 실로 눈을 의 심할 만한 일이 벌어져 있었다. 이전 날들과 꽃송이가 달라져 있는 게 아닌가. 흰 꽃이 아니라 노란 꽃이 피어 있었다. 어떻게 그 며칠 새에 흰 꽃이 지고 노란 꽃이 핀단 말인가. 그것도 한줄기, 한자리에서. 기 절초풍할 노릇이었다. 유전자 변형을 시킨들, 프랑켄슈타인 식 발명 을 해낸들 그럴 수는 없었다. 냉큼 다가가 그녀는 노란 꽃송이를 손끝으로 비벼보았다. 역시나 물큰한 생명력이 느껴졌다. 대체 이게 무슨 조화속이란 말인가. 그런데 어딘지 모르게 꽃이 낯익어 뵀다. 노란 소국을 빼다박은 듯 닮아 있었다. 엉거주춤 쪼그려앉아 그녀는 냄새를 맡아보았다. 눅눅한 지린내. 아니나다를까 들국화 냄새였다. 얼른 주변을 둘러보고 그녀는 꽃 한송이를 똑 땄다. 그러나 꽃은 똑 따진 게 아니라 쏙 뽑혀올라왔다. 꽃이 뽑힌 자리엔 실 구멍이 났다. 어찌된 속인가 하고 봤더니 맙소사! 꽃송이에 실 못이 박혀 있었다. 꽃송이에 실 못을 박아 줄기에 꽂아 놓아둔 것이었다. 그렇듯 허망할 수가 없었다. 너무도 허망한 나머지 뽑아든 꽃송이를 짓이겨버리거나 7층 아래로 내던져버리고 싶었다. 그런데 차마 그러질 못했다. 지천으로 널린 어느 가을들판에서 따져 온 꽃도 생명은 생명이거니와 704호의 의중도 알 수 없어 함부로 할 수가 없었다. 그녀는 실 못은 뽑고 꽃은 그 자리에 도로 얹어두고 나왔다. 지하철을 타고 출근하는 내내 그녀는 생각했다. 왜 그랬을까. 왜 꽃을 따다 찔러놨을까. 704호의 의중을 헤아려보고 싶었다. 틈이 나는 대로 골똘한 생각에 잠겼지만 그야말로 704호의 마음이라서 알 수가 없었다. 생각하다 하다 못해 그녀는 704호의 마음에 자신의 마음을 투영시키고 환치시켜보았다. 자신이라면 왜 그래야 했을까. 그제야 혹시 이런 마음이 아니었을까 싶은 갈래가 섰다. 배태를 못하는 게 가여워 남의 핏줄이라도 입양을 시켜주고 싶었던 게 아닐까. 그 마음밖에 없을 것 같았다. 그 얼마 뒤 노란 꽃은 또다시 자주 꽃으로 바뀌었다. 그녀는 생끗 웃으며 만져주고 갔다.

　그렇다고 704호와 인사를 트고 지내냐 하면 그건 아니었다. 그 집이 엘리베이터 바로 앞에 있어 엘리베이터를 기다리며 이따금 궁금해

들여다보기는 하지만 일체 사람 사는 소리가 들리지 않았다. 현관문도 항상 꼭꼭 닫혀 있었다. 그녀가 일부러 반상회라도 나가지 않는 한 그 집과 인사를 트는 것은 좀체 쉽지 않을 성싶었다.

하여간 묘하게 시작된 아침이었다.

점심 무렵에 오랜만에 어머니에게서 전화가 걸려왔다. 친구네서 개고기를 얻어와 들깨 갈아 개장국을 끓였는데 먹을 테냐는 내용이었다. 그렇게 쏜살같이 달아나버리고 난 뒤로 처음이었다. 그동안 좀쑤셔 어떻게 살았는지 모르겠다. 꽃이야 한다리 건너뛴다 해도 돋보기 없이 불편해서라도 한마디 물었을 법한데. 정작 어머니는 안경 안부 대신 꽃 안부부터 챙긴다.

"어떻게 꽃은 안 시들고 잘 있냐?"

"아이고, 왜 벌써 챙기셔? 조금 더 있다 챙기시지?"

"지금도 이쁘지야? 철쭉이라 오래갈 것이다만."

"안 그래도 오래 끌까봐 걱정이우."

"그게 뭔 소리다냐?"

"궁금하면 한번 와보든지."

"너 또 죽이는 거 아니냐?"

어머니가 질겁했다.

"한번 와서 보라니까."

"야가 또 뭔 짓을 한 거여, 시방?"

그러곤 어머니도 그녀도 송수화기 너머에서 말을 놓아버렸다. 어머니의 콧김소리가 격하게 전해져왔다. 그녀는 끈질기게 침묵으로 버텼다. 마침내 어머니가 먼저 혼잣소리인 양 야가 또 그런 모양이네, 하더니 느닷없이,

"근데, 야."

해놓고 뜸을 들였다. 또 무슨 말을 하려고 저러나 싶어 그녀는 신경을
바짝 곤두세웠다. 어머니가 저러고 뜸을 들일 땐 뭔가 난처한 말을 하
려 할 때이다. 그녀는 수화기를 귓가에 바투 갖다대었다.

"너 말이다, 홍주삼촌 친구, 정우삼촌 말이다, 지금도 만나냐?"

또 그 얘기였다. 이정우 얘기. 이선배 얘기.

"그게 언젯적 삼촌인데 아직도 삼촌이우? 근데 그건 왜?"

"그 사람 지금 혼자라면서야? 며칠 전에 홍주삼촌네 병원 갔다 홍
주삼촌한테 들었다."

그만하면 어머니 의중을 충분히 알 것 같다. 전혀 새로울 것도 없는
소식을 뒤늦게 알아가지고선 괜히 혼자 긴장해 말도 못하고 애먼 뜸
만 들이는 모습이 안 봐도 눈앞에 선했다. 혼자된 딸에 혼자된 남자.
더구나 그 남자가 어머니 자신도 잘 아는 남자. 알다마다뿐인가. 한
삼년 당신 손으로 거둬먹인 적도 있는 시사촌 동생 친구니 오죽 좋으
랴. 어머니 눈에 어떤 그림이 잡혔겠는가. 어머니 가슴 뛰는 것쯤이야
충분히 이해됐다. 그런들 뭐 하는가. 당사자 가슴이 뛰어야지.

"혼자면 어쩌고 둘이면 어쩐데?"

"아이고 이것아, 그걸 말이라고 해? 정우삼촌네가 오죽 집안 좋
냐?"

"그럼 엄마 옛날 사위네는 집안 안 좋았수? 부잣집 아들 아니었수?
근데 왜 그래?"

"이것아, 집안도 집안 나름이고 부자도 부자 나름이지. 정우삼촌네
야 근본 있는 집안에, 내림 있는 부잣집 아니냐?"

"이젠 삼촌 아니라니까. 선배라니까. 선배, 이선배!"

"선배든 삼촌이든 하여간 이것아, 그만하면 됐다. 아이고 한시름 놓겠다."

떡 줄 사람은 생각도 않는데 김칫국부터 마신다더니 어머니가 딱 그짝이다. 어머니 심정이야 알지만, 알고도 남지만, 그렇지만 정작 당사자 가슴이 그게 아닌걸. 그녀는 여태의 웃음기를 긋고 정색했다.

"엄마, 이선배하고 나, 아니야. 그러니까 그러지 마."

"이것아, 도리질부터 치지 말고 우선 차근히 좀 만나봐."

"그러지 마, 엄마. 내가 왜 꽃을 마다하는지 몰라? 내가 왜 꽃을 다 죽였는지 정말 몰라서 그러냐고?"

그 말만 나오면 어머니는 더이상 말을 못했다. 지금처럼 맥풀려 전화기 너머에서 한숨만 쉬어댔다. 한숨 끝에 네가 예전엔 이러지 않았는데 어쩌다가, 어쩌다가, 하는 궁상맞은 레퍼토리가 똘마니처럼 따라다녔는데 어느 순간 쑥 들어갔다. 그 레퍼토리 끝에 꼭 눈물을 짜는데, 그러면 그녀의 전화가 딱 끊어져버리기 때문이다. 요사이 새로 등장한 레퍼토리는 완전 신파였다. 그깟 인간, 그만 잊어라, 잊어버려. 듣기 좋은 꽃노래도 어쩌다 한두 번이지 눈물 찍는 건 똑같아서 그 역시도 짜증스러웠다.

이혼 직전이었을 것이다. 어쩌다 어머니와 백화점으로 쇼핑을 갔다. 어머니에게 무엇이 필요해서였을 것이다. 이혼 직전의 그녀였기에 무엇에도 관심 없이 어머니 뒤만 그저 건성으로 따라다니는데, 식기 코너에서 그녀도 모르게 발이 멈춰서졌다. 그녀가 남편과 무덤 속 같은 세상을 살고 있는 사이, 정말 예쁘고 아름다운 식기들이 쏟아져 나와 있었다. 얼마나 멋지고 좋은지 눈을 뗄 수가 없었다. 그녀는 한참을 넋을 빼고 서서 바라보았다. 4인조 식기 쎄트. 6인조 식기 쎄트.

그것은 그녀가 원하던 4인 가족과 때로 시어른들까지 포함한 6인 가족이었다. 그렇지만 6인도 4인도 모두 깨어져버리기 직전의 꿈. 눈물이 흘러내렸다. 맘에 들면 들어와서 보라며 여직원이 그녀에게 다가섰다 멈칫 물러섰다. 그녀는 그 자리를 뜰 수가 없었다. 뒤따르던 딸이 보이지 않자 어머니가 갔던 길을 되짚어왔다. 예쁘냐, 했을 때에야 그녀는 황급히 눈물을 수습했다. 그녀는 고개를 끄덕였다. 응, 예뻐. 어머니는 두말 않고 그녀가 맘에 들어하는 것을 사주려 했다. 뭐가 가장 맘에 드냐? 한번 골라봐라. 그녀가 그 몇년 새 무얼 마음에 들어한 적은 한번도 없었다. 그녀는 발걸음을 떼며 고개를 저었다. 아냐, 됐어. 그런 그녀를 어머니가 간곡히 붙잡았다. 이것아, 하나 사줄게, 말해봐. 모처럼 딸이, 그것도 이혼을 앞두고 심정이 심정이 아닌 딸이, 무얼 보고 발걸음을 멈췄다는 게 어머니에게는 놀라운 일이었을 것이다. 그녀는 거듭 됐다며 눈길을 단호히 거둬버렸다. 어머니가 붙잡고 또 붙잡았으나 발걸음마저 이내 멀리 떼어버렸다.

"그때 보니 예쁜 것은 알더구나. 나는 네가 예쁜 것도 모르는 줄 알았다."

난데없이 어머니는 예의 그 레퍼토리들 대신 백화점에서의 일을 상기시킨다.

"근데 이것아, 욕심이 있어야 살지, 사람은 욕심 없으면 죽은 목숨이다. 옛날처럼 꽃을 키우란 말이다, 이것아."

하며 또 운다. 그새 새로운 레퍼토리가 또하나 생겼군. 운다는 것은 통화가 끝났다는 것이다. 그녀는 가만히 수화기를 내려놓았다.

그녀에게 꽃을 키우던 날들이 있었다. 특별히 꽃을 좋아해서 그런 건 아니었다. 각집마다 꽃나무 하나씩은 있게 마련인 것처럼 그녀도 시작은 그랬다. 남편과 다정하게 하나둘 재미들여 키우다보니까 어느 덧 그녀 고향집 마당처럼 무성해진 것뿐이다. 어머니는 그녀가 꽃을 잘 키운다고 했다. 아무 집이나 꽃이고 나무가 잘되는 것은 아니라고 했다. 잘되는 집이 있고 잘 안되는 집이 있는데 그녀 집은 잘되는 집 이라는 것이다. 가끔 화원에서 연탄가스 맡아 죽어가는 꽃을 얻어다 살린 경험이 있어 그녀도 그런가보다 했다. 남편이 출근하고 난 새 정 성으로 돌봐준 거 외는 실제 별다를 것도 없었다. 벤자민과 아르보리 코라와 멜라닌 고무나무는 햇볕을 좋아해서 햇볕이 잘 드는 베란다 한중앙에 놓고 키웠다. 행운목과 폴리샤시와 종려죽과 관음죽은 간접 빛을 좋아해서 베란다 버티컬을 반쯤 열어놓고 키웠다. 햇볕을 강하 게 쬐면 잎이 타버리는 마지나타와 아지안톤은 햇볕을 피해 거실에 두고 키웠다. 비오는 날의 우산 같은 파키라는 벤자민과 폴리샤시 중 간쯤에 두고 햇볕과 반 햇볕으로 키웠다. 쿠페아와 네드비치와 마리 안스 알로카시아 안시늄 같은 아릿한 꽃들은 베란다와 거실 사이에 두고 아기처럼 안아주며 키웠다. 빛을 틔워주고 가려주고 바람을 틔 워주고 막아주고 꽃의 마음을 읽고 꽃의 기분이 살펴지자 어느날부 턴가 꽃의 말이 들렸다. 말소리가 들리자 노랫소리가 들리고 울음소 리도 들렸다. 꽃들의 얘기에 귀기울이며 그녀는 꽃들과 얘기를 시작 했다.

왜 그래? 물 좀 더 줘?

너 거기 상처났구나. 이런, 많이 아팠어?

가만있어봐, 이파리를 저리 좀 비껴줘야 치료를 하지.

비바람치더라도 문 꼭꼭 여며 닫았으니 놀라지 말고 잘 자.

남편이 퇴근해 돌아오면 그녀는 남편에게 꽃들의 얘기를 들려주며

환하게 웃었다. 그녀는 행복했다.

그 무렵 남편 사업체처럼 소규모 건설업체들이 잇따라 부도를 맞고 쓰러졌다. 남편도 고전하는 눈치였다. 현금은 안 돌고 어음으로 간신히 버티고 있는 것 같았다. 그런 남편의 신경을 건드릴 수 없었다. 잦은 외박과 출장을 탓할 수도 없었다. 그녀는 아기를 키우고 꽃나무를 키우며 잠자코 기다렸다. 그러나 예전처럼 꽃의 얘기가 귀담아들리지 않았다. 남편이 도박을 한다, 도박판에서 여자를 만난 것 같다는 말만 예민하게 챙겨 들어졌다. 실제로 그것을 증거하는 일련의 사건들이 벌어졌다. 그녀는 앓아눕는 날이 많아졌다. 얼굴은 휑해지고 몸은 비틀거렸다. 집안의 창문은 죄다 닫히고 햇볕은 차단당했다. 낮이고 밤이고 어두웠다. 꽃들이 귀찮아졌다. 바라보면 그저 한숨만 났다. 생각나면 물을 주고 아니면 말았다. 잊어버리면 물도 볕도 바람도 며칠이고 그만이었다. 꽃의 노랫소리 그친 지 오래였다. 상처입고 우는 울음소리가 절박했으나 그녀 귀에 들리지 않았다. 멜라닌 고무나무 잎이 떨어졌다. 자고 나면 후둑후둑 떨어져 있었다. 벤자민 밑에는 낮이고 밤이고 떨어진 이파리가 수북했다. 고장난 채 방치돼 벌어진 버티컬 틈새로 강한 햇볕을 쏘인 마지나타는 잎이 타버렸다. 그 옆에서 아지 안톤도 잎이 타들어가고 있었다. 물로 매일 샤워를 시켜줘야 하는 요염한 안시늄은 급한 제 성질대로 고꾸라져버렸다. 모두들 시들고 지쳐 울지도 못하고 있었다. 보고 있자니 괴로웠다. 그녀는 베란다 급수호스를 빼들고 꽃들을 향해 아무렇게나 물을 분사했다. 꽃줄기를 향해, 이파리를 향해, 나무등걸을 향해 되는대로 마구 뿌려댔다. 꽃들이 진저리를 쳤다.

왜 이러세요? 대체 왜 이러시는 거예요?

비명을 지르며 후들후들 몸을 떨었다.

먹어, 먹으란 말이야. 줄 때 실컷 받아마시라구.

그녀는 소리를 질렀다.

그만요. 그만 하세요. 제발 그만 하세요. 아프단 말예요. 보세요, 여기 찢어진 것 안 보이세요? 당신은 변했어요. 예전의 당신이 아니에요.

꽃들이 울부짖었다. 그녀는 호스를 내던져버렸다. 흠씬 젖은 꽃들의 몰골이 추레했다. 포동포동 윤기나던 살들은 온데간데없고 뼈마디만 앙상했다. 며칠 뒤 물을 싫어하던 마지나타가 죽었다. 파키라도 비 오는 날의 앙증맞은 우산 같던 잎을 다 떨구고 홀아비처럼 핼쑥해졌다. 알로카시아는 시꺼멓게 썩어버렸다. 몹시도 괴로운 재앙이었다. 그녀 자신조차 추스를 수 없는 상태에서 또하나의 남편처럼 악마 같았다. 더 늦기 전에 이제라도 벤자민이나 멜라닌 고무나무는 버티컬을 확 걷고 창문을 활짝 열어젖히고 햇볕을 쬐어주면 잎이 다시 날 것이다. 파키라는 썩어버린 밑동을 잘라내고 다시 심어주면 얼마간 시간이 걸리더라도 부활할 수 있을 것이다. 꽃이 아홉 번 피고 지는 쿠페아도 햇볕 속으로 내보내면 다시금 별 같은 꽃을 피워낼 것이다. 아지안톤도 잎을 다 잘라주면 다시 새순을 피워낼 것이다. 그런데 정작 그녀가 시들어 죽어가고 있었다. 창문도 열기 싫고 버티컬도 열기 싫었다. 햇볕 한점, 바람 한점, 그녀 집으로 들이고 싶지 않았다. 꽃들의 마음, 꽃들의 아우성이 힘겹고 지겨웠다.

마침내 남편 회사가 부도났다. 그녀 명의로 발급된 신용카드마다 빚이 되어 돌아왔다. 여전히 남편은 도박과 여자에 빠져 지냈다.

아이에게 자폐증세가 나타났다. 아빠를 미워하고 원망하며 자신을 자신의 방안으로 유폐시켰다. 아빠의 성격파탄이 원인으로 분석됐다.

그녀는 완전히 지쳐버렸다. 간단한 집안청소조차 할 수 없었다. 세상 그 무엇도 귀찮고 싫었다. 어느 한날 그녀는 꽃나무들부터 내보내기로 했다. 꽃을 키우는 이웃들에게 나눠주려고 한날한시에 그들을 불렀다. 그들은 이미 시든 꽃에 대해선 일말의 관심도 보이지 않았다. 그녀가 되살릴 수 있는 방법을 일러줘도 그들은 마다했다. 그들이 탐내는 것은 한눈에도 꽤 비싸 보이는 화분이었다. 꽃나무들을 가져가면 화분이 덩달아 따라갈 텐데도 그랬다. 그녀는 돼지 몰듯이 그들을 다 내몰아 보내버렸다. 그리고 하나하나, 그녀 눈앞에서 꽃들의 숨을 거둬주었다. 물 한모금, 햇볕 한모금 안 주고 꽃들의 목을 졸랐다. 물을 좋아하던 순서대로 죽어갔다. 말라비틀어져가는 꽃들의 처절한 절규. 버석버석 입이 타고 목이 졸려 악 소리조차 못 내는 소리없는 절규. 그녀는 묵묵히 지켜보았다. 다시는 생명 있는 그 어느 것도 그녀 안에 들일 수 없으리라 예감했다. 몸 안에 자체 수분이 많았던 파키라가 두달여를 고통스럽게 버티다가 마지막으로 숨을 거두었다. 바싹 말라 종잇장처럼 가벼워져 죽었다. 꽃들이 눈앞에서 죽어가던 그 얼마간 그녀는 깡말라버렸다.

날이 갈수록 철쭉꽃이 피어나고 있었다. 그녀에게 외면받았던 그 몇날의 상처가 흉터로 남은 것 빼곤 성성한 물오름을 거듭한다. 며칠 새 잎이 무성해져 흉터마저 곧 가려질 듯하다. 그녀는 여전히 물을 주지 않았다. 누군가 그녀가 잠든 새벽마다 다녀가는 것 같다. 설핏 잠결에 아구-이-버라, 소리를 들은 것도 같다. 가위눌린 꿈결 같아 그녀는 몸을 일으키지 못했다.

그녀의 예감대로 생리가 끊어졌다. 정확히 맞아떨어지던 예전 28주기대로라면 오늘쯤은 시작되었어야 한다. 설마, 설마 했는데 역시나 끊어진 거다. 여섯 달을 기다려도 돌아오지 않는다. 있을 땐 귀찮아서 싫더니 막상 없어지고 나니 고운 님을 여읜 듯 허전했다. 아직 젊은 나이에 벌써 그러면 안된다고 어머니는 틈만 나면 소족을 고아댔다. 정 필요하면 호르몬 치료를 받겠노라고 그만두라 해도 막무가내였다.

저녁 무렵 난데없는 이란산 석류를 한 박스나 사가지고 어머니가 왔다. 아침 방송에서 석류가 여성 호르몬인 에스트로젠이 많다 했다나. 그래도 그렇지 때아닌 봄에 석류라니 놀랍고도 어이가 없었다. 영등포시장을 다 뒤져도 없어 가락동 도매시장까지 갔다가 허탕치고 남대문 수입품 상가에서 겨우 구해왔노라고 다리 아파 죽을 뻔했다고 들어서자마자 냉수를 한 사발이나 들이켰다.

"이걸 한 박스나 언제 다 먹겠수? 사이좋게 절반씩 나눠 먹읍시다. 엄마도 회춘 좀 하게."

"오사네, 암말 말고 먹어! 몸이 벌써 그런 줄 알면 누가 데려가겠냐?"

빈 석류박스를 내놓으러 나갔다가 철쭉꽃을 보고 어머니 입이 쩍 벌어졌다.

"아이고, 곱네에!"

꽃술을 만져보다, 꽃봉오리를 만져보다, 꽃잎을 만져보다, 좋아 죽겠는 눈치이다.

"이렇게 바람도 쐬주고 햇볕도 쐬주고 하니 좀 좋냐?"

청바지 속에 손을 찔러넣고 엉거주춤 서서 그녀는 머쓱하니 웃기만 했다. 아구ㅡ이ㅡ버라, 얘기를 꺼낼까 말까 하다가 에라, 하고 관두었다. 그 먼데까지 돌고 돌아 석류를 한 박스나 사왔는데 선심쓰고 마는 게 낫겠다 싶었다. 그러다 문득, 그런 어머니가 지레 또 무서워졌다.

이거 또, 석류나무를 한그루 심어오는 거 아냐.

그러다 또 문득, 홀연히 뒤가 돌아다봐졌다. 하오의 햇살이 비껴나는 여전히 빈 복도, 아구-이-버라,는 어디 사는 누구일까. 704호의 문은 왜 항상 닫혀 있을까. 하나가 궁금해지니 연달아 공연히 궁금해졌다.

—『문학과경계』 2004년 겨울호

물고기들의 집

칠석날에나 비가 한줄금 했던가. 유월 중순부터 입초시에 오르내리던 장마는 찌꿰로 장대비나 두들겨놓고 갈 뿐, 금평저수지 황토 바닥이 피죽만 남은 채 쩍쩍 갈라지고 수초만 우무룩하도록 바람 한점 없이 해만 말끔했다. 후터분하게 달궈대는 날 핑계대고 게으른 사람 낮잠자기 딱 좋은 날들이었다. 그예 이른 장마 들었던 예년만한 줄 알고 낚시왔던 꾼들은 밤낚시나 바라고 죄다 한숨씩 시들어 있었다. 볕 따가운 한낮엔 씨알 굵은 것들은 물 바닥으로 처박히고 피라미들이나 깝죽거리는 통에 훗잠이나 미리 벌충해둘 요량들이었다. 그런데 우리 집 더펄이 아들놈은 물가 뉘집 시시덕이하고 입다심을 하느라고 여태 함흥차사란 말인가. 낚시꾼들 밥 채반만 들려 내보내면 그러고 한눈 팔고 앉았기 일쑤였다.

놈도 놈이지만 며느리년도 낯짝을 숨겨버렸다. 아무래도 이것들이 또 한바탕 싸움질을 한 모양이다. 어젯밤 제 색시가 남자손들한테 한 잔씩 쳐준 것이 탈이 난 눈치였다. 잘잘못을 가리기에 앞서 붙었다 하면 놈이나 년이나 둘다 생긴 것만으로 성깔이 곧이곧대로였다. 놈의 욱하는 성질도 고질이었지만 앙잘앙잘하는 년의 소가지도 볼 만했다. 그러다 삐끗하면 밤도망을 놓고 도망간 년 못 잊어서 찾으러 다니는 꼴들도 가관이었다. 이웃에 우세산다고 그렇게 주워일러도 당최 쇠귀에 경읽기였다.

하루는 하도 징글징글해서 둘다 내쳐버릴 작정을 하고 불러앉혔는데, 작것들 하고 앉았는 꼬락서니를 보고 있자니 도시 짠한 마음만 앞서는 것이었다. 넓디나넓고 훤하디훤한 방에, 하필이면 등 그늘지고 각지고 구석진 곳을 골라 곱송그리고 앉았는가 말이다. 두 것들 다 제 태 묻은 자리도 모르는 천둥벌거숭이였던 것이다. 아들놈은 강보에 싸여 버려진 업둥이였고 며느리년은 아들놈이 펄렁거리고 돌아다니다 눈맞아 데려온 년이었는데, 고아원에서 살았던가보았다. 나 또한 전쟁통에 조실부모하고 일치감치 남편까지 앞세운 몸이었다. 해서 그날도 셋이 그러고 우두커니 앉았다 말아버렸다.

이러나저러나 놈이 들어와야 쌀말이나 싣고 절에 올라갈 게 아닌가. 아침부터 오늘이 백중날이라고 노래를 했거늘 사내나 계집이나 저러고 딴세상이었다. 스물 셋 먹고 다섯 먹은 아들 며느리 건사하기가 말귀 어둔 귀신 부리기보다 더 어렵다.

다행히 한낮 손님은 끊겼다. 삼복더위 중에는 으레 그랬다. 매상이 뚝 떨어지는 철이었다. 그나마를 낚시꾼들이 간간이 메워주는 셈인데 오늘은 숙박하는 꾼들이 두 팀이나 걸려 있었다. 장경위 패거리 전화질까지 치면 세 팀이나 되었다. 셋이 손만 맞아 돌아가면 더할 나위

없이 오달진 날이었다. 그런만큼 부지런히 서둘러야 저녁밥때 맞춰 불공을 드리고 올 터였다.

아이고! 우리집 며느리 나왔다. 어느 결에 분도 새로 바르고 머리 손질도 하고 옷매무새도 다듬고 나왔다. 어정뱅이 아들놈보다 두살 더 먹은 며느리년이 그래도 나왔다. 그러나 속은 아직도 덜 풀렸는지 이렇다 저렇다 말이 없다. 넋놓고 앉아만 있다. 그러는 년이 어째 또 불안스럽다. 서방한테는 통통거려도 시어매한테는 허분허분하던 년이다.

"배는 안 고프다냐?"

대꾸가 없다. 멀거니 바라다보고 만다. 커피나 한잔 타다 올릴밖에는 달리 어째 볼 도리가 없다.

"그렇게 니 서방놈이 마다허는 일은 허들 말어. 지 색시하고 넘의 남자허고 히히호호허는 꼴을 어떤 사내가 볼라고 허겄냐."

커피로 가져가던 년의 눈이 샐쭉해진다.

"내가 뭐 달리 그러나. 장사잖아요."

년이 그리 말하니까 할말이 없다. 년이 오고서부터 손님들 어지간한 비위쯤은 년의 손에서 오물딱쪼물딱 다 맞춰지고 있었다. 일흔을 바라보는 망구 웃음하고 낭창낭창한 년의 웃음하고는 견줄 수가 없었다. 어린 깐에는 장사 물리가 빨리 트인 셈이었으나 어찌 보면 애처롭기도 했다.

"아이고, 아직까정 장사는 이 시어매가 허네. 헌게 자네는 서방 비위나 잘 맞치셔이?"

웃음엣소리를 건네서야 년이 히물쩍 웃었다.

"저녁때막시 그 패거리놈들이 또 올 모냥여."

"고것들은 밤마다 화투치고 놀면서 집에는 언제 들어간대요?"

어젯밤에도 제 서방이 그것들하고 밤새 어울려 놀았던지라 탐탁지가 않은가보다. 그도 그럴 것이 밤새 그것들 수발든다고 잠 한숨 못 자고 돈까지 잃고 들어오니 부아가 치밀 만도 했다. 노름돈도 도장 박힌 돈인데 돈 잃어 좋다 할 년 있겠는가.

"오늘도 쏘가리로 먹겠대요? 빠가사리나 뭉텅 섞어줄까보다."

"아서라, 고것들이 해코지 부리면 장사 다 헌다."

"순전히 외상 달고 처먹을라면서. 나라일 한다는 작자들이 순 공것만 좋아하고."

소주며 맥주가 써비스로 나가는 게 불만인 모양이었으나 관줄 안 끼고 살아지는 세상이 아니었다.

하이고! 우리집 더펄이 양반 돌아왔다. 정오 무렵에 점심 내가서 두시 지나서 들어왔다. 장하게 술도 한잔 하고 그 경황중에도 빈 밥고리는 빠짐없이 챙겨왔다. 얼근히 한잔 걸친 김에 제 색시한테 밥 먹었냐는 소리도 묻고 제 기분은 헐렁헐렁한 모양인데 나는 기가 찰 노릇이다. 놈 오토바이 덕 좀 보고자 일껏 기다렸더니 모주망태가 되어 와서는 덜렁 평상 위에 드러눕고 만다. 공양 드리러 가는 길에 쌀말이나 시주하려던 생각이 여지없이 틀어져버렸다. 괘씸했다. 요런 날이나 오토바이 사준 재미를 한번 봐야 할 게 아닌가. 도망간 색시년이나 발 밭게 찾아다니라고 사준 줄 알면 천만의 말씀이다. 물가 손님들 밥수발도 들고 장도 보고 오늘 같은 날도 두루두루 써먹자고 사준 것이었다. 언제부터 내놓고 기다렸던 쌀자루를 놈 옆에다 탁 부려버렸다. 감실감실 잠이 들려다 말고 놈이 눈을 깜빡깜빡했다. 그제야 에미 말이 아이쿠, 하고 떠올랐나보다. 한데 절간에 올라가는 에미를 두고 한다는 소리가 넌떡 어깃장이다.

"아따 엄니, 천당 가겄소. 뭔 놈의 쌀을 중 아가리다 다 처넣는다
요?"

오살놈. 저나 나나 물고기 밥 얻어먹고 사는 주제에 백중날 쌀말이
나 아껴 잘코사니나 천당 가겠다.

"얀 늠아, 빌어야 안 쓰겄냐? 오늘 같은 날 안 빌면 은제 빌라냐?"

"그쇼. 메기 불 하나 쓰고 빌고, 쏘가리 불 하나 쓰고 빌고, 빠가 불
하나 쓰고 빌고, 가갖고 시 번만 빌고 오쇼. 나는 잠서나 빌랑께."
하고 놈은 아예 자리잡고 누워버렸다. 평상에서도 자고 가겟방에서도
자고, 장정 일곱이 자빠져 누워 있었다. 택시로 왕복할 동안만 안팎으
로 저러고 있어주면 저녁밥때 시간은 충분했다.

년을 앞장세웠다. 쌀말값이나 맞춰 시주봉투도 챙겼다. 장보는 것
빼고는 년과 첫 외출이었다. 년도 시어매 따라 절구경 가는 게 싫지
않은 표정이다. 시키지 않았어도 긴 머리채도 틀어올리고 양산도 챙
겨들고 조막조막 따라나선다. 이쁘다.

저녁때가 늦어버렸다. 년하고 스님 방에 앉아 떡도 먹고 덕담도 듣
다보니 시간이 금세 가버렸다. 장정 일곱이 죄다 깨어 평상에 차곡이
앉아 있었다. 열한시 무렵에 이른 점심들을 먹고 누웠으니 딱 시장할
때였다. 더펄이놈이 요령껏 마실것 한잔씩은 돌려놓은 눈치였으나 입
가심은 됐을망정 속은 허할 것이었다.

황망히 벗어붙이고 서두르기 시작했다. 들깨국물을 받쳐 삶은 시래
기를 쩍쩍 찢어 넣고 탕을 안치는 년의 손길이 쟀다. 일손도 쟀지만
탕맛도 얼추 맞춰낼 줄 알았다. 작년 겨울에 와서 올 봄에 몇차례 도

망질을 놓았다가 여름을 나고 있으니 몇달 되지도 않은 솜씨였다. 그렇다고 붙들어앉혀 맛맛이 가르친 기억도 없다. 어깨너머로 배우고 흉내내다 익힌 솜씨였다. 작년 겨울에야 저것이 사람 되랴 싶었다. 발탄강아지 같은 아들놈 못잖아 뺐던 것이다. 그런데 생각 밖으로 손속이 여물었다. 얼굴도 모른다는 년의 어매가 음식 재간은 있었으리라 싶다. 간신히 고등학교나 마친 덜렁쇠 같은 놈한테는 과한 년인지도 몰랐다.

그새를 못 참고 꾼들이 물가로 내려가버렸다. 해가 지기는커녕 별도 스러지기 전이었다. 자리잡을 욕심에 진즉부터 보채고 몸달아하더니 몰려들 나가버렸다. 때아니게 저녁밥부터 물가로 날라야 했다. 내동 멀쩡하더니 급작스레 년이 배를 틀어쥐고 아프다는 통에 오토바이 뒤에 내가 올라탔다. 중짜로만 세 개가 되는 투가리에다 밥반찬에 물통, 밥통에 그릇들까지 잔뜩 싣고서다. 망구가 어설프게 매달려 가는 꼴이 볼 만한지 예서제서들 웃어댔다.

밥보자기를 풀어놓고 줄풀 마름 따위 수초나부랭이들 새에 자리잡고 앉은 꾼들을 불러모았다. 나무 그늘 밑이라고는 하나 뙤약볕에 하도 달궈놔서 풀밭이 따뜻했다. 저녁으로 기울어진 시간임에도 여전히 날도 밝고 물빛도 밝았다. 아직은 굵은 씨알이 걸릴 계제가 아니었다. 바람은 없어도 탕도 식고 밥도 식는다. 후딱후딱 달라붙어 한술씩 떴으면 싶은데 물속만 들여다보고 있다. 뗏장수초를 낫으로 쳐내고 앉은 사내는 낚싯대를 네 대나 펼쳐놓고 넋을 빼고 있었다. 불같이 밥을 재촉하던 때하고는 딴판으로 굴었다. 아프다고 오만상을 찌푸리는 년을 보고 나온 참이라 마음이 불안했다. 장경위 패거리들도 하마 퇴근하고 들이닥칠 시간이었다. 별수없이 낚시터에선 금기인 소리를 내질렸다.

"밥들 자셔."

그제야 둘러들 앉아 밥숟갈을 뜨는데 정신은 옴팡 물가에다 빼놓고
온 것 같다. 낚싯대 끝이 어슷거리기만 해도 득달같이 달려가곤 했다.
사람 발소리에 놀라 자글거리던 개구리 소리가 뚝뚝 끊어졌다. 개구
리도 못할 노릇이었다. 물빛이 점차로 가무스름해지고 있었다.

밥숟갈 놓기를 기다려 빈 그릇을 챙겨가려던 생각일랑 애당초에 말
았어야 했다. 소주잔들이 나눠지고 있었다. 사짜짜릴 위하여, 하는 것
이 탕국물에 몇잔씩들 걸치고 나서 본격적으로 덤벼들 태세였다. 그
틈바구니에 놈조차 곁다리로 끼여 냉큼 한잔 받고 따르고 했다. 퍽이
나 속도 편한 놈이었다. 제 색시가 지금쯤 어쩌고 있는가 궁금해서라
도 부다당 달려갔을 법도 하건만. 마침맞게 년한테서 놈에게로 휴
대전화가 걸려왔다.

"엄니, 돈은 이따 받고 얼른 올라갑시다. 기다린단만요."

패거리놈들이 도착했는가보았다. 반가울 것 하나 없는 놈들이지만
반기는 시늉이라도 내야 할 것들이었다.

해 넘어갔다. 여름볕 길어도 넘어갈 땐 순간이다.

탕을 물린 놈들은 화투패를 잡고 앉았다. 반죽좋은 파출소 장경위
가 오늘도 선을 잡고 소방서 박방위, 구청 노과장, 법원 최계장순으로
둘러들 앉았다. 한데, 잘도 방위고 참말, 잘도 경위고 과장이다. 놈들
허풍에 깜빡 둘린 걸 생각하면 지금도 넌더리가 쳐진다. 작것들이 직
급을 서로 두어 계단 추켜세워 불러준 것을 모르고 지난 겨울 소방서
에 덜컥 전화를 걸었다가 어찌나 학질을 뗐는지.

올 일월이었다. 느닷없이 소방서와 구청 합동으로 소방위생 안전점검 단속이 나왔다. 무슨 재주로 느닷없는 단속을 피해가겠는가. 당연히 뚝딱 걸렸다. 그리고 한달 영업정지를 당했다. 하필이면 한참 매상이 오를 일이월 성수기에 그랬다. 억장이 무너질 노릇이었다. 억울하기도 했다. 즐비하게 늘어선 집들이 다 그런 불벼락을 맞은 건 아니었다. 바로 옆엣집도 내나 멀쩡했다. 속내를 들여다보면 그 집들이나 우리집이나 하등 별다를 것도 없었다. 애옥살이 단층 한옥에, 탕국물로 넘쳐나는 주방에, 무방비로 노출된 가스통에, 소방이고 위생이고 다들 고만고만했다. 암만 생각해봐도 단속 정보가 사전에 없고서야 그렇게 무사할 리가 없었다. 방위 경위는 아니더라도 소방서 구청에 줄 대고 있는 집이 어디 우리뿐이겠는가. 하나 이틀 전에도 박방위가 다녀갔지만 귀띔은커녕 내색조차도 없었던 것이다. 아무리 느닷없는 단속일지라도 명색이 소방파출소 대장이 사전에 몰랐을까 싶자 되게 서운하고 원망스러웠다. 그러나 당한 것은 이미 당한 것이고 영업정지나 어떻게 서둘러 풀어야 할 게 아닌가. 그러자니 손닿는 데가 밉든 곱든 박방위밖에 없었다. 해서 소방서에 전화를 걸어 다짜고짜 박방위님을 찾았다. 한데 한참 아랫놈으로 여겨지는 놈이 건방지게 누구요? 누구요? 소리만 되묻는 것이었다. 암만 박방위님요, 박방위님, 해도 귀머거리마냥 소용도 없고, 갑갑하기는 놈이나 나나 매한가지라, 받아쓰기 시키듯 박, 방, 위, 님요, 하고 한 자 한 자 명토박아 불러줬더니 그제야 알아듣는데, 그런 사람은 없고 김방위님만 계신다는 것이었다. 관내 소방서에 성이 박씨인 사람은 불꽃 세 개짜리 박소방교뿐이라는 것이었다.

그 불꽃 세 개짜리 박소방교가 시방 바짓가랑이를 장딴지까지 걷어붙이고 노름에 정신이 팔린 박방위님이시다. 알고 보니 장경위도 노과장도 맹탕 헛것이었다. 다들 도시 한복판에 있다 징계를 받고 밀려난 것들에 불과했다. 그런들 어쩌랴. 그래도 관할지역 까치새끼들이라고 가끔씩은 제몫을 하는데.

그나저나 오늘도 날밤을 새울 태센가. 놈들한테 방을 내주고 평상에 앉아 있자니 불쑥 울화가 치민다. 생전 가야 저희들 먹은 밥값 외에는 더 붙여주는 것도 없고 귀찮게나 하는 것들이었다. 때때로 옥수수도 삶아 내고 부침개도 부쳐 내고 수시로 탕국물도 데워 내건만, 시켜먹고 부려먹는 데에 이골이 난 것들이라선지 다랍게 인색했다. 그렇다고 삐쭉빼쭉할 수도 없고, 좋은 낯색들이 아니라는 것쯤은 알아차릴 만한데도 그랬다. 그러다 한번은 년한테 용코로 당한 적이 있었다. 년은 놈들에게 선생님이나 사장님이라고도 안했다.

"아저씨들 밤새 그러고 근무는 언제 하세요?"

처음엔 놈들도 나이 어린 처녀가 순박해서 묻는 줄 알고 순순히 나왔다.

"근무? 다 하지. 다 하는 수가 있다고. 껄껄."

놈들이 한통속으로 껄껄거렸다.

"옴마, 안 졸리세요?"

"졸립지. 아가씬 잠 안 자면 안 졸리남?"

"어휴, 전 날새고 나면 자야지 암것도 못해요."

"나도 그래. 나도 그런다구."

"그러면 졸면서 근무하겠네요?"

"아니, 자면서 근무하지. 껄껄."

년이 그러고도 월급 나와요? 월급 받아요? 했을 때야 놈들 중에 하나가 년을 째려보았다.

"아가씨가 상관할 바 아니잖아?"

그쯤 해서 년을 밖으로 불러내려는 찰나, 다시금 년이 뜬구름 잡는 말로,

"치, 내가 모를 줄 알고?"

해서 놈들 정나미를 뚝 떼어놓았다.

년은 지금 게보린 두 알을 먹고 잠들었다. 생리통이 년처럼 심한 년은 살다 살다 처음이다. 아랫배만 뭉근하다 마는 게 태반인데 년은 허리까지 끊어진다고 난리였다. 우리가 없는 새 울었는가보았다. 울다 말고 놈들이 들이닥치자 군입거리도 내다주고 화투짝도 갖다주고 탕도 안치고 했는가보았다. 창피한 줄도 모르고 눈물범벅 땀범벅이 되어 훌쩍거리고 있었다. 누가 뭐라 해도 배 아픈 생리통에는 닭 한마리에다 흰 접시꽃나무 서너 뿌리 넣고 푹 고아 먹는 게 제일이었다. 접시꽃나무야 경식이 할매네 울안에 가면 쉽게 얻을 수 있을 터였다. 쇠뿔도 단 김에 뺀다고 할망구한테 전화를 넣고 그 망구 좋아하는 누룽지사탕도 챙기고 닭도 한마리 더 꺼내놓았다. 그리고 가게를 맡기려고 보니 놈이 안 보였다. 제 색시 옆에도 없었다. 어느새 물가로 뽀르르 내려가 꾼들 옆에 들러붙어 주둥이 놀리고 노는 모양이었다. 썩을 놈. 옘병헐 놈. 무정헌 놈. 할 수 없이 놈들에게 가게를 맡기고 나섰다. 보름으로 차올라가는 달이 둥실했다.

"다 저녁에 뉘 멕일라고?"

뿌리가 얼마나 깊고 굵은지 두 망구 기운을 다 뽑아놓는다. 나는 나지만 댓살이나 더 먹은 망구한테 미안했다.

"메누리."

"그 집 메누리 봤당가? 은제?"

결혼식도 안 시키고 데리고 산다고 흉보는 소리였다. 머쓱했다.

"웬간허먼 식 올려줘뻔져. 넘 보기 좋게."

간신히 뿌리가 빠졌다. 또 하나를 캐낼 엄두가 안 났다. 망구가 내처 옆 뿌리를 움켜잡았다.

"글 안혀도 글라고 혀. 가을이나."

"오랜만이 국시 먹겄네. 헐헐헐."

세 뿌리나 뽑았다. 망구 덕 봤다.

흙을 털고 뽀득뽀득 문대 씻어 안쳤다. 놈들은 누가 오는지 마는지 관심도 없었다. 화투에 미치면 참말 뵈는 게 없는가보았다.

우리집 영감태기도 그랬다. 노름에 미쳐 떠돌다 필연코는 길거리 죽음을 당했다. 살았으면 칠순을 쉰다 할 나이였다. 아이는 누가 어째 못 가졌는지 모르겠다. 생길 틈이 없었는지도 모르겠고 어쩌면 밭이 성글었는지도 모르겠다. 영감태기 죽고 나서 딴 사내 하나를 보았었다. 관상도 보고 묏자리도 살피던 풍수쟁이였다. 그도 본처를 두고도 밖으로 떠돌았다. 여덟 달이나 함께 살았지만 그와의 사이에서도 아이는 점지되지 않았다. 그도 어느날 훌쩍 떠나고 나니 그만이었다. 재물은 모아도 마음붙일 데가 없어 허덕일 때 놈이 업둥이로 들어왔다. 아무도 모르게 호적에 유복자로 올리고 놈을 데리고 지금의 저수지 마을로 옮겨앉은 게 이날 입때였다.

놈의 태부모는 소리장이거나 장구잡이거나 그도저도 아니면 틀림없이 약장수였을 것이다. 공부는 죽어라고 마다하는 놈이 창가 부르고 장구 치고 까불까불 춤추고 노는 데에는 일등이었다. 인물 훤하고 말담 좋고 풍장을 놀아도 가장 흥지고 우뚝우뚝한지라 근동의 머슴애들을 휩쓸고 다녔다. 그런데 그것이 탈이었다. 깎은 선비 같은 놈들이 따랐겠는가. 순 쌈패, 껄렁패, 어중이떠중이들로만 몰려다니다보니 패쌈도 하고 훔쳐다가도 먹고 쓰고 했던 모양이다. 파출소하고 숫제 이웃하고 살다시피 했다. 남들 절로 얻어지는 고등학교 졸업장도 어매가 비손해서 얻어다 논 것이었다.

사방팔방이 다 어두컴컴한데 개 짖는 소리가 났다. 뭣이 급히 달려오는 것 같다. 겁이 덜컥 났다. 밤중에 사람 허둥거리는 모습만큼 무서운 것도 없다.

"뉘기여?"

평상에서 오뚝 일어섰다.

"낚시온 사람이에요."

"야아."

달려오느라고 얼굴은 벌건데 눈빛이 질려 있다. 뭔가 무척 놀라고 당황한 눈빛이었다. 사람이라도 빠진 걸까. 술 먹고 낚시를 하다 그런 낭패를 당하는 이들이 더러 있었다.

"혹시 방에서 지갑 못 봤어요?"

"방에서라? 못 봤는디."

"집안에도 없구요?"

"야, 못 봤으라."

사내의 표정이 우두망찰해졌다.

"물에다 빠진 것 아니다요? 수초를 치고 앉었든 분 같은디."

"다 찾아봤어요."

낚시는 하나도 못하고 여태껏 지갑만 찾고 다녔단다. 아들놈 같으면 간수 못해 저런다고 들입다 소리라도 내지를 텐데 생판 남한테 그럴 수는 없고 난감했다.

"그 안에 뭣이 들었다요?"

"돈하고 카드요. 밥값이며 경비며 일체 제가 다 갖고 있었거든요."

"클났소이."

"돈도 돈이지만 카드가 문제예요. 한번에 천구백만원까지 쓸 수 있거든요."

"아이고, 클났소."

사내를 데리고 안으로 들어갔다. 사내가 낮잠을 잤던 방은 지금 놈들이 차지하고 있었다. 방안에다 기척을 넣었다.

"지갑을 잃어뻐졌다 안허요?"

놈들이 건성으로, 들어와 찾아보쇼, 하고는 판돈들을 담요 밑으로 집어넣었다. 방안에도 없었다. 사내가 코를 빠뜨리고 나왔다.

"없지라? 어쩐다요? 클났네."

"저, 할머니, 아드님하고 며느님한테 좀 물어봐주시겠어요?"

"시방 메누리 아퍼서 자는디. 우리 아들은 같이 안 있었소?"

"안 왔었는데요."

"그리라? 그럼 으디 갔으까?"

사내를 데리고 아파 누워 있는 년한테로 갔다. 년도 못 봤다는 소리에 사내가 놈이 간 데를 대고 물었다. 년이 마지못한 듯 떠름하게 대답했다.

"아까 읍내 나갔어요."

요번엔 뭐 하러 갔는지를 꼬치꼬치 캐물었다. 어째 비위가 상하려고 한다. 년도 기분이 상한 눈치다. 말투가 심드렁했다.

"몰라요. 하여간 금방 온댔어요."

언제 나갔냐, 뭐 타고 나갔냐, 한 시간이 넘었는데 왜 아직 안 오냐, 읍내에 국민은행이 있느냐, 듣자듣자하니 사내놈 하는 짓이 맞갖잖았다.

"예, 보쇼, 뭣 허는 짓이다요? 긍께 시방 우리 아들이 의심시럽다고거고만이요이?"

저 하는 짓은 아랑곳하지 않고 사내가 버럭 화를 냈다.

"제가 언제 그래요?"

사내놈 성내는 소리가 더 뭐했다. 심사가 왈칵 틀어진다.

"글먼, 뭣 땜시 고러고 묻소?"

하고 고깝게 묻는데 사내가 우물쭈물 대답을 못했다. 순간 감정이 욱해졌다.

"발 달린 짐승새끼가 어딜 간들, 및시에 들온들, 뭔 일로 간들, 당신이 뭔 상관여? 나가쇼, 나가. 나가랑께로."

기어코 사내 등짝을 떠밀어 몰아냈다. 칠칠치 못한 인사 같으니라고. 괜스레 심장이 벌렁거리고 숨이 받쳤다. 년도 못마땅해서 별일이야, 하고 좋알거렸다. 그런데 년이 정말 모르는지 내숭을 떠는지 분간이 안 갔다.

"뭣 허러 갔다냐?"

"그냥요."

어째 년이 몸을 사리는 눈치다. 갑작스레 벌떡증이 일었다.

"그냥 뭣이야?"

그래도 년이 그냥요, 그냥요, 하며 염장을 질렀다. 년 때문에 가슴이 더 쿵쾅거렸다. 년이고 놈이고 징글징글했다. 소리칠 기운도 없이 맥이 빠져버렸다.

"후딱 핸드폰 안 치고 뭐 허냐?"

겨우 소리라고 목을 가르고 나오는 것이 빈 우물에 떨어지는 두레박 소리 같았다.

목이 탔다. 쫓겨난 사내놈은 장경위 패거리들한테 가 있었다. 사내가 무엇이라 제 말을 세우는지 그 좋아하는 화투도 마다하고 놈들이 멍해서들 듣고 앉아 있었다. 아무래도 판이 깨졌다 싶은지 그 틈에서도 판돈들을 주섬주섬 챙겨넣었다. 사내고 놈들이고 해코지 말만 해봐라 하고 잔뜩 벼르고 있는데 불똥이 엉뚱하게도 놈들한테 옮겨붙었다. 같은 방을 사용했다는 덤터기를 씌우는 모양이었다. 어이가 없는지 놈들이 나를 바라보고 허허 웃었다.

"할매, 이 작자 이거 뭐 하자는 짓이야?"

"근게 말이요. 맥없는 사람을 의심하고 근당게요 시방."

사내가 세 불리를 느꼈는지 제 일행들에게 휴대전화를 넣었다. 그리고 제 짐작가는 대로 지껄여댔다. 말이 갈피를 못 잡고 우왕좌왕했다. 장경위 패들도 저희들끼리 말이 분주히 왔다갔다했다. 판도 깨지고 술맛도 달아난 판이라 일어서고 싶은 눈치들이 역력했다. 놈들 새에서도 장경위가 특히 더 짜증스러워했다. 사내 뒤통수를 쏘아보는 눈길이 곱지 않았다. 건네오는 말투도 곱지 않았다.

"할매 아들은 어디 간 거요?"

난감했다.

"읍내에 나갔다고는 허는디……"

일부러 말끝을 흐려버렸다. 장경위가 눈치껏 알아서 해주길 바라는 마음에서였다. 한데 되레 꿍해지는 눈치였다. 혹시 년이라도 나와 있나 싶어 둘러봤으나 코빼기도 안 보였다. 그만 떡심이 딱 풀려버렸다. 별수없이 말이 둘러쳐졌다.

"아까막시 메누리가 겁나게 아팠단 말이요. 암치케도 약 사러 간 모냥인디 여태 안 오요 안."

그래도 장경위의 구겨진 인상이 펴지질 않았다. 뭔 놈의 날이 요리 바람 한점 없을거나. 날도 날도 징상스럽고만.

마침내 놈들이 일어섰다.

"할매, 갈라네. 얼마 나왔소?"

"밥값만 주고 가쇼. 미안들 허구만이라."

박방위가 못내 미련이 남는지 께죽께죽했다.

"아직 초저녁인데 뭐 이래? 우리 마누라 놀래 자빠지는 거 아냐."

"자빠진 김에 눌러주면 되겠구만 뭘 그래. 오랜만에 안부도 여쭙고."

"정 서운하면 비너스로 이차 가자구."

한데 사내가 놈들을 막고 나섰다. 제 일행들이 아마 파출소에 신고를 했을 것이란다. 그러니 잠시만 기다려달란다. 어처구니가 없는지 놈들이 대번에 막말을 뱉어냈다.

"이 작자 정신나간 거 아냐."

"지랄한다고 지갑을 물가에 갖고 나와? 갖고 나왔으면 간수를 똑바로 하든지."

태가 본데없어 그렇지 말이야 공자님 말씀이었다.

"이 작자들 뭣 모르고 혹시 112에 신고 넣은 거 아냐?"

장경위가 조심스레 우려를 나타내자 그에 최가가 대뜸 나서 경찰은 여기도 있수, 하고 장경위를 손가락질해 가리켰다. 아닌 듯이 지나치려던 장경위가 못마땅한지,

"가만히 좀 계시구랴, 그래."

하고 버럭 역정을 냈다. 비번날 귀찮은 소동에 휘말리게 생겼으니 성 가실 만도 했다. 그러더니 제 성질껏 사내를 다그치기 시작했다.

"당신 뭐야, 찾어는 본 거요?"

"예."

"저수지도 다?"

"예."

"물속도 들여다보고?"

"예."

"밤중인데 뭐가 봬?"

순간, 사내가 허를 찔린 듯 당혹스러워했다.

"낚시 랜턴으로 봤는데요."

"낚시 랜턴이라? 낚시, 랜턴."

장경위가 피식 웃었다.

"요만큼 비추는 그 낚시 랜턴?"

요만큼이래야 인심사납게 고작 한 자도 못 되게 팔을 벌려놓고는,

"보름달이라 그만하면 다 뵐라나?"

하고 장경위가 가살을 부리자 사내가 기분이 확 상했는지,

"그런데 왜 반말은 쓰고 그래요?"

아, 씨팔, 재수가 없으려니까, 어쩌고 하는 것을 장경위가 못 들은 척 했다.

"당신 말이야, 우리가 손댔을 것 같어?"

"………"

"그럼 이 집 아들이 그랬을 것 같어?"

사내가 나를 흘끔 바라보았다.

"대답 똑바로 해야 돼. 맥없는 사람 의심하면 당신, 무고죄에 명예 훼손이야. 당신 여기 사람 아니지?"

"예."

"이 집 아들 그런 사람 아녀."

아이고! 관셈보살! 아이고! 관셈보살! 몇번이고 장경위에게 합장을 했다.

"아니던데요. 손짓이 좋지 않았다던데요."

사내가 물가에서 얻어들은 소리를 뭣이라 뭣이라 했다.

"옛날여, 옛날. 군대가기 전에 학생 때."

장경위가 명토박듯 또박또박 끊어 말했다.

"어째 사건으로 접수할까?"

명색이 경찰이라는 사람이 대차게 나가니까 사내는 더이상 말을 잇지 못하고 난처한지 눈만 끔뻑끔뻑했다.

사내 일행들이 들이닥쳤다. 건성 인사를 던지는 자도 있고 아들놈부터 찾는 자도 있고 가지가지였다. 사내가 제 일행들에게 장경위를 소개시켰다. 장경위를 소개받고 일행들이 이구동성으로 잘됐다고 반가이 악수를 나누었다. 장경위 패거리들까지 덩달아 나눴다. 명함을 주고받고 한참을 서로들 씨월거리더니 장경위가 수첩을 꺼내들고 평상에 앉았다.

"그러니까 분명히 잠들기 전까지는 있었다? 잘 때 없어진 것 같다? 일어나보니 이 집 아들 혼자 왔다갔다하고 있었다? 할매 아들 연락되면 빨리 오라고 해요."

하필이면 오늘 읍내는 나갈 게 뭣이란 말인가. 잠을 깨고도 년은 내다보지도 않고 있었다. 년 쪽을 향해 좀 나와보라고 부산나게 소리를 쳤다.

년이 나왔다. 내키지 않는 듯 어정어정 걸어나왔다. 걸음새가 마치 사내아이 똥싼 기저귀를 찬 것 같다. 마땅찮아 절로 눈이 흘겨졌다.

"왜들 그러는데요? 좀 있으면 올 거예요."

제 서방 일일진대 어찌 저리 시큰둥한가 싶어 꼴도 보기 싫었다. 말도 뚝뚝하게 나갔다.

"커피나 사람수대로 내와라. 쪼까."

년이 또 어정어정 걸어갔다. 웃음거리가 될까봐 가슴이 조마조마했다. 년을 얼른 쫓아들어가 다그쳤다.

"걸음이 어째 그려?"

"많이 이상해요?"

년이 울상을 지었다.

"그게 없어서 그래요, 어머니."

맙소사. 생리대가 떨어져서 크리넥스 티슈를 여러 겹 팬티 속에 차고 있다는 것이다. 그런데 종잇장이라 생리대마냥 팬티 속에 찰싹 달라붙는 게 아니라, 왔다리갔다리하는 통에 허벅지를 붙이고 걷다보니 걸음이 그렇다는 것이다. 아이고 작것아. 얼척이 없었다. 냉큼 방으로 데리고 들어가 어릴 적 제 서방 기저귀를 꺼내 길쭉하게 접어줬다. 년이 못 볼 것이라도 본 듯 질겁을 했다.

"깨끔하게 삶아논 것여. 그깟 먼지나는 종잇장에 비헐까."

년 대신 커피를 타들고 나와 죄 돌렸다. 사내도 고개를 까딱하고 한 잔 집어갔다. 고맙다는 시늉이라도 내는 걸 봐하니 생판 앞뒤 모르는 인숭무레기는 아닌 듯싶었다.

갑갑한 놈이 송사한다고 년을 시켜 방 안팎을 샅샅이 뒤지게 했다. 나는 변소간이며 오가는 길목을 손전등을 비추며 낱낱이 더듬었다. 없었다. 저수지 길도 더듬어 내려가보고 싶었다. 장경위가 흔쾌히 승낙을 했다. 패거리놈들 몇이 꺼들꺼들 따라붙었다.

"현금만 오십만원인가 들었다며?"

"그러게 카드야 비밀번호 모르면 아무 소용 없잖아. 분실신고 넣어버리면 그만이고."

도와줄 양이면 조용히나 따라올 것이지 사내놈들이 무슨 입방정을 그리도 떨어대는지 자발맞기 그지없었다. 원조 매운탕집 망구가 내다보고 섰다가 제집 손님들한테 뭐라고 쑥덕거렸다. 보나마나 입초시질일 것이었다.

하늘도 땅도 온통 시꺼먼 길을 더듬어 내려갔다. 길은 길대로 풀숲은 풀숲대로 눕고 섰다. 손전등이 스칠 때마다 소스라쳤다. 발부리에 걸리는 것을 죄다 만져보고 눌러보고 밟아보느라고 걸음이 더뎠다. 저수지에 다다르기까지 허방이었다. 이제 믿는 구석이라고는 사내가 뗏장수초를 치고 앉았던 자리밖에 없었다. 낚시는 뒷전으로 두고 물가에 두엇두엇 모여앉아 있던 나머지 일행들이 얼굴을 알아보고는 엉거주춤 일어섰다.

"없어요. 불 끄세요."

그중 하나가 신경질을 부렸다. 저희들만 낚시를 온 게 아닌 탓에 주변에 미안하기도 했을 터였다.

"저짝이나 한번 가볼란만요."

불빛을 낮추고 사내가 수초를 치고 앉았던 자리로 갔다. 잘라진 수

초더미를 들춰보고 헤집어봤다. 점차로 가슴이 내려앉고 있었다. 사악, 손을 베었다. 비를 보지 못한 수초잎은 억세고 날카로웠다. 손전등을 비추던 손으로 손가락을 감싸쥐고 물속도 들여다보았다. 빛살이 흩어져 어른어른해서 오래 들여다볼래야 볼 수가 없었다. 손전등을 끄고 사내들 옆으로 돌아왔다. 사내들은 지쳐버린 듯했다. 어찌해야 좋을지 팍팍했다.

허탕을 치고 돌아가자니 발걸음이 자연 터덕거렸다. 삽시에 맥이 풀려버린 탓일까. 줄달음치듯 걷는다고 걷는 것이 그랬다. 손전등마저 놈들 편에 들려 보내버리고 불빛 한점 없이 컴컴하게 걷는 길이었다. 자식을 겉 낳지 속 낳는 게 아니라고 했던가. 정말 그런 건가. 하물며 겉조차 낳지 못했을진대. 북새통에 휘말려 있을 때는 몰랐던 불안감이었다. 덴 가슴에 덧이라도 나는 걸까. 가뜩이나 어수선하고 자글거리는 속에 묵은 내 나는 얘기마저 한사코 길동무를 자청하고 나섰다.

그때가 경칩 무렵이었던가, 춘분 무렵이었던가. 년의 아이가 춘분 무렵에 갔으니 아마도 경칩 무렵이었을 것이다. 어느 때부턴가 가게 금고가 살금살금 손을 타기 시작했다. 그날그날의 매상에 따라 많을 때는 삼사만원, 적을 때는 일이만원씩, 하루이틀 간격을 띄기도 하고 연달아 이어지기도 하고, 하여간 영업을 마감하고 매상을 맞추면 돈이 비었다. 처음에야 예전 버릇처럼 놈이 용돈 삼아 몇푼 집어가는 것이려니 하고 대수롭지 않게 여겼으나 액수가 커지고 횟수가 잦아지자 마냥 두고만 볼 일이 아닌 듯싶었다. 그렇다고 일손도 달리는 차에 무작정 금고를 지키고 앉아 있을 수는 없고, 벼르고 벼르다 놈을 불러

앉혔다. 이러고저러고 금고가 손을 타는데 아무래도 네놈 짓 같다, 하고 대뜸 추궁을 하자 안 그래도 성질 급한 놈이 펄쩍펄쩍 뛰고 난리가 났다.

"어떤 씨팔 것이 금고는 손대놓고 나한테 뒤집어씌우는 거여, 시방?"

"식구래야 나허고 너허고 쟈뿐인디, 글면 쟈가 그랬을 거나? 장보고 남은 돈도 고스란히 갖다주던디? 아서라, 이놈아."

그날 저녁 놈과 년이 소리죽인 싸움질을 한바탕 하더니 급기야는 년이 오밤중에 달아나버렸다. 초저녁 잠결에 언뜻, 년이 참 서글피도 우는구나, 그러나 저러다 말겠지 했는데, 그게 아니었던가보다. 다음 날 놈조차 사라져버렸다. 통도 크게 일주일치 매상을 옴팍 들고서였다. 노여움에 앞서 도시 어리둥절할 노릇이었다. 필시 년을 쫓아나갔을 터였으나 그렇게 목돈을 들고 나가기는 처음이었던 것이다.

그렇게 일주일여나 지났을까, 염치도 좋게 훤한 대낮에 놈 혼자 삐죽이 들어섰다. 설핏 보았음에도 실한 잠을 못 잔 듯 눈자위가 움푹 꺼져 있었다. 괘씸한 마음에 가겟방에 우두커니 앉아 있는 걸 나몰라라 했더니 그날로 또다시 일주일치 매상을 들고 사라져버렸다.

그리고 두 주가 속절없이 흘러 춘분 무렵이었다. 무덤에나 누워 있으면 딱 알맞을 송장 꼴을 해가지고 년하고 놈이 함께 돌아왔다. 하필이면 날도 다 저물고 말이 꽃샘추위지 대한 못지않은 추위에 때아닌 눈발이 날리던 날이었다. 어떤 우여곡절 끝인지는 몰라도 그나마 만만한 게 제 집구석이라고 찾아들긴 한 모양인데, 사람종자 인두겁이라고 차마 안으로는 선뜻 들어서지 못하고 문밖에서 반 죽어나는 시늉에 그저 처분만 바라고 서 있었다. 한데 참 모를 것이 사람 속이라더니, 내가 바로 그 꼴이었다. 그리고 요망을 떨고 서 있는 것들이 도무지 밉지가 않은 것이었다. 눈앞에 없을 때야 괘씸하고 분해서 모진 욕설로 입가심을 하고, 다신 내 집에 들이지 않으리라 단단히 작심을 했는데, 막상 얼굴을 대하고 나니 주책없이 눈물이 앞서 번성거리는 것이었다.

"이 작것들, 이 망헐 것들, 여기가 어디라고, 감히 어디라고 기어들어와? 안 나가? 안 나갈쳐? 아이고 내 팔자야, 아이고 내 팔자야."

그날 밤 년의 울음이 퍽퍽퍽 쏟아졌다. 년의 가슴에 감춰뒀던 울음이 한꺼번에 몰아졌다. 하나 그날 밤 년의 울음은 내 나이 이미 이순을 훨씬 넘기고 저승으로 명부 올릴 순번임에도 감당하기 어려운 것이었다.

년이 놈을 만나기 전 함께 살던 남자가 있었다 한다. 지입 트럭에 생선 화물을 싣고 강원도 길을 오가던 남자였는가보았다. 식만 올리지 않았을 뿐, 아이도 낳고 그럭저럭 살았는가본데, 작년에 남자가 그만 홍천 어디께에서 빙판길 교통사고로 즉사를 하고 말았단다. 제대로 격식 갖추고 산 살림이 아니었던 탓에 남자가 죽고 나니 덜렁 빈손이더라는 것이다. 아무리 발버둥을 쳐도 년 혼자 벌이로는 아이를 감당할 수가 없어 할 수 없이 아이를 남자 고향집 아이 할머니 손에 맡겼는가보았다. 한데 하늘도 무심하시지, 어쩌자고 아이 팔자에 그런 몹쓸병까지 얹어주었는지, 꼭 감기인 줄만 알았다지 않은가. 나중에서야 중한 줄 알고 서둘렀을 때는 이미 글러버린 상태였다니 년의 가슴이 오죽했겠는가.

그날 밤새 복받치는 년의 울음을 뉘라서 말리겠는가. 넝마주이처럼 구멍나고 찢어지고 거덜난 가슴을.

"작것아, 아이고 이 작것아, 글먼 말을 허제. 입은 뒀다 흉년에 밥 빌어먹을라냐. 따른 것도 아니고 애가 아퍼서 죽어가는디. 이 에미가 그리 무정해 뵈더냐. 철딱서니가 하나도 없는 것들아, 아이고 짠해서 어쩐다냐. 그 어린것 짠해서 어쩐다냐. 그래, 그것 갖고 병원비는 안 모자르더냐. 아이는 화장을 했고? 그려, 고생했다, 고생했다……"

오늘 년은 건성이었겠지만, 절 구경가는 줄만 알고 좋아라 따라나 섰겠지만, 아무러면 물고기 불을 켜러 이 더운 백중날 절에 올랐을까. 속살로야 년의 죽은 아이를 위한 기도였던 것을. 옛날부터 백중 영가 천도라 하지 않던가.

아직도 놈이 돌아오지 않은 모양이었다. 내 발소리에 인기척을 느끼고 얼른 돌아다보던 장경위가 에이, 할매고만, 하더니 읍내가 천리나 되는갑네, 하고 구시렁거렸다.

"캄캄한데 뭐가 뵙디까?"

"그요. 밤이라 암껏도 안 뵙디다."

년한테 물 한잔을 청해 마셨다. 옆엣집 손님들까지 죄 구경을 나와 웅성거리고 있었다. 신분이 확실한 장경위 패들은 일치감치 혐의선상에서 빠져버리고 만만한 아들놈만 덤터기를 쓰는가 싶자 울화통이 터지려 했다.

"낮에 물고기 불공도 드리고 왔담서 뭔 일이야 있겠소?"

내가 물가에 내려간 새 년을 불러다 낮의 일을 소상하게 물어본 모양이었다. 내 생각에도 손을 탔으면 그때나 탔을 것 같았다. 이래저래 애가 달았다.

넋놓고 앉아 놈 오는 것만 기다리고 있자니 복장이 터져 지레 죽을 노릇이었다. 하마 도착할 때가 됐다 싶은데도 조다지 더디기만 했다.

"야는 어째 안 온다냐?"

"거진 다 왔대요."

그 말에 귀신이 붙었는지 밑에서 부다당 하는 소리가 올라왔다. 몹시 급하고 거칠었다. 성질이 났다는 표시였다. 년이 여전히 어정거리는 걸음으로 쫓아나갔다. 평상에 앉아 있던 사람들도 두릿두릿 일어났다.

"왜 그렇게 늦었어?"

년이 뭔가를 건네받더니 대뜸 성질부터 냈다.

"뭔 일인디 그 난리여 시방?"

놈도 목소리가 울퉁불퉁했다. 장경위에게나 겨우 아는 체를 하는 것이 잔뜩 흥분한 것 같았다.

"별일은 아닌게 요리 앉기부터 해."

장경위가 놈을 끌어다 제 앞에 앉히고 사내도 불러들였다.

"많이 늦었네이?"

"읍내서 파이버 미착용으로 걸렸다는 거 아뇨. 한번만 봐달라고 고렇고 사정사정혀도 기어코 면허증을 꺼내랍디다. 근데 얼른 댕겨올 생각으로 나갔는디 쫑이 있어야제. 그서 딱지떼고 오는 중이요 시방. 아따 의경새깽이 좆나 잘났더만. 언제부터 의경놈이 고러고 싸가지 없이 군다요? 겁나서 어디 살겠습뎌?"

그새 또 읍내서 실랑이를 하고 온 모양이었다. 안 그래도 한사코 파이버를 내치고 다니는 꼴이 언제 한번 된통 당할 날이 있을 것이다 했다. 아이고 잘코사니다, 싶었다.

"자네가 겁나게 운이 없었구만. 할당에 걸린 것여, 할당에. 그런 것

있거든."

장경위가 뭔가 짚이는 속내가 있는지 야지랑스럽게 너스레를 떨었다.

"근데 읍내엔 뭔 일로 갔어?"

"알아서 얻다 쓰게요?"

제 코가 지금 쉰댓 자나 빠진 줄은 모르고 놈이 딴청을 부렸다.

"이 사람이 시방, 장난할 때 아녀. 자네는 시방 용의자여, 알어?"

"아요. 긍께 시방 뭣이 어쨌다고 그난 말이요?"

놈도 휴대전화로 들어 내막은 알고 있었는지,

"당신 말이야, 내가 아니라는 게 증명만 되면 가만 놔두지 않을 테니 각오해."

하고 사내에게 대놓고 적개심을 드러냈다. 순간 사내가 움찔했다. 사내 일행들이 사내를 가만히 불러 그들 뒤편으로 돌려세웠다.

"이 사람아, 그건 나중 일이고."

"참 내, 이걸 말해야 쓰나 어째야 쓰나."

놈이 무시근하게 뜸을 들였다. 그걸 지켜보고 섰자니 다시금 벌떡증이 솟으려 했다.

"얀 눔아, 얼릉 말 못혀."

"참 내, 아이구 참 내."

벙어리 냉가슴 앓는 놈하고 눈길이 마주치자 년이 안으로 뛰어들어가버렸다. 그러자 놈이,

"에이 씨, 우리 와이프 뭣 하나 사러 갔었소. 되았소?"

하고 사내를 와락 밀쳐버렸다. 장경위가 놈을 다시 불러앉히고 년을 불러오라 했다. 년의 행차가 더뎌지자 놈이 사다준 물건도 꼭 갖고 나

와야 한다고 두벌 다짐을 놓았다.

드디어 년이 나왔다. 어정거리지 않고 반듯반듯 걸어나왔다. 놈이 년의 손에서 비닐봉지를 와락 낚아채더니 장경위 면전에 풀썩 내던졌다.

"이 사람이……? 거 성질 좀 못 죽여?"

"아저씨라면 성질 안 나게 생겼어요?"

말은 그리 데퉁맞게 내뱉으면서도 년이 장경위 곁으로 바짝 붙어섰다. 금방이라도 봉지를 낚아채갈 듯이 년의 손이 허둥거렸다. 그런 년이 괘꽝스러운지 장경위가 정신없어 죽겠네, 하고 년을 물리치려 했다. 그래도 년이 꿈쩍달싹도 안하자 장경위가 뭔데 그런데, 하며 봉지 속을 막 들춰본 찰나, 년이 비호같이 달려들어 봉지를 낚아채가버렸다. 그 바람에 장경위가 얼핏 본 속 내용물을 떠벌리는 꼴이 나고 말았다.

"위스퍼? 위스퍼가 뭐지?"

아이고 작것들, 하여간 하는 짓들이라곤. 소곤소곤 말들이 퍼져나갔다. 참을 수 없는 웃음들이 들들들 새어나왔다. 내가,

"여자 거시기지 뭐다요."

하자 죄다들 와그작 웃어버렸다.

그새 년 약국물이 졸아버렸다. 수시로 들여다봤어야 하는데 정신이 하나도 없는 탓이었다. 훗물을 치고 다시 달이기 전에 년을 불러 한대접 따라주었다. 닭국물을 싫어하는 년이라 단박에 인상부터 썼다.

"들이마셔. 약여. 생리통엔 질여."

년이 눈을 깜빡거렸다.

"백숙 끓이는 것 아니었어요?"

"야 봐라, 뭣이 이쁘다고 고놈들 백숙을 끓여야? 밥값 받아낼 일도 걱정이구만."

년이 간신히 한모금을 넘기고는 치를 떨었다. 들척지근한 것이 내 맛도 니 맛도 아닐 터였다.

"싱거워요. 소금 좀 넣어주세요."

"약에다 소금 쳐달라는 년은 시상천지에 너밖에 없을 거다. 그냥 마셔. 눈 딱 감고."

년을 지켜섰다. 년이 마지못한 듯 눈을 꾹 감았다. 하나, 둘, 셋, 하고 꿀떡꿀떡 삼켜넣기 시작했다. 그런데 저러고 오만상을 찌푸려서야 원, 약이 될는지 모르겠다.

—『내일을 여는 작가』 2001년 여름호

해피 버스데이 투 유

국지주의를 택하고 있는 미국은
자국 내에서 출생한 모든 신생아에게
국적(시민권)을 부여하고 있습니다.
아기는 미국 시민이 되어 미국 여권을 가지고
한국으로 돌아오게 되고
이중국적을 가지고 한국에서 자라게 됩니다.
성인이 되면 국적을 선택하게 되고
미국 국적을 선택한다면 미 국민이 되는 것으로
한국에서의 병역의무는 지지 않아도 됩니다.
미국 국적을 가지고도 한국에서 생활할 수 있으며
미국에 들어가서 부모님을 초청한다면
미국 이민의 최우선 순위가 되는 것입니다.

미국 출산에 대한 산모와 아기의 모든 것을 도와드립니다.

미국 캘리포니아 H병원 부설 R산후조리원 웹사이트 광고 문구는 단연 압권이다. 그녀가 고대하는 그 모든 것이 단 몇줄로 간단명료하게 압축되어 있다. 이처럼 감동적이고 선동적인 문구는 그녀 생에 처음이다. 그녀는 매번 가슴이 부풀어오른다. 역동적인 힘을 느낀다. 그리고 그만큼 애가 단다.

그녀는 임신 28주의 임산부이다. 한국에서의 달수 개념대로라면 만 7개월이 꽉찬 셈이다. 여행사 패키지를 이용하지 않을 생각이라면 지금쯤 R산후조리원에 입원 신청을 하고 삼천 달러를 송금했어야 할 시기이다. 그러나 남편은 여전히 요지부동이고 시간은 금쪽같이 흐른다.

미 연방이민국 INS는 올해 4월, 방문이나 관광 등 단기비자를 갖고 미국에 입국하는 외국인의 체류기간을 최소 1개월로 단축시키는 법을 시행키로 했다고 한다. 작년 9·11테러 이후 외국인 입국자에 대한 관리체계를 강화하자는 취지에서 추진된 법안이라는 것이다. 이 규정이 시행에 들어가면 지금까지 방문비자나 관광비자를 소지하고 입국해 최고 6개월간 미국 내에 체류했던 원정 산모들은 앞으로 INS 입국 심사 과정에서 1개월에서 3개월 정도만 체류허가를 받을 수 있다는 게 여행사측의 설명이었다.

주한 미대사관 역시 최근까지 불법체류 의사가 없는 한 임산부들에게도 다른 신청자들과 동일 기준을 적용하여 비자를 발급해줬으나, 앞으로는 심사나 허가 기준이 한층 까다로워질 것이라는 전망이다. 이는 『타임』과 『LA타임스』 등 미국의 주요 언론들과 한국 언론들에서까지 원정출산 문제를 집중 보도함으로써 파생된 문제였다.

이에 대비하여 여행사측에선 체류연장 신청을 위한 영문서류를 미리 준비해 가는 게 좋다는 설명도 덧붙였다. 말하자면, 영문으로 공증된 한국 내 부동산소유권이나 전세계약증명서, 본인이나 남편의 재직증명서, 은행구좌사본, 체류기간이 명시된 1-94원본, 호적등본 등을 영문으로 공증하여 빠짐없이 챙겨가야만 30일을 더 연장 체류할 수 있다는 것이다.

여행사측의 설명대로라면 34주나 36주 만삭의 몸으로 비행기를 타야 한다는 것인데, 체구부터가 단단하지 못한 그녀에게는 조금은 겁나는 일이긴 했다. 불시에 조기파수가 일어난다면 불가피하게 비행기 안에서 출산을 해야 할 게 아닌가. 그때 그 비행기가 날고 있는 하늘이 미국령이 아니면, 그런 불행이 닥친다면, 하느님 맙소사! 그건 상상만으로도 끔찍한 일이다.

자정이 넘은 시간임에도 여의도 한강 둔치 곳곳에서 "대~한민국"을 외쳐대는 붉은 악마들의 함성소리가 요란하다. 선창 구호에 맞춰 북치듯 두들겨대는 따닥따 따따, 다섯 박자 박수소리, 휘슬소리에 사뭇 귀가 따갑다. 드디어는 오토바이 폭주족들까지 가세를 하고, 그들이 달고 온 윤도현 밴드의 "오~ 필승 코리아! 오~ 필승 코리아!"가 부릉부릉 부다다당, 요란한 굉음과 함께 죽어라 강변을 내달린다. 오늘도 한강변이 밤새 들썩일 태세다. 한강으로 나 있는 창문을 꼭꼭 여며 닫으려다 말고 잠깐 망설임 끝에 그녀는 피식 웃으며 다시 활짝 열어젖혀버렸다. 원효대교가 다 들썩거릴 지경인데 이까짓 창문 하나 봉한다고 닫힐 소리가 아니었다.

아무래도 6월 한달은 월드컵 축구로 태교를 해야 할 모양이다. 전시회를 앞둔 남편조차도 강적 이딸리아를 16강에서 물리친 흥분에 취해 이리저리 채널을 돌려가며 재방송까지 만끽하고 있는 마당이다. 남편은 오히려 잘되지 않았냐고 되레 큰소리였다. 아들놈은 아들답게 강건하게 키워야 한다는 것이다. 그래야 훗날 군대를 가도 나약하고 소심한 고문관 노릇을 안한다는 지론이었다. 그러나 천만에, 복중 태아가 아들임을 안 이상 그녀는 남편 뜻을 존중할 생각이 없다.

임신 12주째, 그녀는 남편과 사전 상의 없이 은밀히 태아 성별검사를 했다. 몇주 간격을 두고 양수검사를 통한 염색체 검사와 트리플 마크 검사를 하였는데, 작년에 유학중에 미국에서 출산을 하고 돌아온 언니의 권유에 의해서였다. 그 두번 다 명목은 기형아 검사였다. 산부인과 검사에 대해서 잘 모르는 남편은 여태도 그렇게만 알고 있었다. 물론 언니처럼 미국에서 출산을 하자면 한국에서의 기형아 검사 자료가 미국 병원에 제출해야 할 필수 첨부자료였다. 그러나 속내는 성별 검사를 해서 남자 아기라면 이혼을 불사하고라도 기필코 강행하겠지만, 여자 아기면 굳이 남편의 반대를 무릅쓰면서까지 미국 출산을 강행할 필요는 없지 않은가, 하는 갈등고리에서 검사를 자청했다. 이제 막 첫돌을 맞은 언니 아들 데이빗은 원산지가 미국이라는 이유 하나만으로 자동적으로 미국 시민권을 얻고 한국에서 병역면제혜택까지 받을 수 있다지 않은가. 엄청 부럽고 샘나는 일이 아닐 수 없었다. 그러던 중 언니로부터 뜻밖의 정보를 얻어들었다.

"미국 출산 그거 별로 어려운 거 아냐. 돈만 있음 돼. 요사이 원정 출산 얼마나 많이들 가는데? 왜 누구 며느리도 그거 했다고 말들이 많잖아? 너도 그러면 되지 뭘 그래."

그날 저녁 퇴근한 남편에게 조심스레 언니 얘기를 옮겼을 때 남편이 보인 반응은 대번에 미쳤네,였다.

"할 짓이 없어 미국으로 애 낳으러 가? 고작 미국놈 만들려고?"

"왜 꼭 그렇게만 생각해? 자기도 한국에서 애 키우고 살 일이 암담하다며?"

"그렇다고 그 대안이 애 미국놈 만드는 것이야?"

"조기유학도 보낼 수 있고 좋잖아?"

"유학은 필요할 때 가면 되는 거야."

"그러면 군대는? 나중에 군대는 어떻게 하고? 자기도 군대라면 지긋지긋하다며?"

"그런다고 군대 안 가? 군대 안 보내?"

"안 그럼, 나중에 내 자식만 군대가라고? 흥, 그렇게는 못해. 안해."

"그래, 죄다들 애 갖다 미국놈 만들어버려라. 둘째부턴 아예 미국놈 씨받아 낳든지."

남편의 어깃장 때문에 더더욱 태아성별 검사를 강행했지만 막상 남자 아기로 판명이 나자 그녀는 한동안 망설이며 남편에게 이를 알리지 않았다. 그러다 태동이 느껴지고 더이상 미국행을 미룰 수 없다는 판단이 서자 아주 조심스럽게 알렸다. 남편은 아들이라고 별다르게 좋아하는 기색 없이 그저,

"아들이래?"

하며 한번 웃고,

"이 뱃속에 있는 놈이?"

하며 또 한번 웃고,

"누가 아들놈 아니랄까봐 그동안 그렇게 발길질했냐, 이놈아?"

하며 또 한번 웃더니 느닷없이 그녀 배에다 대고,

"한판 붙자, 빨리 나와라, 이놈아."

권투선수처럼 얍, 얍, 잽을 날리며 소처럼 허어, 웃었다. 그러고는 갑작스레 뭉클, 눈물이 괴는가 싶더니 그녀를 꽉 끌어안으며 격정적으로 입술을 탐했다.

"우리 한번 잘 키워보자."

그런 남편에게 섣불리 미국 출산 얘길 꺼낼 수가 없었다. 할 수 없이 그녀는 남편이 잠들기를 기다려 친정어머니에게 도움을 청했다. 친정어머니는 다짜고짜 사위에 대한 역정부터 냈다.

"내, 홍서방 그러고 다닐 때부터 알아봤다. 그렇게 제 고집만 피우려거든 이혼하라고 해. 애 앞날을 생각해야지. 나중에 제 애만 처지면 그땐 어쩌려구? 팥 심은 데 팥 나고 콩 심은 데 콩 난다는 말도 못 들어봤다냐? 나중에 팥이 콩이 되고 콩이 팥이 될 성부른가보지? 아나, 지금이 어떤 세상이라고. 그러니까 이것아, 에미가 말릴 때 말 들었어야지. 그 고집쓰고 결혼하더니 잘했다, 그래!"

"엄만! 누가 그런 말 듣자고 전화했나?"

"그래도 서방이라고 듣기는 싫냐? 그래, 왜 전화했어?"

"나, 홍서방 몰래라도 나갈 생각이거든. 그러니까 말인데, 엄마가 돈 좀 대줘."

"어이고? 니가 무슨 죄지러 나가냐? 몰래 나가게? 하여간 알았어."

"고마워. 나중에 갚아줄게."

"아이고, 어느 세월에? 무슨 재주로? 홍서방이 그림 그려서?"

"응."

"아이고, 잘도, 잘도 그러겠다. 그림이라고 그려는 것을 보면 맨날 사람 낯바닥이나 그려놨지 돈 될 것은 하나도 없더만. 그것도 해반들한 사람은 하나 없고, 어디서 못살고 꾀죄죄한 사람들만 골라다가 원. 농사꾼이 절 밥 먹여준다던, 노점상이 절 밥 먹여준다던? 그럴 시간 있음 제 장인 장모 초상화나 하나 그려주지, 무슨 심본지 그건 또 마다하더만."

"그 사람이 엄마한테 그러는 거 미안하긴 하지만, 엄마, 그건 그 사람의 그림세계야. 외롭고 불쌍한 사람한테 더 마음이 쏠린다는 걸 난들 어떡해? 같이 안 살려면 몰라도 나도 그것만큼은 어쩔 수 없어. 내가 모르고 결혼한 것도 아니고."

"아이고, 나는 모르겠다. 니 인생 니가 살지 내가 사냐만…… 계좌 번호 불러라."

어머니에게서 그녀는 R산후조리원에 입원 신청할 돈과 비행기 티켓 값만 우선 입금받아 비자 신청을 해놓았다.

눈을 감고 누워도 한강 둔치에서 들려오는 함성소리, 경적소리, 다섯 박자 소리에 귀는 열려 길거리와 함께 누운 기분이다. 6·10항쟁 이후 처음으로 자발적으로 오백만 응원 인파가 운집했다더니 정말 놀라운 '소동'이 아닐 수 없다. 전세계 언론이 놀라 극찬할 만도 하다는 생각이 든다. 이쯤이면 우리도 충분히 선진질서 의식을 지닌 선진시민이 아닐까 싶은데, 남편은 아웃싸이더처럼 재방송을 보는 내내 야만의 맹목적 국가주의라고 여전히 빈정댈 뿐이다.

"흥, 그러면 뭐 해? 지방자치선거 때 투표도 안한 자식들이? 저런 게 무슨 애국심이고 민족주의야? 두고 보라지, 이번 대통령선거 때 또 동서남북으로 갈가리 찢겨지나 안 찢겨지나?"

"자기는 왜 그렇게 비딱해? 얼마나 보기 좋아? 온 국민이 하나로 뭉친 게?"

"누가 그걸 나무라나? 하는 짓들이 그렇잖아. 선거는 내팽개쳐두고 매스컴이 열광하니까 너도나도 휩쓸려다니기만 하고. 생각 있는 것들이 저러겠어?"

"하여간 초치는 데는 뭐 있어. 그냥 축제는 축제로만 봐주면 안돼? 왜 매사가 이데올로기야?"

"뭐라고? 이데올로기? 하긴 텔레비전 화면이 온통 빨갛기는 하네."

"그만 해. 우리 애기 듣겠다. 무슨 아빠가 그러냐고 발로 막 차잖아."

"들으라고 놔둬. 태교가 별건가? 태냇적부터 생각 있는 태아라야 사람노릇 하고 살지."

"난 우리 애기는 이 땅에서 안 살게 할 거야. 살기 좋은 미국 같은 데서 살게 할 거야. 알았지, 아가야? 엄마가 다 해줄게."

"그놈의 미국. 정말 미국을 모르는 거야 뭐야? 배울 만큼 배운 사람이 어찌 그 모양이야? 그 바보 같은 모짜르트 음악만 듣지 말고 9·11 테러가 왜 일어났는지 생각도 좀 해봐, 원."

"뭐 별거야? 미국의 일방주의를 말하고 싶은 거겠지. 그런들 뭐? 그럴수록 우리 애기는 미국 시민권 얻어 잘살게 해주면 되지."

"요새 그놈의 미국에 완전히 미쳤구나. 분명히 말하는데 난, 미국 가서 애 낳을 생각, 전혀 없다!"

남편은 선전포고라도 하듯 일방적으로 선언하고는 담배를 갖고 베란다로 획 나가버렸다. 그렇든 말든 그녀의 계획은 남편만 모르는 새 비밀리에 착착 진행될 것이다. 미국에서 애를 낳아 왔다고 자신의 애가 아니라고 부정하지는 못할 것 아닌가.

1개월짜리 관광비자를 받고 그녀가 미국 LA공항에 도착하자 사전 예약대로 R산후조리원측에서 픽업을 나왔다. 36주, 만 9개월 만삭의 몸으로 동행 없이 혼자 출국을 해야 했던 터라 비행 내내 가슴 졸였던 조기파수는 다행히 일어나지 않았다. 다만 출국하는 날까지 남편에게 알리지 않은 사실이 인천공항에서부터 그녀를 울적하게 했다.

월드컵 기간중에 발생한 미군의 여중생 치사사건으로 말미암아 미국에 대한 남편의 시각은 최악으로 치닫고 아주 편향적이 되어버렸다. 잠자리에서 한 우스갯소리였지만 남편은 전세계가 평화로워지기 위해서는 미국을 해체시켜버려야 한다는 말도 서슴지 않았다. 미국에 대한 남편의 증오가 어찌나 맹렬한지, 지나간 남편 생의 어느날에 미국으로 인한 상처가 있었는가 의심스러울 정도였다. 어느날 밤인가는 후배위 체위의 조심스런 정사 끝에 그녀는 남편 팔을 베고 누워 문득 생각난 듯 물어보았다.

"자기 왜 그렇게 미국을 미워해?"

"미국놈들이 우리 역사에 한 짓을 몰라서 물어?"

"아니 나는, 개인적으로 뭐 원한맺힌 거라도 있나 싶어서."

"그런 거야 없지 뭐."

"부모님도?"

"부모님도."

"조상 대대로도?"

"무슨 질문이 그래?"

"그럼 원수진 일도 없겠는데 왜 그래?"

"개인적인 원한도 원수진 일도 없는데 왜 그러느냐……? 글쎄, 아주 오래된 기억인데, 그런 개인적인 체험, 나만의 것일까? 내가 최초로 미국을 인식하는 단초가 된 소년기의 체험이었는데……"

외국인이라고는 어쩌다 선교사 외에는 볼 일이 없었던 도시에서 성장한 나는 미국으로 대표되는 외국인에게는 막연한 호감밖엔 악의라곤 전혀 없는 소년이었다. 그러던 어느날, 지금은 기억조차 희미하고 흐릿한데, 우연히 텔레비전에서 전쟁영화 한 편을 보게 되었다. 하도 기억이 오래돼놔서 그 텔레비전 프로가 주말의 명화였는지, 토요명화였는지, 혹은 다큐멘터리 프로였는지조차 혼란스러운데, 하여간 미국에서 만든 영화였다. 기억이 오래되다보니 그 영화 내용은 다 잊어버렸고, 영화 전체가 다 컬러였는지 아니면 흑백이었는지도 떠오르지 않는데, 딱 그 장면만큼은 절대 잊혀지지 않고 그날이 그날 같게, 아주 생생하게 떠오르곤 했다. 아마도 어린 소년의 머릿속에 매우 엄청난 충격으로 박혀버린 모양이었다. 유독 그 장면만큼은 흑백이었던 기억이 난다. 흡사 다큐멘터리처럼 생생한 현장감을 살린, 정말 몸서리쳐지게 실감나는 장면이었다. 현장 사진을 잇대어 합성한 것 같은 느낌은 아니었고, 미국이 비행기로 평양인지 어딘지, 하여간 북한 어딘가를 폭격하는 장면이었으니 1950년도나 혹은 1951년도일 텐데, 그 당시에도 비디오카메라가 있었나? 하여간 누군가 비디오카메라로 공중촬영을 한 게 아닌가 싶을 정도로 생생한 장면이었다. 나뭇가지 하나 없이 눈 덮인 허허벌판에 흰옷을 입은 아주 조그맣고 보잘것없는 사람들이 보따리 보따리 이고 지고, 애기 둘러업고 개미처럼 꾸물거리며 줄줄이 피난을 가는데, 난데없이 미국 공군 비행기가 나타나 기관단총인지 폭탄인지를 쏟아부어 피난민들이 현장에서 줄줄이 고꾸라지고 폭사를 당하는 잔혹한 장면이었다. 잇따른 화면에 성공했다고 자축하는 미군인들…… 어린 나는 울고 있었다. 수많은 사람들이 불시에 죽는 장면이 섬뜩해서가 아닌, 미국이 뭣인데, '우리나라 북한 사람'을 저리도 잔혹하게 죽이는가. 한겨울에 흰옷밖에 못 입은 불쌍한 내 나라 사람들을 미국이 뭣인데, 죽이는가? 그게 미국에 대한 나의 최초의 인식이었다.

두번째는 한국전쟁에 관한 기록문을 읽을 때였다. 이때도 나는 절절이 울었는데 앞선 기억처럼 매우 가슴이 아파서였다. 전쟁이 발발하기 전 지리산 노고단에 미국인 선교사의 별장이 있었다고 한다. 그런데 별장에 올라갈 때면 미국인 선교사는 꼭 우리나라 사람이 지는 지게에 올라타 앉아 갔다고 한다. 상상을 해보라, 한번, 이 얼마나 가슴 저리는 장면인지. 왜소하기 짝이 없는 조선사람이 덩치가 산만한 미국인을 지게에 올려 태우고 허덕허덕 걸어갔을 그 길, 그 장면을. 때문에 내 기억 속의 미국은 항상 오만하고 그것은 지금도 마찬가지이다.

남편이 얘기를 마쳤을 때 그녀는 남편의 심정을 어루만져주고 싶지도, 그렇다고 거스르고 싶지도 않았다. 남편의 말이 다 이해가 되고 헤아려지기는 했으나 남편처럼 그다지 가슴이 아리거나 절절하지는 않은 까닭이었다. 연신 쏟아지는 하품으로 정사 끝의 나른함을 추스르며 그녀는 건성으로 지극히 가볍게 몇마디 대꾸했을 뿐이다.

"그건 자기 관념 속의 미국일 뿐이야."

"그게 한낱 관념일 뿐이라…… 그럴까? 홋, 후훗."

기분 나쁘게 남편은 웃음을 토막내어 끌끌 혀를 차듯 웃었다.

"그렇지 뭐야. 것도 지나간 과거 속의 일부분에 불과한."

"아프간을 폭격하는 걸 보면 절대 과거일 수가 없지. 언제나 현재일 뿐이지."

말끝에 남편은 하여간 미국놈들 하는 짓이란, 하며 거의 적의에 가까운 불쾌감을 노골적으로 드러내었다. 최근 미군들이 이태원에서 남편의 화실이 있는 홍대 앞까지 진출해 늦은 귀갓길에 심심찮게 우리나라 사람들과 마찰을 빚는다는 것은 남편에게 들어 그녀도 알고 있었다.

"왜, 또 무슨 일 있었어?"

"그 새끼들, 우리나라 사람 알기를 뭘로 아는 줄 알아? 걔들 말로 옮기면 헬로 멍키라고, 헬로 멍키."

"그거야 뭐, 이미 아는 일인데 새삼스럽게 흥분할 게 뭐 있어?"

"뭐야? 니 남편이 죽다 살아났어도 그럴래?"

"왜, 자기하고 문제 생긴 거야?"

"어제 화실에서 한잔 하고 나오는데 미군새끼 둘이 술 처먹고 운전하면서 멀쩡하게 주차되어 있는 차를 받아놓고 그냥 도망치려잖아. 요새 그 새끼들 넘버 없는 차 몰고 나와 홍대 앞에서 술 처먹는 거 유행이야. 그래서 헤이 하고, 차를 막아 세웠더니 새끼들이 무조건 앞으로 돌진해오는 거야. 재빨리 피했기에 망정이지 치여 죽는 줄 알았다니까. 어떻게 성질이 나던지 패죽여버리고 싶더라구. 그런데 넘버를 알아야 신고를 하지."

"그러게 내 차도 아닌데 남 일에 왜 상관을 해? 그냥 놔두지."

"뭐야? 당신, 학교선생 맞아? 애들한테도 그렇게 가르치냐? 나 원."

꼴도 보기 싫다는 듯 남편은 팔을 빼어 휙 하고 뒤돌아 누워버렸다. 그리고 그녀에게인지 미군에게인지 알 수 없는 말을 으르렁거렸다.

"다음에 다시 한번만 그래봐라. 내 가만 안 둘 테니."

그녀는 그런 남편이 어렵고 조심스러워 비자를 받고도 내색하지 못했다. 그녀가 출국하기까지 비자 신청에 필요한 모든 서류는 몸이 무거운 그녀를 대신해 언니가 갖춰주었고, 국내 재정증명 및 이만 달러에 가까운 출산비용은 친정어머니가 기꺼이 감당해주었다. 그녀가 한 일이라곤 남편 재직증명서가 아닌 출산휴직중인 학교에 가서 그녀 휴직증명서 한통을 떼어다준 것밖에 없었다.

미국으로 원정출산을 갈 예정이라는 말에 여교사 휴게실에 모인 동료들은 와, 탄성을 내지르며 내놓고 부러워했다. 이영선 선생처럼 부자 부모 못 둔 우리는 원정출산계라도 하나 부어야지 안되겠다는 시샘어린 말도 서슴지 않았다. 후배 교사들은 좀더 적극적으로 호기심을 표시하며 방법이며 비용을 물어보기도 했다. 들뜬 기분에 그녀는 기꺼이 그들에게 충분한 도움이 될 만한 정보와 노하우를 제공했다. 그들은 흥분하고 감탄했으며, 소요되는 비용이 한화로 이천오백만원 정도라는 말에 잠시 풀이 죽었으나 곧 다시 서로에게 격려와 분발을 촉구하며 깔깔댔다.

"아이의 평생을 좌우하는 일인데 그만한 돈쯤은 각오해야지 뭐, 안 그래?"

"맞아. 부모로서 아이에게 해줄 수 있는 최대의 출생선물 아니겠어?"

"맞아 맞아. 미국 시민권만 있어봐라, 어디 가서 무슨 짓을 못하겠어? 아니할 말로 미국사람인데 감히 누가 건드려? 왜 우리 전에 라이언 일병 구하기라는 영화 봤잖아? 얼마나 대단해? 우리나라 같으면 그깟 일등병 하나 구하자고 그러고 나서겠어? 미국이나 되니까 그러지. 하여간 대단한 나라야."

"우리끼리니까 하는 얘긴데, 요새 부시 대통령 하는 말 들어보면 딱 전쟁 날 분위기잖아. 미국만 맘먹으면 그날로 전쟁 아냐? 그렇지? 전쟁이야 미국 맘이잖아. 그럼 이라크 다음에 북한 아니겠어? 그럴 때 그것 하나만 있음, 그렇지, 바로 미국으로 도망가버리는 거지."

"정말! 그렇게도 쓰겠네!"

"그러니까 이선생님이 먼저 가셔서 터 잘 잡아놓고 오세요. 저희도 그 연줄 좀 이용하게요. 아는 사람 좋다는 게 뭐겠어요?"

그녀는 그들에 휩싸여 교무실 밖까지 배웅을 받으며 우쭐했으나 남편의 배웅 없이 떠나온 길은 울적하고 서글프고 고단했다.

LA공항으로 픽업을 나온 R산후조리원 쥬리 조는 수다스러우리만큼 친절하고 다정하게 굴었다. 그녀는 비행 피로와 훌쩍 큰 땅과 훌쩍 큰 덩치의 사람들에 대한 낯섦과 두려움으로 쥬리 조가 베푸는 친절에 황감해하며 감사했다. 간간이 영어가 섞인 유창한 한국말을 구사하는 쥬리 조는, 피부색이나 체형은 어쩔 수 없는 한국인이나 허풍스럽게 동작 큰 제스처만큼은 영락없는 미국인이었다. 이달에도 한국에서 오는 원정출산부만 벌써 여섯 명째 맞는다는 쥬리 조는 한국에서의 그녀의 직업이 교사라는 것과 남편의 직업이 화가라는 것, 그리고 친정아버지가 변호사라는 것까지 이미 다 파악해 알고 있었다. 그걸 어떻게 다 알고 있느냐는 그녀의 질문에 쥬리 조는 우리 고객에 관한 사항인데요, 하고 싱긋 웃어넘겼다. 눈을 찡긋거리며 쥬리 조는 고객 개인정보는 철저히 보호되고 지켜지니까 걱정하지 말라는 말도 자신감있게 덧붙였다.

"여기 오시는 분들 다 한국에선 대단하신 분들 아닌가요?"

쥬리 조의 느닷없는 말에 그녀는 긍정도 부정도 않고 슬며시 웃기만 했다. 쥬리 조가 그녀를 '여기 오시는 그 대단한 사람들' 가운데 하나로 심중에 두고 써비스하는 중이라면 결코 그녀에게 그녀 가족의 직업 따위를 아는 체하지는 않았을 것이란 생각이 들어서였다. 이름난 고관 계급이나 재벌가의 패밀리였더라도, 아니면 남편이 화가가 아닌 권력기관의 사람이었더라도 쥬리 조가 이렇게 무례하게 굴었을까에 생각이 미치자 그녀는 모욕감마저 일었다.

"연애결혼하셨나봐요?"

한국에서 변호사라 하면 그래도 메이저리그 계급인데 변호사의 딸이 무명 화가와 결혼을 하고 그 화가를 뒷바라지하기 위해 교사직업까지 갖고 있으니 필시 연애결혼했을 것이 아니냐는, 쥬리 조는 오랜 비행으로 지쳐 있을 고객에 대한 립 써비스 차원에서 무심히 묻는 말인지는 몰라도 그녀에겐 다분히 조롱으로 들릴 만한 물음이었다. 아니면 너 역시도 네 아버지의 계급에 맞는 혼처를 찾았을 테고, 그렇담 남편 직업이 판검사 정도는 되지 않았겠느냐, 그것이 한국 상류사회 결혼풍속이 아니냐는.

그녀는 기분이 그다지 유쾌하지는 않았으나 그렇다고 드러내놓고 안색을 바꿀 수는 없었다. 어쨌든 쥬리 조는 미국사람이고 이곳에 머무는 두어 달 동안 쥬리 조의 도움이 필요했다. 그녀는 풀썩 웃어줬을 뿐 가타부타 대답을 하지 않았다. R산후조리원에 편안히 머물기 위해서나 쥬리 조의 천박한 호기심을 덜 자극하기 위해서라도 말을 아끼는 편이 낫겠다,라는 판단이 들어서였다.

쥬리 조에게 잠시 눈 좀 붙여도 되겠느냐는 양해를 구하고 그녀는 시트에 깊숙이 몸을 부리고 앉아 눈을 감았다. 지금쯤 장모 호출을 받고 처가에 불려가 장모로부터 일방적인 통보조의 자초지종 얘기를 듣고 격노해 있을 남편 생각을 하니 가슴이 철렁 내려앉았다. 자신이 가진 단 하나의 '자산'인 그림이 처가에선 철저히 무시당하는 남편은 처가와 번번이 불화하며 처가를 부정하고 거부했다. 딸이 가진 아이가, 사위의 자식이라기보다는 당신 딸의 자식이자 당신의 귀한 외손주라는 집착에 빠져 있을 장모는 그런 사위를 어쩌면 윽박지르고 있을지도 몰랐다. R산후조리원에 닿을 때까지 그녀는 남편 생각에 좀처럼 기분이 나아지질 않았다.

붉은 꽃무더기 화단에 푸른 잔디가 깔리고 뒤편으로 야자수나무 두 그루가 시원스레 우뚝 서 있는 R산후조리원은 한눈에 보기에도 매우 쾌적하고 평화로워 보였다. 만삭의 산모들이 전문 산후조리사와 함께 산책을 하거나 벤치에 나란히 앉아 도란도란 정담을 나누는 모습이 그렇듯 한가롭고 정다워 보일 수 없었다. H병원이나 R산후조리원 쪽 사람들이 모두 재미교포라는 사실에도 그녀는 새삼 마음이 놓였다. 이제까지의 걱정과 불안이 순식간에 사라지고 절로 미소가 지어졌다.

쥬리 조의 도착 전화연락을 받고 현관에 마중나와 있던 여사무장의 수다스런 안내에 의해 그녀는 아로마 향취가 느껴지는 한 사무실로 인도되었다. 상냥하고 품격있으나 지극히 형식적인 인사가 오가고 그녀는 산후조리원측의 자기자랑 일변도인 장황한 설명을 경청했다.

"저희는 이십사시간 온라인 의료상담과 산후 몸매 및 체중관리 클래스, 모유클래스, 젖몸살관리, 산후 피임법과 부부생활, 산후 우울증 예방상담, 출산병원 픽업 써비스 등 체계적이고 전문적인 프로그램을 통해 산모의 평생 건강을 지켜드리며, 출생증명서 및 시민권, 여권 대행 써비스를 별도의 비용으로 해드립니다……"

지루한 설명이 계속되는 동안 그녀는 따스한 재스민차를 여러번 나
누어 마시며 겨우 긴장을 풀었다. 이제부터 이곳 생활에 혼자 적응해
야 한다는 지나친 긴장감으로 그녀가 찻잔을 두 손으로 감싸쥐고 천
천히, 아주 천천히 여러번에 걸쳐 나누어 마시는 것을 보고 사무장이
원스 모어? 했다. 그녀는 무의식중에 손을 내저으며 오, 노! 했다가
불쑥 커피 생각이 나,

"커피가 있으면……"

하고 사무장을 계면쩍게 바라보았다. 사무장은 흔쾌히 예스, 하고 나
가 원두커피를 가져다주더니,

"규칙은 아니지만 하루 석 잔까지만예요."

하며 눈을 찡긋했다. 상대를 아주 편하게 해주는 마술 같은 웃음이
었다.

"뭐 궁금하시거나 알고 싶거나 물어보고 싶은 말씀 없으세요?"

한국에서 이미 대략 파악하고 온 터라 그녀는 고작 이곳 시설물 이
용 방법이나 궁금할 뿐이어서 경쾌한 미소를 지으며 고개를 저었다.

"아, 미국이 처음이 아니신가보군요?"

"그렇다기보다, 언니들이 유학중에 이곳 굿사마리탄 병원에서 출
산을 했어요. 그래서 과정을 좀 알고 있어요."

"아! 예에, 여기 오시는 분들 대부분이 그렇게 가족들 소개나 연줄
로 오시더군요. 그렇다면 뭐, 시설 안내만 받으시고 입원하시면 되겠
네요. 여기 입원규칙동의서에 싸인이나 한 장 해주시고 이제부터 내
집이다 생각하시고 편안하게 계시다 건강한 아이 출산해서 행복하게
귀국하세요."

"감사합니다."

"참 출산 직전에 남편분께서 오시기로 하셨나요?"

"아니오."

해놓고 보니 처량맞아 뵐 것 같아 그녀는 얼른 남편이 오지 못하는 거짓이유를 댔다.

"개인전이 있거든요."

"아, 예에, 개인전…… 하긴 출산만큼이나 전시회도 중요하니까요. 뭐 그러시더라도 아무런 걱정 하지 마세요. 우리가 친정어머니처럼 보살펴드릴 테니까요."

"예, 잘 부탁드리겠습니다."

그녀는 입원규칙동의서에 싸인을 하고 사무장을 따라 복도를 걸어다니며 산후조리원 클래스 곳곳을 안내받고 시설물 이용방법을 설명들었다. 그리고 그날 밤 누적된 피로에도 불구하고 그녀는 밤새 자다깨다 가위눌리고 접질린 잠을 잤다. 지금쯤이면 어머니로부터 모든 사실을 얘기 들어 알고 있을 터이지만 남편에게선 잘 도착했느냐는 의례적인 안부전화도 전자메일도 없었다. 그녀는 몇번이나 남편에게 전화를 걸려다 그만두고 전자메일에 접속해선 안타까이 한숨이나 짓다 부스스 물러났다.

안부전화조차 없는 남편을 갈수록 원망하며 만삭의 몸에 되레 그녀는 몸무게가 줄었다. 혹독한 절대고독 속의 날들이 그녀에게 주어지는 탓이었으나 영문을 모르는 H병원에선 무슨 이상이라도 있는가 싶어 검사를 주장했다. 그녀는 출국 전까지 한국에서 진찰받은 유명 산부인과의 소변검사와 혈액검사, 초음파 검사, 양수검사, 기형아 검사 결과들과 전문의 소견서를 이미 제출했고, 그녀가 여위어가는 이유를 알고 있는 까닭에 당연히, 그리고 조심스레 검사를 사양했다. 산모들의 동향을 예의 주시하며 민감하게 반응하는 R산후조리원은 그녀 입맛이 그곳의 음식과 뭔가 부적응해 그렇다는 과장되고 현학적인 해석을 내놓으며 걱정스레 들여다보았다. 내 병은 내가 아는데 죽을병은 아니라는 우스갯소리로 그들을 안심시키려 했으나 활짝 웃지 못하고 쓸쓸하게 흘쩍 웃다 이내 거두고 마는 그녀 웃음을 그들은 도무지 못 미더워했다. 그녀가 공연스레 조금 우울할 뿐이라고, 근심이 있음을 인정해서야 그들은 우리 병원에 산전 산후 우울증 예방 상담 클래스가 있는데 무슨 걱정이냐며 즉각적인 조처로 상담을 의뢰시켰다.

그녀는 의사인지, 간호사인지, 심리상담사인지 모르는 전문가에 수시로 차대접을 구실로 호출받거나 데이트 신청을 받고 나란히 잔디 위를 걷거나 해바라기를 하며 남편을 잊어버리려 갖은 애를 썼다. 그래도 남편은 하루종일 그녀를 따라붙고 그녀 얼굴은 R산후조리원 푸른 잔디밭 정원의 붉은 꽃무더기처럼 활짝 피어지질 않았다. 출산 전에 현지에서 영어공부를 하고자 작심했던 시간들과 심심풀이 삼아 넣어왔던 몇권의 가벼운 책들이 부질없이 속수무책으로 내던져졌다.

한국에서 온 산모들은 하루에 딱 한번, 산모와 신생아를 위한 프로그램 시간에나 마주쳐 가벼이 눈인사를 나눌 뿐 구태여 서로 가까워지려 하지는 않았다. 서로들 간신히 이름자나 외우며 눈인사 뒤 또박또박한 경어로 고작, 출산이 이제 얼마 남았나요?나 물어보고 답하며 경계했다. 하루 세번에 걸친 정식 식사와 역시 사이사이 세번에 걸친 간식조차도 각자의 방에서 제각각 들었다. 머나먼 이국의 땅에서 하등의 경계해야 할 필요가 없는 대상들이 서로를 경계하며 신분이 노출되는 걸 극도로 사렸다. 다만 자고 나면 R산후조리원에 감사하는 화려한 꽃바구니가 배달되어 있어 누가 출산을 했고 누구의 남편이 다녀갔다는 정도만 어렵사리 짐작했다. 아내를 먼저 보낸 남편들은 출산예정일에 맞춰 출산휴가를 얻어 하루나 이틀 정도 앞당겨 들어와 출산을 함께 치르고 일주일 정도 아내와 아기 곁에 머물다 아쉬워하며 돌아갔다.

출산을 일주일 앞두고도 여태 남편에게서 전화 한통 받지 못한 그녀는 미국방송도 한국 라디오방송도 보고 듣는 것을 거부한 채 하루에 한번 꼴로 걸려오는 친정어머니와의 국제전화에만 매달렸다. 어머니는 남편이 미국까지 달려들어가진 않더라도 하루에 한번쯤은 전화해서 챙기는 걸로 알고 있었다. 그녀는 차마 아니라고 말할 수 없어서 안간힘으로 버티다 통화가 끝난 뒤 창 너머로 먼 풍광을 바라보며 울었다. 아무렴, 미국을 미워하는 마음이 아내를 사랑하는 마음보다 더 강할까. 야속한 마음에 원망하고 노여워하다가도 뱃속에서 태동을 느끼면 아가야, 엄마가 우니까 너도 슬프지? 지금은 아빠가 뭘 몰라서 그러지만 나중에는 다 알게 될 거야, 누구에게인지도 모를 위로를 남발했다.

R산후조리원에서도 뭔가를 눈치챈 것 같았다. 다른 산모들의 남편들이 R산후조리원에 수시로 국제전화를 걸어 아내의 건강을 챙기고 염려하는 자상함을 보여주는 탓이었다. 드러내놓고 표현하지는 않았지만 그와는 정반대로 전화 한번 없는 그녀의 남편을 그들은 이상하게 여기는 눈치였다. 그렇지만 그녀는 그들에게 남편이 미국에 대한 감정이 좋지 않다는 것을 고백할 순 없었다. 그로 말미암아 혹시라도 아기에게 불이익이 닥칠까봐 우려되어서였다.

그들에게 더이상 우울함을 내색하지 않으려고 그녀는 출산을 나흘 앞두고 쥬리 조에게 쇼핑쎈터에 픽업해줄 것을 요청했다. 전문 산후조리사며 뒤늦게 전갈을 받은 간호사가 질겁을 하며 쇼핑은 무리라고 극구 만류했으나 그녀는 즐거운 마음으로 출산을 하고 싶다는 감정적 호소를 앞세워 단 두 시간짜리 외출을 허락받았다.

쥬리 조는 쇼핑쎈터 픽업은 비용에 없는 일이라며 실비를 요구했다. 그녀는 기꺼이 지불하고 쥬리 조가 안내하는 거리로 쇼핑에 나섰다.

베이비 게스, 베이비 폴로 매장마다 들러 아기 옷과 용품들을 수벌씩 사고, 출산 뒤 그녀가 입을 청바지와 남편 몫의 폴로 셔츠와 바지를 산 뒤, 약속된 두 시간이 임박했음을 깨닫고 허겁지겁 화장품매장에 들러 시간 안에 들어오려는데 갑자기 아래에서 뭔가 쏟아지려 했다. 그녀는 무리해서 서둘러 걸은 탓으로만 생각하고 만삭의 산모 대신 쇼핑가방을 들고 고생한 쥬리 조에게 제법 값나가는 기초화장품 쎄트 하나를 턱 안겼다. 쥬리 조의 입이 딱 벌어지며 오! 하는 탄성과 땡큐! 땡큐! 하는 찬사가 연거푸 쏟아졌다.

그러다 말려니 했던 배가 얼마만한 시간 간격을 두고 지속적으로 아팠다. 돌아오는 차 속에서 그녀는 배를 부여잡고 수시로 신음을 터뜨렸다.

"아, 배야, 아…… 아……"

마침내 쥬리 조가 차를 세우고 그녀의 몸을 찬찬히 살피더니 당혹스레 소리쳤다.

"양수가 터졌어!"

쥬리 조는 R산후조리원에 연락하고 뒷좌석에 그녀를 반듯이 누이더니 비상등을 켜곤 황급히 악쎌을 밟아 분만예정 병원으로 내달렸다.

조기파수가 일어났지만 분만 진행상태와 산모의 자궁과 골반 상태로 보아 자연분만은 힘들 것 같다는 분만담당 의사의 소견이 내려왔다. 불가피하게 제왕절개를 해야 할 것 같다는 소견이 잇달아 떨어졌다. H병원 산부인과 의사가 전갈을 받고 분만실로 찾아와 R산후조리원에 전화를 걸어 제왕절개 수술을 위한 보호자의 긴급한 동의가 필요하다는 사실을 알렸다. 조금 뒤 친정어머니에게서 R산후조리원으로 보호자인 남편과 연락이 안되는데 어쩌면 좋겠느냐고, 달리 방법이 없겠느냐는 전화가 왔음을 쥬리 조가 알려주었다. 자궁이 벌어지지 않아도 배는 틀어지게 아파서 그녀는 고통스러웠다. 그녀는 고통으로 일그러지면서 분만 간호사에게 물었다.

"이러다 아기가 잘못되면 어떡해요?"

"그런 일은 없을 테니 걱정 말고 아프면 참지 말고 소리질러요."

쥬리 조도 걱정이 되는지 밖에서 연신 남편의 휴대전화로 국제전화를 넣었다. 그러기를 한시간여, 더는 기다릴 수 없는지 친정어머니와 통화를 마친 H병원 산부인과 의사가 책임을 지고 수술동의서에 서명하고 그녀는 급박하게 수술실로 실려들어갔다. 원, 투, 미처 쓰리를 세기도 전에 그녀는 의식이 뚝 떨어지며 마취당해버렸다. 마취제가 주사되는 순간 양 귀밑으로 눈물이 흘러내리던 기억이 의식의 끝이었다.

아기는 역시 아들이었다. 남편과 함께 만든 아기를 남편 없이 혼자 낳아 병실에 축 처져 누워 있으려니 하염없이 눈물만 났다. 축하해주고 좋아해주는 가족 하나 곁에 없다는 게 이처럼 서럽고 쓸쓸한 것인지, H병원 산부인과 의사와 소아과 담당의사, 그리고 출산교육팀장 간호사와 분만담당 간호사가 드나드는 시간을 피해 그녀는 출산 전보다 더욱 침울해졌다. 아기가 태어나고 그렇게도 바라던 미국 시민권이 아기에게 탄생축하 선물로 주어질 것임에도 정작 남편의 축하를 받지 못하는 그녀는 쓸쓸하기만 했다. 뭔가를 상실당해버린 것 같은 공허하고 절박한 허기였다. 그나마 어머니의 전화가 위안이 되었으나,

"망할 인간 같으니라고…… 내가 건너가랴?"

하는 노기 찬 어머니의 말은 서러움만 더할 뿐이었다.

"여기서 알아서 다 잘해주니까 걱정 안해도 돼. 엄마, 그 사람한테 무슨 일 없는지 한번 들여다나 봐줘. 아직도 연락이 안되는 거야?"

"그 인사한테 일은 무슨 일이 있겠냐? 속이라고 원, 밴댕이 속만도 못해가지고 원. 아무리 미워도 그렇지, 제 새끼가 태어난 마당인데 연락이 안된다는 게, 그게 어디 말이 되냐? 쓸데없는 인사 걱정 같은 건 놔두고 네 몸이나 온전히 추슬러 올 생각 혀."

"예정일보다 빨리 낳아서 그렇지 그 사람이 그럴 사람은 아냐, 엄마. 그러지 말고 한번 들여다봐줘."

그녀는 사뭇 간청했다.

"아이고, 그것도 남편이라고 역성드냐? 알았어. 몸조리나 잘해."

쥬리 조가 저녁 무렵에 꽃다발을 안고 찾아왔다.

"축하해요! 아기 봤어요?"

"네."

그녀가 수줍게 웃자 쥬리 조도 생긋 따라 웃었다.

"자, 그럼, 하루라도 서둘러 아기 출생증명서랑 미국 여권이랑 쏘셜 씨큐리티 넘버랑 신청해야지요."

출산 후 처음으로 정신이 확 들어 그녀는 활짝 웃었다.

"네."

"여기 법에는 출생 후 90일이 지나야 출생증명서를 받을 수 있지만

외국으로 일찍 출국하는 분들을 위해 익스프레스로 러쉬 버스 써티피케이츠 오더를 시행하니까 여권 비자까지 약 삼주면 가능할 거구요. 출생증명서 발급받는 데 카운티 출생기록국 방문 2회, 쏘셜 씨큐리티 넘버 취득하는 데 연방정부 쏘셜 씨큐리티 행정국 방문 1회, 아기 여권사진 촬영, 아기 미국 여권 취득 및 인터뷰 위해 연방이민국 산하 지역 여권국 방문 2회, 아기 비자 발급을 위해 대한민국 영사관 방문 2회 해서 도합 천 달러가 듭니다. 아, 물론 익스프레스로 처리하자면 오십 달러씩이 추가되구요. 어떻게 할까요? 제가 대행해드릴까요?"

"수고스럽겠지만 그렇게 좀 해주시겠어요?"

"수고스러울 것까지야. 당연히 써비스해드려야지요."

"그럼 미국 시민권은 언제 나오나요?"

"아직 모르셨어요? 출생증명서가 시민권 증서지 따로 받는 건 없어요. 아기 여권을 내면 그것 또한 시민권 증서가 되겠구요."

쥬리 조는 어이없다는 듯 피식 웃더니 도우미 써비스 계약서에 싸인을 받고 비용을 챙겨 굿 나잇, 하고 문을 나섰다. 아 참! 하고 다시 들어와,

"내일 아침에 전화할 테니까 애기 미국 이름 지어놔요."

하곤 다시 나갔다. 그녀는 실감이 날 듯 날 듯하면서도 도무지 실감이 나지 않고 어리벙벙하기만 했다.

깊은 밤, 한국이라면 정오 무렵일 시간에 느닷없이 어머니에게서 자냐, 하며 전화가 걸려왔다. 그녀는 잠에 취해 비몽사몽간에 전화를 받다가 어머니의 난데없는 말에 화들짝 놀라 깨어났다.

"아니, 그 사람이 왜? 뭣 때문에 미군들하고 싸워?"

"내가 아냐? 무슨 기운에 그 덩치 큰 놈을 두들겨팼는지 몰라, 참 나."

"그러니까 그 사람이 두들겨팼단 말이야?"

"저도 얻어맞고 미국놈도 두들겨패고 한 모양이여."

순간 그녀는 남편이 기어코 일을 저질렀구나 싶으면서도 왜 그랬는지를 물어보지 않을 수 없었다.

"글쎄, 그 인사 말이 택시 타고 가는데 미국놈이 뒤에서 받아놓고 뺑소닐 치더라는 거야. 그래서 택시기사하고 죽어라고 쫓아가 붙잡긴 한 모양인데 발뺌을 하니까 택시기사가 분을 못 참고 에라이, 하고 미국놈을 한대 쳤대야. 그러니까 한대 맞은 미국놈이 영어로 뭐라뭐라 욕을 하면서 택시기사를 마구 때리더라는 거야. 그 인사가 보다 못해 그 미국놈에게 덤벼들자 그때까지 구경하던 미국놈 또하나가 마찬가지로 덤비더라는 거지. 그런데 그 미국놈들이 워낙 술에 취해 이쪽한테 당한 모양이여. 말 들어보니까 미국놈들을 음주운전에다 뺑소니로 넘기려고 간밤 내내 경찰서에서 지키고 있었던 모양여. 미국에서 지 와이프가 애 낳는 줄은 모르고 원. 그런데 미군 헌병들이 와서 그 미국놈들을 빼내가버린 모양여. 그랬다고 챙피한 줄을 모르고 경찰서에서 야단야단을 내다 택시기사하고 오전 내내 술 처먹고 이제 막 기어들어와 잠든 걸 방금 보고 왔다. 이제 애 애비 된 인사가 어찌 그리 철딱서니가 없는지 원."

"그래, 많이 다친 것 같진 않아?"

"그거야 모르지. 술 먹은 정신에 어디가 아픈 줄을 알겠냐, 부러진 줄을 알겠냐? 술 깨어봐야 알지."

"엄마, 미안하지만 이따 다시 한번만 가봐줘, 응?"

"그러자, 그래. 그것도 남편이라고. 여기는 걱정 말고 하여간 마무리 단단히 잘해서 올 생각 해라."

어머니와의 전화통화를 끊고 나자 그녀의 상심은 더욱 깊어졌다.
돌아갈 길이 아득하게만 느껴져 그녀는 창밖만 멍청하게 내다보았다.
—『전쟁은 신을 생각하게 한다』 화남 2003

눈길

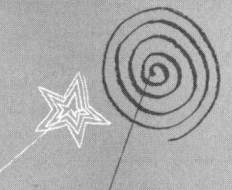

그새 또 지랄맞게 눈발이 날린다. 철 만난 한추위 원풀이라도 하듯, 달도 없는 섣달 그믐밤부터 진탕만탕 퍼부어댄다. 자우룩한 눈안개에 덮여 운장폭포 아랫길이 흔적조차 없다. 밤낮으로 익혀온 길눈이 아니라면 길을 틔울 수조차 없을 것 같다. 그믐치에는 없던 바람마저 살아 산등성이로 밭 언저리로 눈발을 휘몰고 다니고, 과녁빼기 운장사 풍경들은 소리를 놓아버렸다. 아무래도 살짝이 지나가고 말 눈이 아니었다. 운장산성길 돌담 한군데를 호되게 다스려놓든 참나무골 버섯막사를 그예 반병신을 만들어놓든 한바탕 북새질을 쳐놓을 심보다. 별나게 볕이 좋던 두어 날 새 골안개에 먹진 구름이 동무해 걸릴 때, 암만해도 재 넘어오는 바람이 수상쩍다 여겼어야 했다.

　'사람 인심 한번 좆같네. 조카새끼가 암만, 지가 가서 한번 둘러볼랑만요 했다손 한 놈은 내다봐야 쓸 것 아녀?'

명색이 설 푼수에 놀이삼아 치우는 눈도 아니고 안 그래도 뒤숭숭한 속에 부아가 치밀어 사내는 싸리비를 홀떡 내던져버렸다. 종손이면 큰영감이나 장형인 태수형이 종손이지 종갓집 고구마 줄기라고 줄줄이 종손은 아닐진대, 아들병풍 치고 제 모실 것도 아니고 굴러다니는 아들 중에서 하나는 인사삼아, 작은집 태섭이가 시방 참나무골에서 눈 터니라고 욕보고 있응게 얼른 빗자루 하나 들고 나가봐라이, 하고 내몰아야 어른 도리가 아닌가 싶어서였다.

미친년이 상추 뜯듯 해놓았든 어쨌든 사내는 만여 본이나 되는 큰영감네 버섯막사 스무 동을 털어놓긴 했다. 부라퀴 같은 영감이 매조지 하나는 워낙 단단하게 해둔 덕으로 두어 날은 더 퍼부어도 영감네 버섯들이 눈더미에 몰사할 일은 없을 것 같았다. 문제는 큰영감 밑에서 품팔이 댓달 만에 종산 한옆을 도지 얻어 이천 본 가량 접종해놓은 사내네 버섯들인데, 흥부네 자식들 불쌍타 할 것 없었다. 그집 자식들 이불 하나로 삼동 나는 거나 이집 자식들 뜯어진 비닐 한 장으로 모진 눈발 배겨내는 거나 입성 사납기는 매한가지였다.

그렇잖아도 경상도 어디까지 닿는 길이 하필이면 종산을 관통해서 뚫린다는 통에 맨속 시끄러운 날뿐인데 어쩌자고 눈발은 저리 휘몰아치는지, 해토머리 따신 바람 한줌이 이리 귀할 줄 예전에는 몰랐다. 사내는 종잡을 수 없는 날만큼이나 하늘이 원망스러웠다.

보아하니 금세 시들해질 눈은 아닐 성부르고, 어젯밤처럼 쌕쌕 휘몰아치면 밤중에라도 손전등 밝혀들고 다시 한번 둘러보고 가더라도 사내는 일단 산을 내려가기로 했다.

하도 날이 지랄같은지라 시간이 얼마나 흘렀는지 감조차 잡히질 않고 햇솜을 넣어놓은 것마냥 눈안개만 자욱하니 딴세상에 갇혀버린 것 같았다.

골 안에 저 멀리 동진강으로 흘러드는 수만댐 상류를 안고 있어 평소에도 참나뭇골은 골안개가 잦았다. 그러나 오늘처럼 길을 감춰버리지는 않았다. 이쪽 길이 보리밭둑길이지 하고 가늠잡아 걸으면 그보다 더 안쪽에서 불쑥 보리싹이 넘실거리고, 참나뭇골과 수만골 갈림길이 요쯤일 텐데 하고 보면, 밭둑 두어 장은 장히 어긋나 있었다.

갈림길에서 사내는 잠시 망설였다. 눈발에 가려 보이진 않아도 야트막한 솔숲 하나만 질러가면 큰집이었다. 한데 요즘 들어 큰영감이 시큰둥하니 사내를 대하는 태도가 어쩨 떨떠름했다. 갑작스레 종산이 두 동강이가 난다고 깃발이 꽂히면서부터였다. 덩달아 사내도 떠름할 수밖에 없는 것이 큰영감 배려가 아니면 알랑꼴랑한 버섯농사나마나 그나마도 작파를 해야 할 처지에 놓였기 때문이다. 그러자니 큰영감 기침소리가 사내의 일진이 되고 큰영감 눈치에 맞춰 손발을 놀려야 했다.

사내는 일단 큰집이 있는 솔숲으로 발길을 놓았다. 영감 행태가 그렇다고 그냥 지나치자니 설인사치고 안됐다 싶고 빈속에 한속도 들고 생판 남도 아니고 어쨌거나 조카새낀데, 덕담으로라도 무슨 언질이 있을지 누가 아는가.

시방 저 소리가 떡국을 맛나게 먹으라고 허는 소리다냐, 숟가락 놓고 물러서라고 허는 소리다냐.

"국물까정 홀홀 떠묵어감서 묵어야."

하고 말부조를 넣은 것을 보면 조카새끼 고생했다고 생각하는 말 같기는 한데, 사내는 입맛이 싹 달아나버렸다.

"그렇께 느그 엄니가 찾어와갖고 허는 말이, 니가 맘잡고 살게끔만 해도라는 것여. 그서 내가, 갸가 애깃적버텀 배깥으로다만 떠돌았는디, 농새를 질 중 알겠소, 뒤엄냄시를 맡을 중 알겠소. 아니헐 말로 갸 잘허는 짓거리도 흙 묻히고 사는 것허고는 생판 다른 일인디, 내가 갸 헌티 심 보태줄 일이 뭣이 있겠소 했제. 그렇께 느그 엄니가 문중산이서 시숙님 표고 키우는 일 조까 허게 해도라. 갸도 새끼까정 됬는디 언제까정 달 밟고 다니겄냠서."

"아따! 언젯적 얘기다요."

사내는 못마땅해서 중도에 큰영감 말을 잘라버렸다. 듣자듣자하니 덕담은 고사하고 거지 쪽박 깨는 소리 다름아니어서 낯꽃이 먼저 알고 붉으락푸르락해졌다.

"고렇게 낯 붉힐 일이 아닌디 무단시 성은 내고 그런다. 그렇게 내 말은 문중산이 결딴나뻤지게 생겼응게, 너도 살 채비를 허라 그 말여. 보상비 조까 나오는 것 갖고는 조상님들 묏자리를 봐야 헐 텡게 말여."

그러니까 큰영감 딴에는 생각고 당신 속엣말을 잘깃잘깃 풀어낸 모양인데, 사내 귀에는 어째 간사위로밖에는 들리지 않았다. 이 갈가위 같은 영감이 뉘라서 보상비를 먹잘 것 없이 죄다 뫼 쓰는 일에 풀겠는가. 미련퉁이가 아니고서야 아무러면 여태 그만한 눈치를 못 챘을까. 당신 살 궁리 찾아 황영감네 묵정밭을 봐두었다는 것이 천년만년 감춰질 성부른가. 그럴 양이면 그 땅에다 노지재배를 할 거라고 당신 입으로 냠냠거리지나 말 일이다.

사내는 얼었던 몸이 풀리면서 감당 못하게 들러붙던 졸음이 단박에 가셔버렸다. 하여 사내는 큰영감이,

"입맛이 깔깔허다냐 어쩌다냐. 고거 한술을 다 못 뜨고 냉기게."

하면서 건네준 농익은 죽순주도 마다하고,

"글먼, 제 뫼시고 난 퇴주를 줄까이?"

하고 골방에서 내온 더덕주도 마다하고,

"품팔러 다님서 마시던 쐬주나 한잔 허고 말라요."

해서, 나는 요 집안에서 암것도 아닌게 요러고 마실라요 하는 게정부림으로 상밑에다 놓고, 한잔 쳐주겠다는 큰영감 손도 물리친 채 자작으로 따라 마시다 일어섰다.

"벌써 갈라고야? 즘심이나 묵고 느 성들 새에 껴 놀다 가제."

"집에서 기다릴 텡게 가볼랑만요."

영감이 붙잡거나 말거나 갈 채비를 차린 사내는 두말 않고 문턱을 넘어섰다. 잠깐 새에 눈발이 더 우꾼해진 것을 모르고 무심코 뒤따라 나오다 영감이 진저리를 쳤다. 사내 또한 고개 하나 길이라고는 하지만 날이 보드라울 때 얘기라 순간 아뜩했다.

"쪼깨 지달렸다 시든 참에 갔으면 쓰겄고만."

그예 사내가 뚝뚝하게,

"눈이야 어채피 내리는 눈이고."

하자 영감도,

"승질도 참말로 개떡 같네이."

했다. 여편네 샛서방을 보내는 길도 말려야 할 참에 조카새끼나 되는 놈이 고집을 쓰니 마뜩찮은가보았다.

"누가 왔을랑가도 모르겠고……"

얼결에 뱉어놓고 사내는 아차! 싶었다. 다행히도 영감은 무슨 말인가 하는 눈치였다.

"누가 와야?"

"………"

"요런 눈속에야?"

"………"

"창시가 빠졌는갑다."

사내는 어물쩍 웃었다. 그러나 창시가 빠졌건 어쨌건 예정대로라면 지금쯤 삐죽새가 소양읍에 도착할 시간이었다. 설 전에 출감인사를 오겠다던 놈이 미제 드라이버, 핸드드릴, 소형 커터, 만능키 따위를 마저 구입해 들어온다고 잡은 날이 하필이면 이 눈속이었다.

─성님, 나 나왔소.

하는 놈의 안부전화가 어찌 그리 반가웠을까. 설움 많은 며느리 친정 하늘 쪽만 쳐다봐도 눈물겹더라고 사내가 꼭 그 꼴이었다.

해서 모처럼 만난 감방 동기에게 제 신세를 하소연한다는 것이, 종산이 이러저러해서 내 신세가 각다분하게 됐다 하고 말았으면 될 일을 그만 느자구없이,

─손에 쥔 게 없응게 힘도 팽겨뻔지고, 주눅도 들어뻔지고, 말발도 서들 않고, 깜방에서 시방까지 고생헌 게 넘 존 일만 시케뻔지고, 나는 물먹는갑다.

하고 주절거렸던 것이다.

하여 삐죽새 깜냥에, 이제 막 출감해서 잔전푼 하나 없는 제 신세나 손셋고 나대봤자 개밥에 도토리 꼴인 사내 신세나 별반 다를 것이 없어 보였는지, 사내가 들어 귀가 솔깃한 제안 하나를 하고 나섰다.

─그러게 돈 떨어진 자리가 그대로 초상난 자리고 돈이 많으면 귀신도 사귄다고 안 그럽디까? 내가 말이요, 안에서 새 기술을 하나 전

수받어 나왔는데…… 금고요. 아, 그럼, 믿을 만하지. 어떻소? 단칼 성님 머리하고 내 기술하고 합치면 큰 거 하나 건질 것 같은데.

순간 사내는 깔깔하던 입맛이 돌았다. 머릿속에서 물레방아가 돌고 낮꽃이 피는가 하면 곱고 고운 여인을 품은 듯 샅이 서고 어이없이 풍 맞은 손처럼 덜덜 떨리기까지 했다.

사내는 이틀 말미를 달라고 했다.

삐죽새는 단순—무식—과격이란 말을 잊어버렸냐고 깔깔거렸다. 생각이 많으면 이 세계는 종친 거요,라고도 했다.

삐죽새 말대로 생각이 많아서였을까. 이틀을 꼬박 사내는 꿈에 덜 미가 잡혀 허덕였다. 아무리 내 뜻로 꾸어지지 않는 게 꿈이라고는 하 나, 뜬금없이 송광이발소 정양이 형사로 둔갑해 기겁을 하게 하질 않 나, 이미 육탈삼매경에 든 가친이 느닷없이 흰 두루마기를 입고 나타 나 물끄러미 내려다보질 않나, 꾸는 꿈마다 방정맞게 죽살이를 치는 지라 사내는 가뜩이나 없는 웃음에 말수까지 잃고 시름잠을 앓는데, 삐죽새란 놈은 약조된 날이라고 이틀 뒤 다시 빠끔하게 전화를 걸어 왔다. 놈은 되묻고 말고도 없었다. 예전에 사내가 그랬듯이 단칼에 잘 랐다.

―연장 준비 들어갔소. 넉넉 잡아 열흘 정도 걸릴 테니 성님은 장소 를 물색해두쇼.

사내는 다음날로 전당포로 금은방으로 빌딩사무실로 현장답사를 다녔다. 별안간에 잦아진 사내의 바깥 나들이를 두고 노친네가 꾀꾀 로 엿보는 눈치였지만 사내는 애써 무시했다. 그러나 그믐을 앞두고 달빛마저 핼쑥해진 길을 걷자면 그날의 노친네 울음소리가 턱턱 가슴 을 쳤다.

"인잔 느그 자석을 생각해야 써. 너 별 보고 나와 요러고 존 날에 요런 말을 헐랑게 나도 마음이 들 좋긴 허다만, 그려도 쪼깐 들어봐라이. 쩌 욱에 운장사에서 작년버텀 유치원맨키로 어린이집을 했시야. 할매가 넘의 일 댕긴께로 어떨 적엔 갱아지맨키로 쫄랑쫄랑 따라댕기기도 했제만, 넘에 일 감서 애기가 따라댕기면 다덜 들 좋다 헝께 항시 데리가든 못했제. 글먼 쟈 혼자서 집도 보다 잠도 자다 험서 노는디…… 늙으먼 맬갑시 눈이 찔걱거려싼당께…… 일 갔다 오먼 할매 치매꼬릴 붙잡고설랑은 할매, 할매 함시롱 놔주덜 안혀. 근디 일 가갖고 항시 옳게 올 수는 없고, 날이 저물어갖고 끝날 적도 허다헌께로, 하루는 어두컴컴헌 디서 뭣이 한길까정 나와 섰다가 할매 허고 달라붙는디, 시상이나! 지딴에 암만 지달려도 지달려도 할매가 안 온께로 즈그 어매맨키로 지 띠놓구 달아난 중 알었든개벼. 무단시 울어쌓고 그런다, 인자 니가 있는디 뭔 걱정이라고 그래쌓냐? 그래갖고 쟈를 그 운장사 어린이집에 보내덜 안했겄냐이. 근디 거그서 종우때기에다 아부지넌 뭣을 허고 어머니넌 뭣을 허는가 적어 보내라는디, 오매 환장허겄는 거! 뭣이라고 끄적거려줄 것이냐이, 그 종우가 쟈 낯바닥인디. 아배는 감옥 갔고, 그새를 못 참고 어매는 도망질을 쳐뿐졌다고 써줄 것이냐, 어짤 것이냐. 인자넌 학교할라 들어가는디 어째야 쓸랑가 모르겄다."

하나 사내는 그 소리도 애써 무시했다. 개장수도 올가미가 있어야 개장수 노릇을 하고 살 것이 아닌가.

드디어 사흘째 되던 날, 사내는 숙직원도 없고 경비도 없는 신용금고 하나를 발견했다. 아래층은 철창과 쇠문으로 철저히 방비가 되어 있지만 이층은 철창이 없어, 연장가방을 둘러메고 옆건물을 통해 이층 창문을 따고 들어가서 일층과 이층 사이의 철문만 통과하면 될 것 같았다. 사내는 낮에 나가 잔전을 바꾸고 통장 하나를 개설하면서 내부구조를 세밀히 살펴보았다. 맨 안쪽에 대형금고 두 개가 나란히 서 있었다. 시장통이라 마감시간을 넘겨서도 입금이 되는지라, 금고에 쌓아둔 돈은 다음날 개점시간에야 은행으로 옮겨가는 듯했다. 사내는 그날로 삐죽새에게 연락을 취했다.

영문을 모르는 큰영감은 아직도 어떤 창시빼기 빠진 놈 운운하고 있었다. 점심이나 먹고 갈 줄 알았다가 사내가 급작스레 일어서는 바람에 놀란 큰집붙이들이 허겁지겁 방문을 열어젖혔다.

"누가 온다고 저런답뎌?"

"들어보면 모르냐? 허는 소리제."

"안 그런감만……?"

그러든 말든 사내는 모자를 툭툭 털어 쓰고 마루를 내려섰다. 한데, 개새끼조차 사람을 만만히 보는지 제집 식구들 하고많은 신발들은 저만치 아껴두고 하필이면 사내의 축축한 장화를 깔고 앉았는지라 사내는 심사가 뒤틀려,

"망할 놈의 개새끼, 요리 안 내놓랴냐?"

하고 대뜸 소리부터 내질렀다. 그예 큰영감이 민망했던지,

"요샌 야도 시먹었는지 말을 안 들어야. 살살 달개야 써."

하는 것을,

"짐승새끼도 늙으면 그런갑소이."

하고 귀거칠게 맞장을 쳐주고 영감이 뺏어준 장화를 꿰신고 나왔다.

202

고샅을 벗어난 사내는 눈안개에 둘러싸여 꼬리가 잘린 신작로를 놔두고 산길로 접어들었다. 상수리나무를 붙잡고 폭포 옆으로 살살 질러가면 될 길을 발품 팔면서 구불탕구불탕 놓인 신작로로 돌아내려가고 싶지 않았다. 아침나절에 올라올 땐 나무등걸을 한짐 양껏 지고 오르는 양 기운을 뽑아놓더니 내려가는 길 또한 만만찮게 가파르고 뒤가 사려졌다.

오를 적엔 깔꾸막이요 내릴 적엔 비탈길이라. 좆같은 내 인생 똑 그 짝이 났구나. 지랄허고 아리랑, 엠병헌다 아리라앙…… 하다보니 사내는, 내가 언제는 편편한 길 딛고 살았더냐 싶고 통이 대통만해지는 게 세상일이 별것도 아닌 것 같아졌다. 자빠지고 또 자빠지면 내 살인께 궁뎅이야 아프겠제만 물정없이 자빠지랴, 한정없이 아프랴.

앞도 뒤도 없이 끄무레한 눈바람 속이라 대관절 얼마나 내려왔는지도 모르겠고, 헐떡거리기나 할까 숨조차 제대로 쉬어지질 않는데, 몇 잔이나 마셨다고 취기는 또 그렇게 올라채는지 몰랐다. 맞바람에 쫓긴 눈송이들이 한사코 얼굴로만 달라붙는 통에 사내는 눈을 제대로 뜰 수가 없었다. 정작 날리는 눈송이들은 종잇장보다 가벼운데 바람이 매웠다. 술기운마저 삭아드는지 다시 한속이 들었다. 찬바람에 무방비로 노출된 살갗들이 얼음 박인 살성처럼 빨갰다. 겨우내 안티프라민을 바르고 다독거려놓은 살성들이 아릿거리는 게 결국 트고 말려나보았다.

덜그럭거리는 장화조차 눈길을 걷기에는 무겁고 거추장스러워 도나캐나 쭝절거리던 타령도 집어치워버렸다. 이따금 낮도깨비마냥 적막을 깨뜨리던 꿩들조차 아랫길로 가뭇없이 날아가버리고 발목까지 움푹움푹 패는 사내의 장홧발 소리만 둔탁하게 울렸다. 사내는 갈수록 힘이 팽기고 고단했다. 말동무 없이 혼자 걷는 길은 가슴에다 묻어버린 사람을 불러내고 물색없이 맥없는 사람을 보고 싶게도 해, 사내는 울적해졌다.

여자는 못 올 것이었다. 저 눈속에 여기가 어디라고 여자 몸에 언감생심 길을 나설 것인가.

그날 해월양반을 거기서 만난 것부터가 탈이었다.

설을 이틀 앞두고 표고수매장에 다녀오는 길이었다. 명절을 쇠려면 언제 해도 이발은 해야 할 터, 따로 시간을 빼고 말 것 없이 나온 김에 들러가자 싶어 사내는 이발소로 들어갔다. 설대목인지라 그날따라 송광이발소는 무척 붐볐다.

미장원이야 남사스러워 발 넣기가 그렇다 해도 이발소는 소양반점 옆에 하나가 더 있었다. 시설도 송광보다 낫고 마흔댓 된 부부 둘이서 하나는 깎고 하나는 면도를 하는데, 인상들도 후덕하고 속도 무던해 보이는 집이었다. 하나 아주 나이든 축이나 드나들까, 눈 달린 사내들은 죄다 송광 패찰을 달았다. 이발비를 살짝 깎아주는 것도 아니고, 소양이발관처럼 기다리면서 심심하니까 요거 한잔씩 마시고 조금만 기다리세요, 하고 커피를 내놓는 것도 아니었다. 사내들이란 집밖으로 나서면 고자 아닌 이상 딱 한 부류였다. 소양이발관에는 없는 면도사 아가씨가 송광이발소에는 있었던 것이다.

한데 그 면도사 아가씨가 보통 맹랑한 것이 아니었다. 성씨나 일러줄까, 이름이 뭐요? 해도 몰라요, 글먼 나이가 있어 뵈는디 몇살이나 자셨디야? 해도 몰라요, 글먼 겔혼은 했디야? 해도 몰라요, 글먼 여그가 객지랑가 고향이랑가? 해도 숫제 몰라요,였으니, 사내 몸 만지고 사는 년이 영판 싸가지가 없다고 단박에 사내들 입초시에 올랐다.

사내야 큰영감 대리로 표고조합 회의에 갈 때나 들러 갈 뿐으로, 그것도 기껏해야 부스스한 머리털이나 후닥닥 손질하고 갈 뿐이었다. 여자에게 먼저 말을 붙이는 법도, 이발 후 여자 손에 머리 감는 일을 맡기는 법도 없었다. 그저 데면데면하지 않을 정도의 눈인사나 상긋이 건네는 것이 고작이었다.

하나 여자는, 가진 것도 없고 내세울 것도 없고 그렇다고 건달들처럼 똥배짱도 없는 사내의 자라난 습성이 본시 그런 것을, 사내가 쇠양배양하지 않아 보여서 눈길을 주었던가보았다. 표고조합 사람들이 이따금 흘리고 가는 말도 사내에 대한 정보로 새겨들으며 눈길을 키워나간 모양이었다.

어느 한갓진 날, 여자가 머리만 깎고 바람처럼 일어서는 사내를 붙잡아 앉혔다.

"손님도 없고 하니 노는 손에 면도 한번 해드릴게요."

"저를요? 왜요?"

말해놓고 쑥스럽기는 여자나 사내나 마찬가지여서, 여자는 의자 앞에 가서 무턱대고 섰고, 사내는 우물쭈물,

"이런 디서 한번도 안해봤는디……"

하다가 주인남자가,

"써비스해줄랑감만 가서 앉으쇼."

하는 바람에 얼떨결에 앉기는 했으나 주인남자가,

"우리 정양이 웬일이디야."

하고 한켠 놀리는 소리에 사내는 그만 자리가 옹색해져, 물수건도 싫고 대충대충 밀어만 주면 일어서고 싶은데 여자는,

"그렇게 움직이시면 베어요."

하면서 꼼짝을 못하게 하고, 보다 못한 주인남자가,

"이따가 우리 정양헌테 커피라도 한잔 사주면 되지라."

해서야 사내는,

"그러지라."

하고 온정신을 되찾았다. 그 다음부터 가끔 오다가다 이발소에서 종이커피나 한잔씩 나눠 마셨을 뿐, 별달리 속깊은 얘기가 오간 적은 없었다.

그런데 해월양반이 그날따라 무슨 주책을 부리려 했는지 별안간에,

"정양은 슬에 집에 안 가남?"

하는 것이었다. 여자도 그날따라 무슨 생각에선지, 몹시 지쳐 보이기는 했으나 평소와는 다르게 가벼이 속내를 드러냈다.

"갈 데가 없어요. 태섭씨네나 갈까요?"

뜬금없는 소리에 어리둥절하기도 하고 민망스럽기도 해 사내가 어쩔 줄을 몰라하자, 해월양반이 냉큼 받아,

"항, 그리혀뿔소. 요즈막새야 여자가 슬에 넘의 집 찾아가는 것이 어디 숭이간디?"

하고 항, 항, 주책을 떨어댔다. 사내는 그저 해월양반이나 여자나 명절 앞두고 하는 말치레겠거니 했던 것이다.

개울 건너 오성마을부터 시작되는 운장산성길은 발밑을 내려다보기가 겁날 정도로 급회전길이었다. 평소에도 야트막한 가드레일에 의지해 구불구불 돌아 올라가야 할 정도로 사나웠다. 가랑비만 뿌리려해도 온통 뿌옇게 안개가 서리는 탓에 인근 마을 사람들이 아니면 섣

불리 들어서기를 꺼려했다. 때문에 큰눈이 내리면 오성리분서에서 바리케이드를 치고 차량들의 출입을 통제하곤 했는데, 입춘이던 그믐밤에 내린 눈이 바람만 재워두고 왔을 뿐 근자에 드문 폭설이었다. 해서 마을사람들은 몰라도 외지인의 출입은 막을 것이 뻔했다.

용케 출입을 허가받았다 해도 운장사 밑까지 오르막길로 이십여리에다, 운장폭포에서부터 내리막길로만 십여리 길을 제 발로 걸어들어오지 않는 한, 삐죽새도 수만골로 들어서기란 당분간 글러먹은 셈이었다.

하물며 여자 몸에야.

다복솔밭을 지나 사내는 잔돌평전으로 나왔다. 마른풀들이 자리보전하고 누운 산죽더미만 벗어나면 너덜경과 된비탈이 끝나고 거기서부터가 잔자룩한 구릉지이자 수만골 초입이었다. 소나무 졸참나무 상수리나무 따위가 우거져, 예전엔 산판일과 숯막이 쎄고쎘던지라 산판골이나 숯막골로 불렸다.

그러나 사내 기억에 본디 수만골 자리는 지금보다 더 깊은 안골, 그러니까 진묵대사 설화 속에나 나오는 태조암 근처로 산판일이나 숯굽는 일보다는 문종이 만드는 일들을 했었다.

봄이면 골안 가득 닥나무꽃이 지천으로 피어나던 것을 어찌 잊으랴. 사내의 유년이 게서 딱 멈춰버린 것을……

동상댐 물막이공사가 시작되고 마을이 지금의 수만골로 옮겨앉자 언제부턴가 안골마을에 차츰차츰 물이 차오르더니 어느 틈에 산기슭의 닥나무까지 잠겨버렸다.

문종이 기술자였던 사내의 아버지는 산판일도 숯 굽는 일도 하지 않았다. 사내 생각에 그 일이 문종이 만드는 일과 뭐가 다를까마는 그는 주막거리에서 술에 절어 살았다. 뭇사람들 말에 술과 계집과 노름은 함께 온다던가. 그가 그랬다. 술 다음에 주막거리 여자가 순번을 타더니 산판 뜨내기 노름꾼들이 달라붙고 이주보상비가 넘어갔다. 그 뒤를 유산으로 받은 참나무골 전답문서가 잇고 마침내는 그가 감나무에 목을 매고 넘어갔다. 하여 사내의 유년마저 천둥벌거숭이로 홀떡 넘어가버렸다.

이윽고 사내는 돈들막으로 내려섰다. 하나, 둘, 셋, 하고 뛰어내리기만 하면 그대로 신작로에 풀썩 내려앉을 터였다.

멀리서 보매 철딱서니없이 뉘집 개가 저러고 어슬렁거리나 했더니 개가 아니라 수만상회 해월양반이 그 날굿이를 하고 있었다. 당신네 가게 앞을 쓴다지만 눈이나 그친 다음에 쓸어도 쓸 일이지, 저것이 날굿이가 아니면 영감태기 노망 아니겠는가.

"아따, 설에 점빵문도 열고 신작로도 치우고 겁나게 부지런도 허시요이."

사내가 웃음엣소리를 건네서야 인기척을 느꼈는지 손반갑게 맞더니 눈을 쓸던 빗자루로 사내 몸을 툭툭 털어댔다. 언 몸뚱이에 쏟아지는 빗질인지라 빗자루가 스치고 지나갈 때마다 쇠막대로 두들겨맞는 것처럼 얼얼해 사내가 손사래를 치자, 해월양반이 집이 지척인데 게서 몸을 녹여 가라고 성화를 부렸다.

해서 사내는 정초 마수걸이나 해줄 요량으로 안으로 들어서서 진열된 과자 나부랭이들을 훑어보았다.

"저기 말여, 정양헌티서 연락 없었어?"

208

해월양반은 궁금한 김에 묻기는 했어도 깜냥에도 이 눈속에 어찌 오랴 싶었던지,

"아니, 접때 말여, 지가 먼첨 오고 잡다고 그래쌓길래……"

하고 슬쩍 말꼬리를 사렸다. 그래도 영감망구 되면 오지랖만 넓어진다고,

"가시나가 고만허면 싸가지는 있어 뵈던디."

라고 끝내 훈수 한수를 두고서야 물러났다.

"무단시 그래쌓소. 가시내가 싱겁 한번 떤 것 갖고는. 갈라요."

사내가 과자 댓 봉지를 집어들고 일어서자 해월양반이 먼저 나서,

"내가 고것덜 조까 애기헌티 선사헐라네."

하고선 한사코 돈을 마다했다. 한동안 서로가 됐다느니 마다느니 실랑이를 하다가 사내가 끝내 고집을 세우자 해월양반이 막무가내로 싸리비를 내둘러 사내를 밀쳐냈다. 저만큼 밀려나서도 사내가 선뜻 걸음을 못 떼고 망설이고 섰자,

"어른 말 들어라이."

하고 제법 서슬 푸르게 나왔다. 그러고 나선 그 길로 도로 비질이었다.

"넘들이 보면 노망났다고 그러겄소. 눈 그치먼 허제."

"글먼 저대로 애껴놔두라고? 을어뿐질 틴디? 내싸둬라이, 늙어서나 저 허고 잡은 디로 허고 살게."

'해필이먼 오늘막사 눈이 요로고 퍼붓을 것이나.'

더는 해월양반이 구시렁거리는 소리가 들리지 않았다. 대신 사내가 지나가는 고샅을 따라 예서제서 개들이 입방정을 떨어댔다.

"쟈는 즈그 아배 똥 빨아묵을라고 저러고 지케섰는갑네."

"아녀이. 아버지하고 장기 한판 둘란단 말여. 그치이?"

"글 텡께 먼처 들어가 있으야."

사내가 물찌똥을 내뿜느라고 말이 어눌한 것을 저만 못 알아듣고,

"뭐라고? 크게 좀 말해봐."

하고 눈치없이 누차 채근을 넣다 제 할머니한테 면박을 당했다.

"거 봐라. 할매가 뭣이라고 했냐? 대그빡에 눈 이고 섰지 말고 후딱 안 들올쳐?"

노친네의 닦달이 떨어져도 아이는 제 나름의 뒷심을 믿고 움쩍도 하지 않았다.

저번 슬 같잖게 인자는 느그 아배가 있단 말이제. 노친네는 슬몃 웃음을 베물었다. 사내가 출감해서 한동안은 제 할머니 치마꼬리만 붙잡고 배배 돌더니만 그래도 핏줄이라고 사내가 일하는 참, 쉴 참에 짬짬이 담배도 날라오고 물대접도 들고 오며 풀방구리 드나들듯 하더니, 표고막사까지 따라다니며 일일이 참견하고 간섭하고 나섰던 것이다.

"인자 니가 고러고 느그 아배를 꽉 지케섰뻔지믄 쓰겄다."

순간 변소간에서,

"아 데꼬 헐 말이 따로 있소."

하는 사내의 엉얼거림이 튀어나왔다. 노친네는 다소 무르춤하긴 했어도,

"글먼 인자 느그 새끼가 너를 지케주고 니가 느그 새끼를 지케야제 무장 심이 보타가는 내가 헐거나?"

하고 한발도 물러서지 않았다. 사내도 더는 대꾸가 없었다.

아버지, 후딱후딱, 하고 보채대던 아이가 손바닥을 살에 넣고 문질

러대기 시작했다.

"그랴아, 꽁꽁 얼어뿐져라이."

노친네가 그예 미운 소리를 쳤다.

하나는 지키고 섰고 하나는 방문도 못 닫고 찬바람을 쐬고 앉았는
지라 사내는 마음이 급한데, 설사라는 게 가래떡 뽑듯이 쑥쑥 밀고 나
오는 게 아니고, 옷을 추스를 만하면 다시 뱃속이 사매질을 놓는 통
에, 그만 다리에 쥐가 나려고 했다.

꽝꽝 얼어붙은 개울을 건너온 바람에 변소간 나무문짝마저 삐걱
삐걱 호들갑을 떨어대는지라 사내는 꼭 벌판 가운데 나앉은 것만 같
았다.

—씨팔 것들이 기를 쓰고 막네. 도무지 말이 안 통해. 깝깝시럽고만.

예상했던 대로 삐죽새는 오성리에서 발이 묶여 있었다.

—성님 집에 세배 간다고 허지 그랬냐?

—왜 안 그랬겠소. 그런데 새끼들이 대번에 거짓말 말래. 배낭 메고
세배 가는 사람이 어딨냐고. 하여튼 배는 고프지 날은 춥지 씨팔 것들
은 저 지랄이지 환장하겠네.

설이라고 근방의 음식점들이 죄다 문을 닫아 여태까지 음식이라고
는 휴게소에서 국수 하나 사먹고 슈퍼에서 컵라면 하나 물 부어 먹은
것밖에 없다니, 남들 배터져 죽는 설마당에 배곯아 죽은 거리귀신 하
나 생겨나 운장산 눈길이 원수라고 두고두고 날궂이를 해도 탓할 바
가 아니었다.

—일이 왜 이렇게 꼬이는지 모르겠네.

사내는 겨우 "해필이면……" 했고, 만수받이처럼 삐죽새가 그 뒤

를 받아 "하필이면" 했다.

고수레떡은 풍신나게 던져놓고 손바닥만 옹골차게 비벼댄 것도 아니건만, 무슨 날이 저리도 자발맞단 말인가.

—어찌했으면 좋겠소? 삼사일 안엔 어림없다던데.

—사날이야 가겠는가마는 우선 자네가 탈일세.

수중에 지닌 돈도 없고, 그렇다고 정초부터 목탁동냥을 다닐 수도 없고, 더더구나 큰일을 앞두고 잔전푼에 억지시주를 받으러 월장을 할 수도 없는 터라, 여간 외통수에 몰린 것이 아니었다.

—야튼 뱃속이라도 채워야 헐 텅게 이러면 쓰겄네. 일단 시내로 나가서이……

—여기말고요?

—여그서 우왕좌왕해봤자 좋 게 뭣이 있겄다고? 시방은 넘 눈이 무선겨.

—모자를 눌러썼으니까 그건 뭐. 안경도 하나 썼고.

—영판 잘했네이. 나가는 대로 방버텀 하나 잡고이, 귀때기 엷은 가시내나 하나 꾀어갖고 객고 풀고 있으소.

—요새 누가 외상씩을 준답디까? 방값도 간당간당한데. 야튼 현장 부근에다 잡아놓겠소.

전화를 끊고 나서도 사내는 어째 불안불안했다. 사천만이 다같이 쉬는 명절날이니만큼 임검이야 나오겠는가마는, 현장답사를 한답시고 밤잠 안 자고 설치다 놈이 불심검문이라도 당하는 날이면? 게다가, 아이고! 이 까마귀 대갈통아! 사내는 제 머리를 쥐어박았다. 눈바닥에다 발자국 찍어놓지 말라는 소리는 누구 제상에 올리려고 깜빡 잊고 말았단 말인가.

사내는 구시렁구시렁, 젖은 옷을 갈아입었다. 남의 몸뚱이를 빌려다 뼈마디는 못질하여 박고 살은 인두로 땜하여 붙인 듯 온 삭신이 욱신욱신 쑤셔왔다.

사내가 오갈병이 든 것처럼 하도 떨어대자 장기판을 들고 설레발을 치는 아이를 노친네가 눈짓하여 밀어냈다. 아이가 퉁퉁걸음으로 튕겨나가는 것을 보고서야 노친네가 꿀물 한대접을 조심스레 내밀더니,

"아까막새 큰집이서 즌화가 왔는디 무신 여자 한나가 시방 거그 와 있댜."

했다. 꿀물이고 나발이고 사내가 흠칫해서,

"뭔 소리다요?"

하고 놀라자, 별안간에 노친네가 음성을 높였다.

"느그 큰어매 말이 오성리분서서 즌화가 왔는디, 아무케 아무케 생긴 여자가 이래저래 해갖고 시방 갔응께, 여자 혼자 몸에 사고나 안 당혔는지 느그가 춫 들목인께 조까 나가보래디야. 그서 가본께, 그집 메누리요 허드라든디, 니가 모르먼 내가 니 몰래 감춰둔 자석이 따로 한나 있을 것이나?"

해서 사내가,

"아따, 아 듣소. 혹시 소양서 왔다고 헙디까?"

라고 나직하게 되묻자 노친네도 나지막이, 근갑더라 했다.

사내는 가슴이 벌렁벌렁 뜀베질을 치는 한편으로 난감했다. 이래저래 설마설마했던 것을, 저 눈길이 어디라고 그래, 어쩌자고 들어왔단 말인가.

"느그 큰어매가 시엄씨도 모르는 메누리가 다 있다고 웃어쌓는디 넘부끄러 혼났다. 어째 요즈막새 밤길을 밟는다 했더니 그서였고만

무단시 가슴 죌였다. 어째? 아랫방이다 불 조까 지필거나? 말 안헐래? 나 맘대로 헐까이? 헌다이. 좆뺄 늠, 뭣이 챙피허다고 말도 못허고 저럴까이. 야튼 색시가 꾀 하나넌 조조다.”

하고 노친네가 호물호물 웃는데, 사내는 노친네가,

“아이, 라이터 조까 던지랑께.”

하고 삼이웃이 다 알아채도록 소리를 질러서야 골똘한 생각에서 풀려났다.

사내는 담배 하나를 불붙여 물고 마루로 나왔다. 줄 풀어진 연처럼 바람만 펄렁거릴 뿐 눈은 잠깐 그쳐 있었다. 울안이고 울밖이고 온통 하얘서 너도나도 없어져버린 듯했다. 낮으니까 땅바닥이고 일어섰으니까 나무고 산자락이고 하늘이지 사내 눈엔 그저 한가지, 눈세상인 것만 같다. 참말 곱다. 곱고도 섧다나 섧다. 사내는 새삼 눈을 떼지 못했다.

“오사네, 냉갈내가 모다 저헌티만 가느만 얌잔내고 앉었네이. 아이, 지침 나와야아?”

아랫방에다 마들가리를 지피던 노친네가 눈물을 훔치며 나와서야 사내는 후루룩 정신이 깨어났다.

아궁이로 들어가야 할 내가 거처없이 마당으로 밀려나오고 있었다. 오래도록 비워놨던 방이라 불이 잘 들지 않는 모양이었다. 곡식창고로밖엔 쓸 일이 없어서 작년 여름 기름보일러를 묻으면서도 부러 놔둬버린 방이었다.

“매운디 놔둬뻐리쇼 그래.”

한번이나마 아궁이 속을 들여다본 것도 아니면서 만사가 귀찮은 아낙처럼 퍼져앉아 입으로만 한몫 보려 드니 노친네는 사내가 같잖은가 보았다.

"상관 마시고 후딱 넘어나 갔다 오시제? 해 떨어지먼 가고 잡아도 못 갈 팅게."

하고 새살궂게 농을 걸려 들었다. 안 그래도 돌아가는 판세가 어째 요상하다 싶어 심란해 있던 참이라 사내는,

"내싸두쇼. 지 발로 걸어오겄제라."

라고 볼강볼강 어깃장을 놓긴 했으나 여자를 염두에 두고 하는 소리는 아니었다. 생각할수록 답답한 노릇이었다. 여자도 우썩우썩 들어오는 길을 어째서 대갈마치 삐죽새가 못 들어오냔 말이다!

아무래도 왔던 길을 되돌아가야 할 듯싶었다. 하나 그 길을 또 넘어갔다가 올 일이 암담했다. 저뀌들린 것처럼 몸상태도 간단치 않은데다 아직도 고까운 심사가 남아 썩 내키지 않는 길이었다.

이나저나 코딱지만한 마을에 정초부터 여자가 저 눈길을 뚫고 찾아든 것만 해도 말 물어낼 일인데, 제 스스로 며느리라고 명토박고 나왔으니 여자 뱃속에 서너달 수 애까지 하나 심어둔 걸로 혹 하나 덧붙여 소문이 돌 것이다. 정초부터 우세도 보통 우세가 아니었다.

어쨌든 뒷갈망은 해야 할 터였다.

한정없이 퍼부을 것 같던 눈이 그친 게 그나마 다행이라면 다행이었으나, 인날 궂은 일진이 예서 멈출지는 더 두고 볼 일이었다.

—『창작과비평』 2000년 겨울호

일상의 경계를 투시하는 눈빛

황광수

'일상'이란, 누구나 잘 알고 있는 듯이 여기면서도 그것이 무엇이
냐는 질문을 받게 되면 대답하기가 난감해지는 그런 개념들 중의 하
나이다. 이런 점에서 보면, 근래에 활기를 띠고 있는 일상 또는 일상
사 연구자들은 아우구스티누스(Augustinus)의 시대보다 더 나은 상
황에 있다고 말하기 어렵다. 중세 초에 그는 '시간'이란 현상을 묘사
하는 어려움을 이렇게 말한 바 있다. "그것에 대해 누구도 나에게 질
문을 던지지 않는 한, 나는 그것을 아는 것 같다. 그러나 누군가가 나
에게 질문해 내가 설명해야 한다면, 나는 아무것도 모른다."* '일상'

---

* 알프 뤼트케 외 『일상사란 무엇인가』, 이동기 외 옮김, 청년사 2002, 190면에서 재인용.

에 대한 설명의 어려움도 이와 크게 다르지 않을 것이다. 너무도 복합적이고 광범해서 아무도 그것을 대상화할 수 있는 자리에 서본 적이 없기에 그럴지도 모른다.

일상은 나날의 삶이지만, 그 하루치만의 삶에도 한 사회 또는 인류 전체를 지배해온 습관과 생활방식이 스며 있다. 그래서 사회화 과정을 거친 사람들이 거기에서 벗어나는 일은 세상 밖으로 나가는 일만큼이나 어렵다. 심지어는 강제로 감옥에 갇히게 된 사람조차도 그곳의 일상에 쉽게 포섭되어버린다. 따지고 보면, 감옥 자체도 일상을 유지하기 위한 기제이기에 수감자가 형기를 마치기 전에 거기에서 빠져나올 수 있는 경우는 탈옥과 죽음뿐이다. 이처럼 일상 속에는 거역할 수 없는 강제력이 작동하고 있음에도 불구하고 그 안에서 길들여진 사람들은 그것을 무반성적·자동적으로 굴러가는 안온한 삶의 터전으로 느끼며 살아간다. 일상은 한없이 다양한 요소들이 상호견제 또는 양보와 조화 속에서 유동하며 공존하는 이질성들의 복합체이지만, 그 안에서 이루어지는 개개인의 삶의 동질성 또는 정상성을 보장하는 기제로서 작동한다. 그러나 이러한 '반복적 자기복제'로서의 일상을 반성적으로 조명하면, 그 속에는 비리의 관행과 부조리도 함께 숨쉬고 있다는 사실이 곧바로 드러난다. 이러한 모순적 구조 또는 그에 대한 반성적 성찰 때문에 자신의 뜻과는 무관하게 일상에서 밀려날 위기를 맞게 되는 사람들이 존재한다. 그렇지만 일상은 이들의 고통에는 아랑곳없이 그들을 뱉어내거나 삼키면서 도도히 흘러간다.

김지우는 이처럼 일상의 벼랑 끝에 내몰린 사람들의 아슬아슬한 삶의 모습들에 때로는 부드럽고 따뜻한, 때로는 날카롭고 신랄한 시선을 던진다. 그는, 일상이 온갖 사람들을 품에 안고 다독이며 무심히 흘러가는 것처럼 보이지만, 무엇인가를 결여했거나 자신의 흐름을 거스르는 자들에게는 비정하기 짝이 없는 가혹성을 숨기고 있다는 사실을 꿰뚫어본다. 그는 이러한 가혹성의 표적이 된 사람들의 생각과 행위를 따라가면서 그들이 사회의 내부에 도사리고 있는 비리 또는 부조리한 통념과 맞닿은 지점에서 어떠한 변화의 조짐을 드러내는지도 눈여겨본다. '한계인'들로 불릴 수도 있는 이러한 사람들은 한 사회의 불건강성과 구조적 모순이 드러나는 바로 그 자리에서 새로운 희망이 움틀 수 있는 가능성까지 보여주는 방법적 시선의 담지자들이 될 수 있기 때문이다. 이런 시각을 유지하면서 김지우는 경제적 조건, 사회적 정의감이나 도덕성, 때로는 미학적 사유를 결여한 사람들의 삶 속으로 독자들을 깊숙이 끌어들인다.

일곱 편의 단편소설들로 구성된 이 소설집에서 경제적 결핍을 온몸으로 살아내는 사람들을 다루고 있는 소설들은 「눈길」「그 사흘의 남자」「디데이 전날」 등인데, 이 세 작품들은 정도의 차이는 있지만 가족 또는 가정의 문제와 얼마간 연관되어 있다. 피붙이가 아닌 세 사람으로 이루어진 한 가족이 해체의 위기를 가까스로 넘겨가고 있는 모습을 통해 새로운 인간관계의 가능성을 타진하고 있는 작품은 「물고기들의 집」이고, 경제적 조건이나 일정한 지적 수준을 갖추고 비교적 사회의 상층부에서 살아가고 있는 사람들에게서 나타나는 사회의식 또는 도덕성의 결여를 다룬 작품으로는 「나는 날개를 달아줄 수 없다」와 「해피 버스데이 투 유」가 있으며, 「댄싱 퀸」은 꽃들에 대한 다양한 태도들을 통해 생명적·미학적 성찰의 결여가 어떻게 생명에 대한 잔인성과 연관될 수 있는지를 보여주고 있다.

자본주의 사회, 특히 천민성을 극복하지 못한 자본주의 사회에서 경제적 조건의 결핍만큼 당사자에게 치명적인 고통을 안겨주는 것은 없을 것이다. 그러기에 김지우는 무엇보다 이러한 결핍의 조건 속에 내던져진 인물들의 행위와 심리적 추이에 깊은 관심을 보인다. 이러한 태도는 물론 그의 소설미학과 관련된 것으로, 사회적 삶의 위기에 내몰린 인간의 내면적 고통과 갈등을 통해 그러한 고통을 빚어내는 사회적 구조와 조건을 자연스럽게 드러내기 위한 것이다. 그러나 그의 관심은 여기에 머물지 않는다. 이러한 조건에 대한 반응 또는 이러한 조건을 살아가는 인간들의 심성을 탐색함으로써 사회경제적 조건과 개인적 삶의 충족성이 반드시 비례하는 것은 아니라는 사실을 짚어낸다. 그리고 이러한 소설미학적 관심은 모든 사회적 변화의 가능성은 인간의 내면에서 싹트는 희망의 요소들일 수밖에 없다는 판단과 결부되어 있는 듯이 보인다.

　「눈길」은 김지우의 이러한 소설미학을 가장 집약적으로 보여주는 작품이다. 이 작품의 아름다움은 주로 풍경에 대한 시각적 이미지와 주인공이 처한 절박한 상황 사이의 상징적 관계의 조화로움에서 빚어지고 있는데, 경제적 결핍과 범죄의 유혹 사이에서 갈등을 겪을 수밖에 없는 주인공의 심리에 대한 섬세한 묘사, 그리고 인물들의 말투와 화자의 의식을 실어나르는 구어체 문장들에 깃들인 토속적 생명감 등이 소설적 분위기를 더욱 풍요롭게 하는 데 가세하고 있다.

　이 작품의 제목인 '눈길'은 발붙이기 어려운 미끄러움과 가파름으로 인해 주인공의 파란 많은 삶의 내력을 상징하고 있다. 폭설을 뒤집어쓴 큰아버지네 버섯막사 스무 동의 지붕을 혼자서 치우고 멀고도 험한 눈길을 내려오는 태섭의 의식에도 그러한 사실이 오롯이 비쳐진다. "오를 적엔 깔꾸막이요 내릴 적엔 비탈길이라. 좆같은 내 인생 똑 그 짝이 났구나."(203면) 징역살이를 하는 동안 아내가 달아나버린 그에게는 홀어머니와 어린 아들뿐이다. 한지를 만들던 아버지는 동네가 수몰된 후 술로 세월을 보내다 저세상으로 일찍 떠나버렸고, 작으나마 고향땅에 뿌리내릴 터거리로 삼으려 했던 버섯농사마저 새로 생기는 도로 때문에 폐쇄 위기에 놓인다. 이런 상황에서 그에게 두 사람이 다가오고 있다. 감방 동기인 '삐죽새'는 금고털이를 한건 하자고 그를 찾아오고 있고, 면도사 '정양'은 그의 집에서 설을 쇠겠다며 눈길을 걷고 있다. 그런데 인근 마을까지 온 삐죽새는 폭설 때문에 발이 묶여 있고, 정양은 그 험한 눈길을 헤치며 발길을 멈추지 않는다. 이 소설에 미미하게나마 희망의 빛이 스며드는 것은, 정양이 그의 집에 먼저 도달하면 태섭이 범죄의 유혹을 떨쳐버리고 어린 아들과 함께 새로운 삶을 시작하게 될 것이라는 일말의 기대감 때문이다.

출구가 보이지 않는 상황을 그리고 있는 이 소설이 그나마 우리의 가슴을 따스하게 적시는 것은 새로운 인간관계에 대한 가녀린 희망과 전편에 흐르는 문체의 힘 때문이다. 예컨대, "그새 또 지랄맞게 눈발이 날린다"(194면)는 문장으로 시작되는 「눈길」에는 객관적 묘사로는 도달할 수 없는 풋풋한 심성이 살아 있다.

　　……문제는 큰영감 밑에서 품팔이 댓달 만에 종산 한옆을 도지 얻어 이천 본 가량 접종해놓은 사내네 버섯들인데, 홍부네 자식들 불쌍타 할 것 없었다. 그집 자식들 이불 하나로 삼동 나는 거나 이집 자식들 뜯어진 비닐 한 장으로 모진 눈발 배겨내는 거나 입성 사납기는 매한가지였다. (195면)

자신이 기르는 버섯들을 흥부네 자식들로 비유하는 태섭의 언어적 심성에는 소박하나마 생활 속에 깃들인 전통언어의 친밀감이 스며 있다. 이러한 언어감각은 삶의 공간에 깃들인 전통적·집단적 생명력을 환기하면서 기댈 곳 없는 사내의 내면에 인간적 존엄성을 불어넣고 있으며, 그의 삶이 허섭스레기처럼 쉽게 날려가버리지는 않을 것이라는 믿음을 안겨준다. 그런가 하면, "……큰일을 앞두고 잔전푼에 억지시주를 받으러 월장을 할 수도 없는 터라, 여간 외통수에 몰린 것이 아니었다"(212면)와 같은 문장은 태섭이 처한 절박한 상황을 떠올려주면서도 "억지시주를 받으러 월장을 할 수도 없는 터"와 같은 대목의 해학적 심성을 통해 생의 지속성 또는 생존의 질김을 은밀히 내비친다. 절망적 분위기에서 숨통을 틔워주는 이러한 언어적 생동감은 정통적인 리얼리즘으로 분류될 수 있는 김지우의 소설세계에서 그 자신만의 매력으로 작용하고 있다.

빚더미에 눌려 허덕이는 '여자'가 등장하는 「그 사흘의 남자」는 일상의 경계 밖으로 밀려날 위기적 상황과 원초적인 인간(남녀)관계가 싹틀 수 있는 가능성에 촛점을 맞추고 있다. 이러한 관점은, 지구상에서 최초의 생명이 움튼 곳은 물이 가장 풍부하고 유동성이 큰 바다가 아니라 소량의 액체가 고여서 안정적인 화학적 반응이 이루어질 수 있는 고체의 표면이었다는 최근의 학설을 떠올려주기도 한다. 작가는 이러한 한계상황을 통해 물질적 풍요로움의 반대쪽에서 새로운 인간성이 싹틀 수 있는 가능성을 탐색하고 있는 것이다.

「그 사흘의 남자」가 지닌 소설적 매력은 우리 시대의 삶의 풍속도들 가운데 하나인 노래방의 생리와 그 이면에서 펼쳐지는 인간관계를 생생하게 포착한 데에서 비롯되고 있다. 노래방의 '미시아줌마'인 '여자'의 몫이 된 '남자'는 후줄근한 입성을 한 절름발이이다. 이 두 사람은 "각자의 파트너에게서 소박맞고 급조된, 이른바 '폭탄 커플'이었다."(74면) 여자는, 신용금고에서 정리해고된 후 술·여자·주식·경마·도박으로 세월을 보낸 끝에 카드빚만 남겨놓은 남편과 이혼하고 겨우 입에 풀칠은 할 수 있게 되었으나 늘어만 가는 빚을 갚을 길이 없어서 "아직은 쓸모가 있는 '여자'를 상품으로 내놓아야 했"(80면)다. 그것으로도 해결될 수 없는 빚 때문에 고리의 사채를 얻게 된 날 밤 '남자'에게서 만나자는 전화를 받게 된다. 남자는 여자에게 자기의 전재산 삼백만원을 줄 테니 사흘간만 부부처럼 살아달라는 제안을 한다. "단 하루라도 가정이라는 걸 꾸려보고 싶"(97면)다는 게 그 이유였다. 소매치기 전과 8범인 남자가 다리를 절게 된 것은, 그가 훔친 돈 때문에 한 청년이 자살해버린 데 대한 심한 죄책감에 시달리다 지하철에서 선로로 뛰어내린 사건의 결과이다. 그러니 그의 불구는 마지막 남은 그의 양심과 인간성의 표지인 셈이다. 남자의 사람됨과 절박한 외로움을 본 여자는 그를 자기 집으로 데리고 가면서 이렇게 말한다. "오늘밤을 지내보고 난 뒤 결정하세요."(99면) 여자가 남자에게 선택권을 넘겨준 것은 그를 자신과 동일한 수준으로 여기게 되었음을 의미한다. 차원이 다른, 이 두 사람의 지독한 결핍은 그들에게 순수한 인간관계를 가로막는 모든 허위의식을 말짱히 걷어낼 수 있는 심성을 부여한 셈이다.

  새로운 인간관계보다는 IMF로 인해 거리로 내몰린 사람들에 촛점이 맞춰져 있는 「디데이 전날」은 자해공갈단의 예행연습에 대한 빼어난 묘사—작가 자신이 이들의 작전을 연출하고 있는 듯이 보일 만

222

큼——를 보여주는 것으로 시작되어 아들의 출옥 날짜에 맞춰 보험금을 타내려고 자신의 한쪽 팔을 부러뜨려달라는 황영감의 요청이 거부되는 것으로 마무리된다. 이 소설은 경제적으로 완전히 파산해버린 사람들의 삶의 내막, 자해공갈단과 병원 사이의 공생관계, 밑바닥 인생들의 최소한의 인간미를 무리없이 직조해 우리 사회의 최하층과 비리의 구조에 대한 조감도를 명징하게 드러내고 있다. 다양한 사람들의 다채로운 인생역정과 비정상적인 삶의 방식, 그리고 비리의 끈으로 연결된 공생관계의 축도를 보여주는 이 작품은 김지우의 단편적 세계가 장편소설로 확장될 수 있는 가능성을 함축한 것으로 보인다.

　앞에서 다룬 주제들과는 다소 거리가 있는 표제작 「나는 날개를 달아줄 수 없다」는 작가 자신이 경험했던 일상의 한 단면을 소설화한 것으로 보인다. 그러기에 이 소설집의 전편을 관통하고 있는 사회적 정의감의 근원은 작가 자신의 사회의식과 올곧은 심성일 수밖에 없다는 사실을 새삼 확인시켜주는 작품이라고 할 수 있다. 이 소설의 앞부분에서 어머니의 호출을 받고 아버지가 수술을 받게 된 병원으로 가는 '나'는 번갈아가며 두 사람의 전화에 시달린다. 하나는 여고 1학년 때의 담임선생이 교장에게도 신인문학상 초대장을 보내라는 것이고, 다른 하나는 아버지의 수술시간이 임박했으니 의사에게 줄 촌지를 가져오라는 어머니의 성화이다. '나'는 현재의 교장이 여고 2학년 때의 담임이었던 시절 전두환 대통령의 하사품에 대한 감사의 편지를 쓰라는 요청을 거부한 댓가로 당시에 교장의 측근이었던 학생주임에게 코피가 날 정도로 얻어맞고 교복 상의의 단추가 뜯겨 가슴 계곡이 들여다보이는 수모를 겪은 적이 있다. 그런데 그때의 담임선생은 말려줄 생각조차 하지 않았기에, '나'의 뇌리에는 그가 자신의 선생일 수 없다는 생각이 각인되어버렸다. 현재의 시점에서 줄기차게 전화를 걸어오고 있는 1학년 때의 담임은 광주항쟁 당시 '나'가 쓴 유인물 사건을 무마해준 적이 있었다. 그랬던 그가 이제는 교장의 체면을 세워주려고 '나'를 계속 닦달하고 있지만, '나'는 결국 그의 청을 들어주지 않는다. 권력에 빌붙어 출세한 현재의 교장에게 "날개를 달아줄 생각이 없"기 때문이다. 이러한 '나'도 어머니의 간절한 청만큼은 끝내 거절하지 못하고 만다. 이러한 사실은 일상화되어버린 부조리가 육친의 요청을 통해 엄습해올 때 그것을 거절하기가 얼마나 어려운 것인지를 보여준다. 그러나 '나'가 겪는 심리적 고통과 반발심은 그 자체로서 체면·허세·촌지가 횡행하는 우리 시대의 세태를 폭로·고발하는 데에는 부족함이 없을 만큼 강하게 표출되고 있다. 이 작품은 수직적 권위와 수평적 비리의 교차지점에서 하루하루를 살아가는 우리들 자신의 처지를 뼈아프게 되돌아보게 한다.

「그 사흘의 남자」의 '남자'만큼 가정 또는 가족의 결핍을 절박하게 드러내고 있지는 않지만, 「물고기들의 집」은 혈연을 결핍한 한 가족이 해체의 위기를 아슬아슬하게 모면해가는 모습을 보여주면서 새로운 유형의 가족관계를 천착하고 있는 작품이다. 낚시꾼들의 뒷바라지로 생계를 유지하는 이 가정은 소설 제목이 상징하듯 뿔뿔이 흩어지기 쉬운 구성원들로 이루어져 있다. 60대의 여성인 이 소설의 화자 '나'는 전쟁통에 조실부모한데다가 남편까지 앞세웠다. 업둥이로 데려온 아들은 행실이 좋지 않아 어머니의 정성으로 가까스로 고등학교를 마친 후 이리저리 떠돌다 고아원 출신인 며느리를 데려왔고, 아들보다 이년 연상인 며느리는 걸핏하면 밤도망을 해 아들이 며칠씩 찾아나서게 한다.

이들은 두 차례의 해체 위기를 겪는다. 하나는 며느리가 가출했던 과거의 사건이고, 다른 하나는 아들이 도둑의 누명을 쓸 위기에 처한 당일의 사건이다. 금고의 돈이 사라진 어느날 아들과의 불화 끝에 며느리가 밤도망을 해버리자, 아들은 두 차례에 걸쳐 일주일치의 매상을 들고 사라졌는데, 두 주가 흐른 후 두 '연놈'이 나타났던 것이다 (전라도 사투리로 엮여나가는 '나'의 의식의 흐름 속에서 아들은 '놈'으로 며느리는 '년'으로 불린다). 그러나 이 사건을 통해 '나'는 며느리가 교통사고로 전남편을 잃고 친정에 맡겨놓은 아이가 '몹쓸 병'에 걸려 가출이 잦았었고, 마지막으로 가출했을 때에는 죽은 아들을 묻고 왔다는 사실을 알게 되면서 며느리에 대한 정이 더 깊어진다. "뭔 놈의 쌀을 중 아가리다 다 처넣는다요?"(140면) 하는 아들의 핀잔을 들으면서까지 '나'는 그 죽은 아이를 위한 기도를 드리기 위해 절을 찾게 된다. 그러던 중 손님의 지갑이 사라지는 사건이 일어나고, 때 맞춰 손버릇이 나빴던 아들이 집을 비워 어머니의 마음을 졸이게 한다. 아들이 며느리의 생리용구를 사가지고 돌아옴으로써 이 사건 역시 아들에 대한 믿음이 싹트는 것으로 마무리된다. 이처럼 이 작품은 두 차례의 사건을 통해 가족해체의 위기를 넘기면서 혈연이 없는 가족들 사이에 믿음이 싹터가는 모습에 진한 감동을 불어넣고 있다.

지금까지 살펴본 경제적 결핍과 가정의 결핍은 가정이 가장 기초적인 경제단위라는 점에서 한 가지 문제의 두 측면으로 볼 수 있다. 그렇지만 '원정출산' 문제를 다룬 「해피 버스데이 투 유」와 식물들과 대화를 나눌 만큼 꽃을 사랑했던 여성이 집안에 꽃을 들여놓기를 거부하게 된 내력을 다룬 「댄싱 퀸」 역시 큰 범주에서 보면, 김지우가 즐겨 다루는 주제와 그리 멀리 떨어져 있는 것은 아니다. 경제력과 학식을 갖춘 여성이 원정출산을 감행하게 되어 남편의 사랑을 잃는 것이나 일정한 정도의 지성과 사회적 지위에 있는 여성이 남편의 사업 실패와 외도 때문에 그녀 자신이 그토록 애지중지했던 식물들을 죽음으로 내몰게 되는 것은 경제적 조건을 결여한 사람들에게서 싹트는 인간적 유대를 다룬 주제를 반전시켜서 보여주는 일종의 음화로 해석될 수 있기 때문이다. 「해피 버스데이 투 유」에서 부유한 변호사의 딸로서 학교 교사이기도 한 주인공이 우리 사회의 상층부에서 이루어지고 있는 부도덕한 유행에 그토록 쉽게 감염되는 것은 가진 자들일수록 도덕적 해이에 빠져들기가 그만큼 쉽다는 사실에 대한 통찰로 보인다. 「댄싱 퀸」에서 어떤 소설가의 꽃에 대한 자랑이 생명에 대한 천박한 이해와 부실한 세계관을 폭로하는 쪽으로 흐르고 있는 것 역시 가진 자들의 의식의 해이가 얼마나 쉽게 미의식의 타락으로 이어질 수 있는지를 보여준 예라고 할 수 있을 것이다. 이 소설은 『나는 날개를 달아줄 수 없다』의 공통된 주제에서 가장 멀리 벗어나는 듯이 보이지만, 꽃을 기르는 사람들이 드러내는 무신경한 잔인성을 비판하는 데 그치지 않고 경제적 파탄과 남편에 대한 인간적 실망감 때문에 자신이 사랑하던 식물들을 죽음으로 내몰 수 있는 심성의 변화까지 보여준다는 점에서 주제면에서 다른 작품들과 그다지 먼 거리에 있지 않아 보인다. 이처럼 이 소설집을 관통하는 주제는 (부와 권력에 관한) 소유의 두 측면과 직·간접으로 연관되어 있다.

이 소설집은 일상의 경계 밖으로 밀려날 위기에 처한 개인들의 고통에 밀착된다는 점에서 사람 냄새를 짙게 풍기는 대신 첨단적인 사상에 대한 지적인 제스처나 요즈음 유행하고 있는 서사의 해체를 통한 소설미학적 유희를 보여주지는 않는다. 말하자면, 사상적·미학적·심리적 차원에서 포스트모던한 인간형을 보여주지 않는 대신 요즘의 지식인들이 애써 외면하고 있는 사회의 불평등과 왜곡된 자본주의적 삶의 방식이 가장 무겁게 침전된 사회의 밑바닥을 맨손으로 더듬고 있다. 이러한 작가적 관심은 일상에 도사린 다양한 억압기제의 해체가 구체적인 삶을 살아가는 인간의 심성에서 비롯될 수밖에 없다는 통찰에서 비롯되고 있는 것으로 보인다. 김지우의 소설집에 희망의 빛이 스며드는 모습으로 마무리되는 작품들이 많은 것도 결핍을 견디고 이겨낸 사람들만이 그러한 고통을 재생산하는 비인간적인 구조를 극복할 삶의 감각을 지닐 수 있다는 사실을 함축하는 것이 아닐까.

黃光穗 | 문학평론가

작가의 말

   내가 자란 전주 고향집 화단엔 도심 한복판임에도 과실나무와 꽃나무 들이 무성했다. 채 봄이 되기도 전 노란 수선화가 피고 상사화가 애처로운 꽃대를 올리면, 앵두꽃, 모과꽃, 철쭉, 영산홍, 석류꽃, 감꽃, 모란, 작약, 장미, 백합, 대추나무순, 무화과나무순 들이 잇달아 피어나고, 수목들 틈새, 양지바른 틈, 물고추를 갈고 들깨를 갈던 돌확 옆에서 고추꽃, 부추꽃, 상추꽃, 파꽃, 쑥갓꽃, 깨꽃, 머위, 아욱 들이 여릿하니 피고 자라며, 담장을 따라 붉은 넝쿨장미가 숭얼숭얼 피어오르면 아름다움은 절정을 이뤘다. 나의 아침은 자명종이 아닌 수목들 사이 새소리가 깨웠으며 이른 아침 나를 업어 키운 나의 증조모는 단정한 매무새로 천천히 마당을 쓸었다. 어린 날부터 나는 어머니를 따라 곧잘 풀을 매어주는 호미질을 했다. 커가면서 장독대를 오르내리며 간장·된장 독 뚜껑 위에 한약 찌꺼기를 넣어 말려 화단을 파

228

고 거름으로 묻어주는 삽질도 능숙해졌다. 어느덧 나는 석류나무와 대추나무의 쐐기벌레가 더이상 무섭거나 징그럽지 않은 단발머리 소녀로 껑충 키 자람을 했고 감나무 그늘 아래 평상에 엎드려 책을 읽거나 글 나부랭이를 끼적거렸는데 예민한 감수성만으로는 도저히 감당해낼 수 없는 금기의 책들을 읽는 충격이란 이루 말할 수가 없었다.

스무살이 되고 나는 돌확에 고추를 갈고 들깨를 갈아 어머니 등 너머로 보고 익힌 솜씨로 김치를 담그고 메기매운탕을 끓였다. 어머니를 대신해 중앙시장, 모래내 시장 등 재래시장으로 장을 보러 다닌 것도 그 무렵이었다. 그곳 재래시장은 전주 근교 면단위 리단위 농민들이 농사지어 갖고 나온 소소한 푸성귀들과 과실들로 넘쳐났다. 등 굽은 허리로 농민들은 보따리보따리 이고지고 나와 아무렇게나 노점을 펼쳤다가 거리단속반에 쫓겨 후미진 골목 안으로 숨어들어가 도시민들이 후려치는 헐값에 흥정 한번 제대로 못하고 울며 겨자 먹기로 팔아넘겼다. 그리고 한숨 한번 쉬고, 허리망당 헐거운 웃음 한번 웃고 나면 그만이었다. 그건 내가 책에서 보고 배운 아름다운 세상, 정의로운 세상의 모습이 아니었다. 더이상 나는 붉은 넝쿨장미 담장 안에 갇혀 있을 수 없었다.

내 작품 속 인물들, 노숙을 하고, 보험사기를 치고, 노래방에서 노래하고, 험한 눈길을 걷고, 꽃들이 무슨 죄라고 꽃들을 죽여대고, 감히 서슬파란 대통령각께 편지쓰기 거부하는. 그야말로 더할 나위 없는 생의 절정에 다다른 변방의 마이너리그 인생들. 나는 언제나 그들에게 눈길이 간다. 내가 글쓰기를 멈추지 않는 한 그들은 나의 여전한, 가슴 아린 사랑이다.

첫 작품집이 나오기까지 내 복이 아닌, 순전히 내 주변의 덕이 있어 가능했다. 나를 아껴주는 나의 아까운 사람들에게 감사한다. 그들이 있어 기운을 낼 수 있었고 분발할 수 있었다. 내 가족들에게 감사한다. 고단한 누이를 위해 마음써준 오라비 같은 남동생이 있었기에 글쓰기가 가능했다. 기꺼이 해설을 맡아주신 황광수 선생님께 감사드린다. 창비 문학팀에게도 진정, 감사한다. 혹독한 이분법으로만 살았던 내 젊은 날, 나의 독설에 알게 모르게 상처입었던 사람들에게 미안하다 하고 싶다.

나의 모두에게, "고맙습니다."

김지우

나는 날개를 달아줄 수 없다

초판 1쇄 발행 | 2005년 1월 3일
초판 7쇄 발행 | 2014년 5월 9일

지은이 | 김지우
펴낸이 | 강일우
편집 | 김정혜 문경미 안병률 김명재
미술·조판 | 윤종윤 신혜원
펴낸곳 | (주)창비
등록 | 1986년 8월 5일 제85호
주소 | 413-120 경기도 파주시 회동길 184
전화 | 031-955-3333
팩시밀리 | 영업 031-955-3399 · 편집 031-955-3400
홈페이지 | www.changbi.com
전자우편 | lit@changbi.com

ⓒ 김지우 2005
ISBN 978-89-364-3681-0 03810

* 이 책은 한국문화예술진흥원의 '문예진흥기금'을 받았습니다.
* 이 책 내용의 전부 또는 일부를 재사용하려면
  반드시 저작권자와 창비 양측의 동의를 받아야 합니다.
* 책값은 뒤표지에 표시되어 있습니다.